上册

出乾一丁 著

佛密码

THE BUDDHA CODE

重庆出版集团
重庆出版社

图书在版编目(CIP)数据

大佛密码:上下册/出乾一丁著. —重庆:重庆出版社,2020.10

ISBN 978-7-229-15178-2

Ⅰ.①大… Ⅱ.①出… Ⅲ.①长篇小说—中国—当代 Ⅳ.①I247.5

中国版本图书馆CIP数据核字(2020)第124570号

大佛密码(上下册)
DAFO MIMA(SHANGXIA CE)
出乾一丁 著

责任编辑:陶志宏 何 晶
责任校对:杨 婧
装帧设计:刘 倩

重庆出版集团 出版
重庆出版社

重庆市南岸区南滨路162号1幢 邮政编码:400061 http://www.cqph.com
重庆出版社艺术设计有限公司制版
重庆市国丰印务有限责任公司印刷
重庆出版集团图书发行有限公司发行
E-MAIL:fxchu@cqph.com 邮购电话:023-61520646
全国新华书店经销

开本:787mm×1092mm 1/16 印张:31 字数:490千
2020年10月第1版 2020年10月第1次印刷
ISBN 978-7-229-15178-2
定价:68.50元

如有印装质量问题,请向本集团图书发行有限公司调换:023-61520678

版权所有 侵权必究

目录

楔子   1

|序幕|
巴黎风波

第一章	巴黎的钵钵鸡旗舰店	2
第二章	不速之客	10
第三章	佛祖的召唤	19
第四章	启程回川	27

|第一卷|
七桥星墟

第五章	雨侵蓉城	34
第六章	古图玄机	43
第七章	天枢——江桥	50
第八章	大慈寺那些事儿	56
第九章	古渠禁区	65
第十章	密道冰窟	74
第十一章	七星辉映	84
第十二章	夜深人不静	96

第二卷
峨眉佛光

第十三章	南上峨眉	106
第十四章	孰是孰非	115
第十五章	大佛传说	126
第十六章	象池寻僧	134
第十七章	指点迷津	142
第十八章	狂风骤雨	150
第十九章	索道惊魂	159
第二十章	金顶炼狱	171
第二十一章	华藏宝函	183

第三卷
佛缘匠心

第二十二章	想要的真相	194
第二十三章	自投罗网	202
第二十四章	悉昙密文	210
第二十五章	"回锅肉王子"	218
第二十六章	速度与危情	230
第二十七章	夜访嘉定	241
第二十八章	武馆之殇	252
第二十九章	七方阵语	263
第三十章	僧匠宏德	272
第三十一章	佛影琥珀	279
第三十二章	"黑科技"	292
第三十三章	古珀幻境	300
第三十四章	夜袭	308
第三十五章	"三英"战河妖	315
第三十六章	三世佛	321

第四卷
乌尤玉莲

第三十七章	暗夜乌尤	332
第三十八章	三圣合规	344
第三十九章	暗河秘境	352
第四十章	钟乳墓道	361
第四十一章	玉莲胜景	372
第四十二章	石塔迷途	379
第四十三章	全面激战	392
第四十四章	无限镜像	402
第四十五章	捕风捉影	413
第四十六章	佛首雏形	421
第四十七章	千年迷局	433
第四十八章	预示之象	445
第四十九章	诀别时刻	456
终章	改变一切的壮举	473

后记   481

楔 子

菩提本无树,明镜亦非台。

本来无一物,何处惹尘埃。

他坐在湖畔边的石堆上,脸上写满落寞和悲郁。

他的神情有些呆滞,只是直直地盯着远方,目光没有焦点。

面前是一望无垠的湖水,远方烟波浩渺,水天相接,阴暗的云天与铅灰色的湖水纠缠在一起,难分彼此。

他似乎坐了一世那么久,僵硬的身体犹如石化,灰沉的湖水映出他模糊的倒影。

起风了,水波晃荡开来,那倒影也随着波纹展露而逐渐变大,暗淡得如同浓墨晕开。

他站了起来,失魂落魄地向湖中走去……

序幕

巴黎风波

第一章
巴黎的钵钵鸡旗舰店

　　雨层云汇集在东方，正向巴黎上空席卷。

　　汽车的灯光感应器有些过敏，还没到傍晚车灯就亮了。低气压造成的热风一阵一阵地扫过来，把巴黎街头的浪漫气息吹得无影无踪。

　　索林街在老城区里面，一大片法国梧桐树把它捂得严严实实，好像藏着什么秘密似的。不过索林街却一点也不严肃，街边的门面大都是些新晋的网红咖啡店、手工艺店，还有小而雅的书吧和个性独特的服装店。

　　索林街最有风味的景色莫过于一段四十米长的老墙。那是17世纪路易十四统治时期修建的一座政府机构建筑，后毁于革命战火，仅留存正面的几根柱梁和砖墙，不过仍然看得出那种标准的古典主义三段式结构。老墙非但没被拆毁，还被市民们装扮得花枝招展，从墙上悬挂的铁桶里，垂下大片的粉紫色蔷薇和浅黄色金银花枝条。

　　墙上的涂鸦至少盖了三层，最近的是上个月巴黎罢工运动中喷上去的，"减税赋，要轻松！""没心情，就别上班！"等等标语透出一股西式风味儿，成了这条商业街独特的背景墙。

　　最出人意料的是，这条洋街上忽然钻出一间中式门面小店。它一旁是豪华的咖啡馆，一旁是设计独特的书店，而这装着飞檐、挂着大红灯笼的中国小吃店被唐突地挤在中间，怎么看都不像是这条街亲生的。

小吃店门楣挂着一块黑漆招牌，上有烫金楷书："宁天阁"。左右两边挂有一副楹联。玻璃窗上，还贴着醒目的标识："内有 Wi-Fi，支持支付宝、微信收付款。"

小吃店门口，一中国青年，正用中文招徕顾客："尝了四川菜，开心去马赛，吃了钵钵鸡，畅游法兰西。"

他抹满了法国精油的黑发散发着腻人的香味，一双黑乎乎的眼珠子以极高的频率转动着，嘴唇灵巧地翻动，好像唇肌比别人要发达似的。他身穿暗红色唐装，黑色水洗棉收口休闲裤，左手端着一个散发着红光的玻璃罐子，右手夸张地比画着，朝面前几名印度游客说得眉飞色舞。

那是一个直径 10 公分的玻璃圆罐，一排竹签浸润在中国红里，黄白的鸡肉、黑亮的毛肚、翠嫩的莴笋、奶白的黄喉在诱人的红油中若隐若现。

"是四川麻辣烫吗？"一个印度黑仔咽了咽口水，用蹩脚的中文说道。

"兄弟。"中国小伙掏心掏肺地说道，"看你还对我们大中华文化有所了解，我就直言相告吧。这个是中国的国粹，钵钵鸡，口味绝对吊打法国大餐，不信你可以尝一尝哈，包你满意。"

"这看起来太辣了。"

"嗨，这你就不懂了，看起来红亮亮的，其实并不辣，而是一种独有的香辣口感，就像你们那咖喱酱，你只需要……"他双眼一眯，希望能尽快解释到位。

旁边扎头巾的女孩子指着地图，叽里呱啦说着什么，拉着阿三就往旁边走。

"走错路了，不好意思啊！"阿三虽然身子动了，眼睛还直勾勾地盯着那飘着芝麻的一罐红油。

"吃一点儿再走嘛，慌啥子嘛！"中国小伙眼看顾客跑了，一着急四川话就冒出来了。

他不屑地哼了一声，眼睛一扫描，又锁住了另外的目标。刚好路过几个中国游客，他们看着街对面这家飞檐斗拱的特色餐饮店，都很好奇，不禁评头论足起来。

他用毫秒级的速度调整了脸上的表情，笑得比空姐更标准，"来来来，异国他乡伙食差，吃了川菜不想家，最正宗的四川红油钵钵鸡，不好吃不要钱啊！"

"李欧！"这时头上传来一妇人的呼喊，给他的热情推销按了暂停键。

抬头一看，一中年妇女打开二楼的窗户，一张脸夹在两盆牡丹花中间，正朝他看过来。

"你上来一下！"女人唤道。

李欧嘀咕一句：你是公司法人你说了算。便把罐子放在门口展示台上，慢悠悠穿过店堂，往里面的木楼梯走去。

店里面摆着十几张红漆圆桌，用四条弧形的板凳围着，是四川老板凳的创意版。

食客们点的除了红色的红油罐子，还有青绿色的藤椒罐、黄色的咖喱罐、白色的浓汤罐，以及五花八门的四川小吃。

壁挂的液晶电视上，正在直播一场法甲球赛，法国巴黎圣日耳曼对战里昂，巴圣坐镇主场——豪华的巴黎王子公园球场。

"姆巴佩！冲啊，冲！"淡金色头发的法国男子，一只手举着瓶浅白色的中国进口饮料"峨眉雪"，一只手晃着个吃了一半的鸭肠串子，兴奋地手舞足蹈。

法国黑人小伙，年轻的球星，圣日耳曼队的姆巴佩，带球从边路骤然加速，时速高达37码的带球冲击，瞬间撕开了对方的后防。

中路，巨星内马尔正悄然逼近，伺机准备接应。

李欧的目光在球赛上停驻了一会儿，接着他便穿过大堂，来到楼梯口。上了二楼，便听见下面一阵嘘声，看来球没进。

推开房门，是一间两室一厅的宿舍，客厅也兼做办公室，里面是母亲的卧室。卧室外边是花团锦簇的阳台，中年女子倚靠在窗边，一袭咖色长裙，烫卷的栗色头发绾在脑后，手里拈着一封信，面朝窗外思绪万千。

"啥子嘛？"李欧习惯性地用四川普通话招呼她，她这才回神转身。

清丽素雅的一张脸，挂着几分愁容，时尚的衣着穿搭掩饰着她的年龄，虽年过半百，也颇有风姿。

"昨晚去索菲特酒店参加华人聚会，服务员交给我一封信，你看看。"母亲把信封递到李欧面前，撕口里露出一个卡片样的东西。

李欧疑惑不解地看看母亲，接过信来，信封上仅留了"秦黎贞收"四个打印字，没有寄信人和地址。打开信，又取出来一张明信片。

这是一张普通的硬纸明信片，正面是世界著名的古迹——四川乐山大佛的照片，画面经过电脑处理显得色彩明丽，这种明信片在四川的旅游市场随处可见。

"你的朋友去乐山旅游了？"李欧轻描淡写地说，看着那端坐的巨佛，这千年不变的造型早已深入人心。

"居然……是这张明信片。"母亲脸上疑惑与喜悦在交替呈现。

李欧不懂她的意思，翻过明信片来看，却依然空无一字，连个邮戳花章也没有。

"你还记得吗，我那本老相册里面有一张明信片，和这个一模一样。"母亲说道。

李欧忽然想起了什么，他曾经在翻看母亲的老相册时见过这样的明信片。他记得那年还在上小学，母亲被派遣去青海公干，从未出川的她，很不习惯外头的生活，何况是那远寒之地。于是父亲就给她寄去了一箱好吃的东西，并附上了这样的一张明信片，父亲说大佛老爷会保佑母亲一切平安。

李欧脸色突然变了，忙把明信片插进了屁股上的裤兜里，"老妈，我都跟你说了好多回了啊，你莫念他，念他搞啥子？你说这么多年他尽了啥子责，从来都不顾家。现在他一走了之，走了好！大家都省心了！"

"这不要这样子说他！他是身不由己……"母亲眼眶突然就红了。

"算了，都啥子年代了还找这种借口，太自私了！"李欧也话不相让。

"李欧，你可晓得这封来信的意义吗？"母亲难以抑制内心的波澜，"这说明他还活着，他一定有他的苦衷，一定是躲在某个地方给我寄信的啊！"

"瞎扯！"李欧反手指向身后墙上，"水文勘测局给的锦旗还挂在那儿呢，你就忘了啊。"

母亲哀怨的目光飘向墙上的锦旗，欲言又止。

"哦，正好要给你说下，王姨让我明天去会展看看。"李欧打断了母亲的思绪，谈及世界烹饪博览会的事情。那是巴黎烹饪协会主办的活动，层次比较高，本来和李欧也没什么关系，但母亲却请王姨出面，给他落实了一个参展名额，这下搞得他压力不小，又是参加网上教学，又是深夜苦练，一心想要拿出几道精致川菜来。

王姨是成都人，以前就是母亲的闺密。30岁那年离异，一直没有再相中合适的，后来在成都夜场认识了一法国中年帅哥，两人一拍即合，不久便远嫁法国。自从得知李欧父亲失踪的事情后，就一直动员母子二人到法国居住。

李欧母子到法后，王姨不仅帮两人协调落实店面，提供资金和各种资源，还办妥了商居的手续。

"还是你王姨有人情味儿，你要好好记着。"母亲说起王姨，心情开朗了不少。

两人刚聊了没两句，便听见楼下有摩托车的轰鸣，红蓝双色闪光也映上了窗前的雨棚。李欧略有惊疑，把头伸出窗台一看，见一辆警车停在门口，一个警察正在和店员说着什么。

李欧说去看一下，便快步跑下了楼。

门口站着一戴着墨镜的女警，一手端着个本子，另一只手夹着圆珠笔，指指画画。店员小妹正和她费力解释着什么。

李欧虽听不太懂法语，但也知道是找茬的了。脸上笑容一挂，赶忙招呼道："哦，长官，你这一身帅气的警服简直如同孔雀开屏、幺鸡抖翅。小刘，翻译。"

店员小妹长得挺清秀的，短发，双眼皮，好看，是在法国招的华人，法语说得挺溜，她愣了一下不知怎么组织语言。

女警取下墨镜，倒是长得不赖，就是一脸严肃，看样子也就不到30岁。她叉着腰盛气凌人地看着李欧，鼻翼两边有两条生硬的沟壑。

女警叽里呱啦说了一阵，又用笔朝店里指指点点。

小刘赶忙翻译："她是巴黎的市政警，她说我们这家店来历不明，要进行彻底的调查。"

李欧嘴都歪了，"来历不明？"

小刘接着说："她的意思是说，最近巴黎发生了骚乱，就是那个什么'黄背心运动'，据说其中也有华人参与，出于安全考虑，她要进行调查。"

"放……"李欧的"屁"字没有说出口，这显然是无中生有，眉头一抬，"搜查令有吗？"

"她说先是了解情况，不是查人。"小刘小声地说。

李欧长长地哦了一声，做了个请的手势，让女警走进店来。

"亲爱的警官大人，我们这家店可不是普通的小吃店，这可是东方食品艺术展示馆啊。您看，我们这牌子，认得这几个字不，我们是中国'一带一路'展示门店，为传播中华文化而来，店里所有人员都是政治合格、作风优良，经得起查的。"

女警的眼光落在墙上那些食品的宣传图上，似乎很感兴趣。

李欧指着墙壁上那些菜式照片，妙语连珠地说："这样吧，我来给您介绍一下，你看看我们的食品配置，体现了中法艺术的碰撞啊。前菜，洋葱汤、泡椒凤爪；主菜，嘉州红油钵钵鸡；配菜，萝卜丝薄饼；甜点，马卡龙加糍粑冰粉儿，酒水可是号称东方雪碧的'峨眉雪'，用波尔多葡萄酒一勾兑，我的个神，那简直欲仙欲死。"

他一边扯开一瓶葡萄酒的木塞，一边旋开峨眉雪的盖子，两手往玻璃杯里一倒，紫红色与白色激烈碰撞着，激起一大堆泡泡，杯子里中西合璧，混合出异常美妙的色泽，一股荔枝和葡萄的果香飘进了女警的鼻子。

女警露出颇为有点复杂的笑意，把脸凑近李欧，轻轻地说着话。

小刘忙嘀咕道："她的意思是说，这些把戏她见得多了，要玩就到唐人街去玩。"

李欧严肃了起来，正要大谈中国改革开放四十年之成就和国际形象的提升。却听店外有个男子喊了一声："salut！（法语：你好）"

扭头一看，明媚的阳光中，一个长发飘逸的型男迈着模特般的步伐走上前来，橘黄色的秀发、深邃迷人的湛蓝色双眼、性感的胡楂、微微上扬的唇线、强健的胸肌。

"李欧，摊上事儿了吧。"一张嘴竟是一口流利的带点口音的华语。

"贝尔勒，你小子来得正好！"李欧如释重负地说，"这位铁娘子想请我喝茶，但小店业务繁忙，无暇抽身啊！"

型男把飘逸的金发一撩，眼里迸出的电火花，跳到女警的脸上，然后很嚣张地靠了上去，随手拿起吧台上刚刚兑好的饮料。

接着，就同女警你一句我一句地聊上了。

说了几句，女警干硬的脸蛋像是仙人掌上开了花，喜笑颜开。

"Santé！（法语：举杯庆祝）"贝尔勒举起杯子，轻轻啜了一口。女警点点头，转身朝李欧说了两句，然后走出了店门。上警车前还不忘回首向贝尔勒招手。

李欧傻眼了，忙问："你小子给她灌了什么迷魂汤，怎么分分钟搞定师太？"

贝尔勒耸耸肩，轻描淡写地说："哦，没什么，她首先是一名女人，然后是一名法国女人。"

李欧白了他一眼："靠，长得帅可以藐视法律。"

贝尔勒身着一件速干运动T恤，潮流工装短裤和滑板鞋，大拇指朝街边的一个五颜六色的滑板车指了指，说道："让我们一决雌雄吧！"

"雌什么雄，你雌雄同体吧。没看着我这忙着吗？还有，别以为会几句成语就想跟我们中国人民套近乎！"李欧遇到贝尔勒就口无遮拦，时常拿他开涮。

"话说我这中文水平可以上中文脱口秀了吧！"贝尔勒得意扬扬地说。

"别太得意，中国文化博大精深，你仅会点皮毛。"

"也是啊，中文的确玄妙，比如说中国大败日本，中国大胜日本，这两句话居然是一个意思。不像我们法国，怎么说都是败。"贝尔勒一脸茫然。

"呵呵，你们不是有常胜将军拿破仑吗？"李欧调笑道。

"哦，你说那个科西嘉矮子，他是个外国佬。"贝尔勒很好地继承了法式幽默感。

李欧正准备给母亲说一声,店员小刘提着一大盒的外卖出来了。

"送外卖吗?"李欧问道。

"嗯,福斯街,挺远的,我那个小电瓶车电量恐怕不够啊。"小刘忧虑地望了旁边的小车子一眼。

李欧打了个响指,"来吧,大橘,咱们中法合璧,完成一次基于人力四轮驱动的物资空间转移!"

贝尔勒哼了一声,"大橘"是李欧给他取的绰号,因为那一头金发太有标志性。他潇洒地抹了一把头发,套上一个发带,伸手接过一份外卖,两人约定,谁最后到,谁就要请客去布里斯托餐厅吃大餐。

李欧走到墙脚,一踩那个蓝色的滑板,它立刻顺从地翻了个身躺在脚边。他滑到贝尔勒身边,做好准备,喊了一声"走你",两人就如离弦之箭,冲入街道。

"李欧,别忘了帮我看看明信片的事!"母亲探出头来,扯着嗓子喊道。

但行者神速,转眼间两人就拐了个弯,消失在了街道尽头。

第二章
不速之客

今年厄尔尼诺现象比往年更加明显，前天一场飓风刚刚袭击了法国南部，巴黎也有两个多小时的停电，ETS 电网公司收到的投诉滚雪球般累加着，这里恐怕有世界上最娇气的人民，吃不得半点亏。此刻天色暗沉，仿佛提前到了傍晚，埃菲尔铁塔高傲的身躯被暖湿气流形成的气雾紧紧缠绕着，塞纳河原本温柔细腻的水波也被阵风吹得凌乱不安。

两人施展着滑板技术，忽而加速猛冲，忽而闪避车辆，忽而越过坡道，忽而弯腰挤过人群。

刚开始两人基本上是不相上下。但是贝尔勒毕竟也算是玩街头运动的大拿，发挥着欧洲人的身体优势，运动细胞十足强大。别看人高马大，动作还灵巧麻利，保持着很好的节奏感。而李欧就显得"菜"了一些。

前面要穿过一个小广场，路牙子挡住了去路。贝尔勒速度不减迎了上去，在接近路牙子的瞬间，将重心移到后脚，翘起板端前沿上台，再迅速重心前移，放平滑板，完成了流畅的上坎技巧。

李欧依葫芦画瓢，但显然经验不足，差点没被绊翻在地。贝尔勒回头一看他的窘态，哈哈大笑起来。

两人穿过广场，来到塞纳河的右岸，这里是巴黎最时尚新潮的玛黑区。宽宽窄窄的街道两侧遍布各式时装小店，间或穿插着风格独特的咖啡馆和餐厅。

李欧跟不上贝尔勒，距离越拉越开，这样岂不是输定了，便动起了歪脑筋。

他拿出手机，朝着贝尔勒喊话："大橘，师父要提问了，钵钵鸡的特色是什么？"

贝尔勒点开信息，暗自一笑，脱口而出："汤料的味，红油的润，食材的鲜，气味形状的妙。"

这些都是李欧亲授给贝尔勒的，贝尔勒是个川菜迷，自然对李欧讲授的川菜技术十分上心。而李欧有个特殊技能，不仅会做菜，还最能侃菜，经常能把一道平淡无奇的小菜描述得惊心动魄，令人欲罢不能，甚至能吹得一个没有胃口的病号饥肠辘辘。李欧自诩为"被生意耽误了的美食家"，他对于美食家的定义是这样的：做得好是厨师，吹得好是名嘴，又会做又会吹才是美食家。

比如烤红薯，李欧会说，瞧这焦煳煳的黑曜石宝贝，周身满是草灰，一打开它的黑皮肤，马上一阵樱桃红的亮光就会把你送到缅甸红宝石矿石堆里去，闻一闻，哎呀，那种香味马上会侵入你的五脏六腑，令你神魂颠倒。那到底是什么香味呢，就像是饿昏了的哥伦布忽然闻到的新大陆上飘过来的墨西哥烤玉米香……

李欧继续发着语音："汤料靠什么？"

贝尔勒对答如流："鸡腿熬制，猪骨调制。"

"红油怎么弄？"

"辣椒末捣得细，菜籽油烧得香，熬红油手法高，白芝麻配得好。"

"食材呢？"

"腿条、鸡尖、喉片、脚皮、鹌鹑蛋、红椒、黄瓜、白藕、黑耳、绿莴笋。"

"那气味形状呢？"

贝尔勒哈哈大笑起来："椒香、肉香、蔬菜香，长签、短签、红头签！"

"一句话说传统！"

"吃串串数签签!"

这些钵钵鸡制作口诀纯属李欧自创,从他那个神棍般的大脑里冒出来的。

"兄弟,你已得我真传。还有附加题!"李欧掠过一个打电话的西装男,一边调整姿势一边喊着。

"红油辣椒配比是多少!"李欧公布"终极试题"。

贝尔勒翻了翻白眼,胡乱说道:"3……2……比 4……"他哪里记得清楚这钵钵鸡红油秘方里面的辣椒配比,平时都只是见到熬制好的红油,没听李欧谈起过。

李欧嘿嘿笑道:"得不到满分才有进步的空间啊!"

贝尔勒被李欧一搅神,差点撞上前面骑自行车的小孩子。他身子一歪,脱离滑板急忙闪避。滑板和他一分为二,从小孩两旁飞了出去。

摔倒的瞬间,贝尔勒侧身保护了快递盒。当他用法语骂着站起来的时候,李欧已经跑远了。

两人最终来到了一处幽静的林荫道,顾客的位置就在这边的公寓里。

"我赢了。"李欧气喘吁吁地说道,"等会儿你把事办了吧。"

"小李子,你这是以小人之心度君子之腹啊!"贝尔勒日常性地满口瞎跑成语。

两人把外卖放在公寓进门处的保安室里,拨通了电话。告知对方货已送到,然后便悠闲地向餐厅挺进。两人有一搭没一搭地聊着。

"我说小李子啊,你这家伙做川菜是把好手,脑子也挺活的,不过待在那小吃店上有点屈才啊。"贝尔勒话里有话。

"只要有财,就无所谓才了。"李欧回应道。

贝尔勒忙说出自己的想法:"那个成语怎么说的来着,嗯,求什么若渴……来吧,到我的户外用品公司来干,我们需要一些有想法的人。"

李欧眼神有些飘忽,嘴里嘀咕着:"我说大橘,你是贵族后裔,钱儿多得数不完,有资本给你折腾,但你这公司怎么都觉得像是个玩概念的,什么阿尔卑斯之泪冲锋衣,异鬼登山鞋,还不如咱钵钵鸡来得实在呢。恕我高攀不起。"

贝尔勒可不依了，用手指着袖子上那个橙线绣制的山峰状标志，下面是白色字母 Heyant，正色道："看到没有，记住这个标志，日后必将成为国际大牌。你就是了解得太少了，下次带你去咱阿尔卑斯研发部看一看。"

李欧没有接话，只是滑到了贝尔勒身旁，小声嘟囔一声："有人盯梢。"

贝尔勒愣了一下，装作活动身体，往后瞅去，果然一辆黑色的雪铁龙轿车不知什么时候出现在两人身后几十米的位置，像个幽灵一样，和他俩保持着固定的距离。

贝尔勒嘀咕道："怎么会盯上我们，莫名其妙，认错人了吧。"

李欧笑道："咱俩身价加起来好歹也有个千万欧，被人盯上也说得过去。"

"你还真是会算，是 1 加 999 对吧。不过，我倒是对他们感兴趣了，要不盘他一下。"贝尔勒略带嘲讽地说道。

两人会意一笑，把滑板停在路边，然后若无其事地走进了前面两栋公寓中间的小巷子。

巷子里有个工具房，门没锁死，两人溜了进去，静静候着。

不久，就听脚步声从巷口传来，两个家伙一高一矮，也进了巷子。一个穿藏青色的对襟长衫，戴一鸭舌帽，脖子上挂一串木珠子项链。另一个矮了一截，着黑色修身小西装，黑色的头发整齐地扎在脑后，身子挺得很直，是个气质干练的女子。

两人都戴着墨镜，动作有些僵硬，也不知是紧张还是有些疑惑，好像是走错路了一般。

就在两人经过工具房的时候，李欧贝尔勒猛地推开房门，站在了来人身后。

"干什么的！"贝尔勒用法语吆喝。

对方转身，没有说话。

"瓜娃子，想打劫嗦！"李欧用四川话加强了语气。

话音刚落，那个戴帽子的男人猛地朝李欧伸出手来。

李欧精神高度紧张，一看对方还动手了，条件反射地一记摆拳打了出去。贝尔勒见状，不敢迟疑，挥拳摆腿开始进攻。

　　一瞬间几人就干了起来。贝尔勒抬起一脚朝那鸭舌帽踹去，却见旁边那女子动作快如闪电，鞭腿轻击，敲在他的小腿上，立马瓦解他的攻势，疼得他哎呀叫唤。

　　李欧趁机从身后接近女子，两臂一夹想要锁喉，岂料女子右腿后移半步，身子反抵过去，背一弓，手一拽，就来了个过肩摔，轻巧地就把李欧放倒。

　　李欧眼前火星四射，暗叫踩到雷子了，把希望寄托给贝尔勒。

　　贝尔勒平时自恃会几招搏击格斗术，没吃过硬亏，刚要动真格，却见那女人手里多了一把手枪，乌黑的枪口顶在了李欧头上。

　　"别乱动，退后！"女人的语气容不得商量，居然是个四川口音。

　　贝尔勒傻了，无奈往后让步。女子扭着李欧，制住他的手臂。李欧的手腕被她捏在软处，竟使不上一点劲。

　　"哎呀，误会了，误会了啊！"那鸭舌帽像是犯了大错一般，赶紧劝女人不要动粗，这人倒是说得一口流利的普通话。

　　"哼，是他们先动的手！"那女人扭着李欧不放。李欧试着挣扎了一下，发现这女子看似纤弱，力气却大得惊人，揪着他就像抓住了一只猫。

　　"颠倒黑白，明明是帽子先出的手！"贝尔勒嚷道。

　　"哎呀，我只是想跟李欧握个手嘛。"鸭舌帽赶紧澄清情况。

　　"你怎么知道我的名字，你们是谁？"李欧惊讶了，看来对方把自己调查过了。

　　女人在鸭舌帽的劝解下，这才放了手，把手枪插回腰带内。

　　"是这样的，我们有急事要找李欧商量，这里不是说话的地方，可否请你跟我们走一趟。"帽子男语气诚恳，恭敬地说道。

　　李欧和贝尔勒相视一眼，不知道什么情况，便问："到底什么事情，要说就在这里说。"

　　鸭舌帽长叹一声，欲言又止，似乎有话要讲，但又怕讲不清楚。

正扭捏着呢，忽然听见巷子口传来一声法语的吆喝："在这里！"

几个手握球棒的古惑青年，怒气冲冲地就往里跑了进来，目标似乎是女人和鸭舌帽。

女人骂了一句龟儿子又来了！拳头一握就准备正面应对，却被鸭舌帽拉了一把，"小沨，快走快走！带李欧走！"

那女人眉头一皱，听了鸭舌帽的话，一转身揪着李欧的衣服，就带着他往另一头出口跑了起来。

"喂喂喂，文明点啊！我还要送外卖，有事等我下班再说啊！"李欧的衣服都快被扯烂了，想要挣脱那女人的爪子，却发现无济于事。

贝尔勒慢了半拍，想要去抓李欧，却察觉耳边有风声，一个烂铁桶掠过脑袋，砸在墙上，这帮混混不分青红皂白，就开始袭击了。

贝尔勒同样用法语大骂着，回身想要教训这群混蛋，却发现力量越发悬殊，十几个小青年已经挤进了巷子，都打了鸡血似的手握棍棒砍刀就往里冲。

"快跑吧，小伙子！"鸭舌帽拉了一把贝尔勒，两人张开步子就往回飞奔起来。

"啥情况啊，你们这两个祸害，连累我们了！"贝尔勒一边跑一边喊着，鸭舌帽也没说话，现在不是解释的时候。

女人率先出了巷子，把李欧掳到车前，门一拉，再把他往里一搛，李欧一个趔趄翻进了汽车，还不来及骂，车门就关了过来。

鸭舌帽随后就到，从另一边窜了进来，正好和李欧挤在一起。

汽车一声轰鸣，不待两人坐稳，就起了速度，往前冲出。

"喂，还有人啊，你们干啥子！"李欧惊声喊着，透过汽车后玻璃，看见贝尔勒追着汽车跑着，可这女人丝毫没有减速的意思，和他的距离越拉越远。

后面一群小混混像是马拉松赛跑一样，对着贝尔勒穷追不舍，这家伙真是倒了血霉。

好在贝尔勒迅速决断，放弃了追车，身子一扭就往滑板车奔了过去，惊险地躲过了两个小青年的袭击，总算踩上滑板，张牙舞爪地加速逃离。

汽车呼啸远去，贝尔勒心想硬追肯定无济于事，好在自己用脚指头都能画出巴黎的地图，预想了一下他们的路线，于是滑动滑板，抄近路而去。同时，又拨通了报警电话，告诉警方遇到了绑架。

李欧坐在车里面，一脸怒意，但又并没有激烈挣扎，两只眼睛飞快地打量着。

男人，五十岁上下，脸色暗黄，帽子下没有鬓角。虽然戴着冷酷的蛤蟆镜，但周身气质倒显得十分儒雅，举手投足显出较好的修养。那女司机可就不一样了，浑身散发一股冷气，这六月天也让人感到阵阵寒风。从座位后面看不清面容，只看见一双白皙的手麻利地操控方向盘和各功能键。从刚才那手法来看，像是接受过专业的武术训练。看来今天是霉运缠身，遇上黑吃黑了。

男人隔着墨镜看着李欧，满脸歉意："对不住，对不住，实在逼不得已。"

"你们有病是吧，惹了事又连累我们，贝尔勒要是有个三长两短，我饶不了你们！"李欧气得跺脚，但一想到那女人手头还有把枪，也不敢太过冲动。

"哎呀，我们本来只是来请你办件大事，路上不小心得罪了黑帮。"男人连连叹息。

"糟了，有麻烦了！"女人声音凌厉，原来前面两个摩托警接到报案，鸣响了警笛，一边喊话一边追击雪铁龙。

雪铁龙左突右拐，与数辆汽车碰擦，摩托警车紧追不舍，眼看就要追上汽车了。忽然，轿车扭转车头，拐进楼梯小路，磕磕碰碰往坡下闯去。

下面是繁乱的巴黎跳蚤市场，汽车一边鸣笛，一边在那些小摊小铺之间费力地挤过去，车身上挂起了花花绿绿的水果浆汁。一排挂着彩灯的宣传栏被撞倒在地，封堵了后面的道路。

人群咒骂着，向汽车扔出面包和鸡蛋。两辆警车尴尬地穿行，却被一帮刁民拉着索赔。在法国，人民可是自由惯了。

雪铁龙扑腾一下跃上小桥，又颠簸着穿过一个花园，逼停了一辆观光电车，最后驶上一条休闲步道，终于甩开了警察。

渐渐远离市区，进入巴黎郊区。

已近黄昏，乌云已经铺满整个天空，空气更加闷热难耐。汽车进了一个老街区，这里靠机场近，交通便利，有不少性价比较高的旅馆。但也鱼龙混杂，立交桥下面是个贫民窟，有不少吉普赛移民搭的彩色布篷，到处是夸张的涂鸦。

汽车在一个老楼改造的民宿前停了。下了车，帽子男从后备箱取出车衣，把汽车罩了起来。

两人一前一后夹着李欧，把他带进了楼。楼里面弥漫着一股难闻的药草味道，还有野猫的刺鼻尿味。

上了三楼，男人用钥匙打开房门，里面是一间60平米的普通客房。

中间有一张大桌子，女人单手提了一把铁椅子摆到桌前，把李欧按坐在上面。

"你就是李欧，说一哈你从哪里来，到这里做啥子？"女人没有任何废话。

李欧歪着头看了下两人，道："从东土大唐而来，往西天去。"

女人取下了墨镜，露出一双明亮清澈的眼睛，内双，浓密的睫毛和乌黑透亮的眸子，散发出危险而又迷人的神韵。两道英气逼人的直眉如细剑般，红艳的嘴唇紧抿着，小巧却又倔强。

李欧不禁暗忖，这女人长得倒是俊俏，就是面孔生冷，属于霸王花类型。

男人也取下了墨镜，却是一双带着鱼尾纹，让人感到亲切的眼睛。方脸，下巴一撮山羊胡，褐色皮肤。

男人又取下了头上的棒球帽，露出光秃秃的头皮来，而头顶上还有九个整齐的疤。

一个和尚？

"李先生你好，呃，非常冒昧。"男人说话倒是彬彬有礼，"刚才事发突然，一时间解释不清，所以我们只好得罪了。"

"你们绝对失算了，999不拿非要找我这个1。"李欧自嘲道，两人没听明白。

"李先生，我们从四川过来，是想来找你了解一些情况的。"男人诚恳地说道。

"不远万里来找我，难不成你们是穷游家，来找我化缘的？"

"别贫嘴，我们真有急事。"女人着急抢话道。

李欧苦着脸道："小姐姐，我们萍水相逢，总得互相认识下吧。"

女人哧了一声，不以为然。

男人尴尬一笑，从腰包里掏出了两本证件，一本一本翻开给李欧解释道："我是峨眉山的一介僧人，法号云空。她是乐山嘉定武馆的女拳师，唐沏。"

"哦，失敬失敬。"李欧朝那证件内容瞥了一眼，顺口而出，"原来大师是峨眉高僧，这位小姐姐英姿飒爽，一看就是武林中人。"

陌生人口中的话毫无可信度，证件有什么用，几十元就能办一本，这个身份介绍一听就是假的，所谓僧人可能是商人，拳师可能是打手。

"李先生。我们此次前来，是有要事要办，这件事极其重要。李先生，可否向你核实几个问题？"云空有些焦急地说道。

"那么客气干啥，叫我李欧！"

"呃，李欧，你是四川眉山人对吧，两年前，你与你母亲受人邀请来到法国，开始创业，你们开了一家四川菜馆名叫宁天阁？对不对？"

"没毛病。做了功课啊。"

"嗯，那好。那么你可知道，你就是佛祖选定之人，你的命运已经和大佛的安危紧紧联系在一起。"云空忽然站了起来，双手合十向他鞠了一躬。

"打住！"李欧急忙叫停，"还能不能说人话了。"

第三章

佛祖的召唤

自称和尚的人看了一下那面无表情的女子，对李欧说道："我是出家人，不打诳语。你听我解释。"

行啊，你们不远万里而来，想必准备了完美的剧本。李欧心里想道，脸上是一副无所谓的表情。

"有人想要盗走乐山大佛的宝藏。"云空眉头紧锁。

"乐山大佛的宝藏？这是个过时的话题了。"李欧根本不信。

云空叹了口气，陈述道："李欧兄弟，乐山大佛你知道，是古代举世无双的宏伟工程，从唐朝海通法师启动工程开始，前后共修建了整整九十年。后世无数达官贵人，都前去朝拜，自然供奉了大量的奇珍异宝。

"这些宝贝除了供奉于佛门以外，还有一些最珍贵的被秘藏起来，可惜在历史的尘埃中不知所终。但世人被贪欲所驱使，有人找到了宝藏的线索，并认定宝藏就位于乐山大佛身后的山体内部。为了夺得佛宝，他们不惜毁坏大佛，进入其身后的藏宝洞。"

"这是一个摄影爱好者在夜间偶然拍到的图片。"唐沏从挎包里取出一张十寸照片，拍到李欧面前。

那是一张夜间长曝光摄影照，拍出了星河之下大佛的伟岸身影。仔细一看，在大佛的肩头上，有三个人正在鬼鬼祟祟地做着什么。由于距离较远，无法看清细节。

李欧舔了舔嘴唇，乐山大佛的宝藏一直就有传闻，民间也有无数版本。但这笔巨大的财富至今仍没有现身，引得世人纷纷寻找。前年在凌云山警方破获一起盗宝案件，要不是有人提供了线索，几个歹人差点把海师洞炸掉。

这两个家伙的题材选得不错啊，算是一个很好的寻宝套路，一般人还真分不清真假。几年前一起解封希特勒藏宝的庞氏骗局，可是相当牛逼。

"阿弥陀佛，为了阻止歹人作恶，为了保护大佛的安危，我们必须尽一切努力，找到传说中进入藏宝洞的密道，守护佛宝。"

李欧的眼光像水母的触角一样，闪烁着飘动着，瞅了瞅唐沏，又看了看云空，冷笑道："你们刷什么存在感，还不如立即向政府汇报，寻求最大程度的帮助。"

"你觉得哪个部门会有工夫听我们讲传说讲故事？就像当年的张献忠沉银传说一样，如果不是犯罪分子盗掘文物，政府也不会进行抢救性发掘。如果延误时机，让罪犯得逞，不仅中华的瑰宝将流落异处，对我们整个佛教界来说，更是耻辱，是大孽！"和尚言辞恳切。

李欧长哦了一声，暗忖这秃驴一看就是老江湖，普通的疑问都能对答如流，什么宝藏之事，肯定是个大坑。

"那找我做什么？"李欧问。

"施主，不瞒你说，这个藏宝洞密道的秘密在历史上被某个家族传了下来。我们也是多方求索，才得知秘密传到了你的家族中，而你是独子，自然只有你知晓了。"

"编，继续编！"李欧按捺不住了，必须打破节奏，"嘴巴两层皮，边说边在移。你们这剧本写得真是霸气十足啊，还搞私人定制！说吧，下一步是要我出资寻宝还是发展会员？"

"施主你误会了！"光头有些急了，"绝对没有这些打算，只是希望你能够挺身而出，挽救佛教至宝！"

"别扣高帽子，我就是一普通人！"李欧来火了，"行了，要多少说个数，我这小本生意也没啥搞头，不用费那么多心思！"

光头嘴唇在颤抖着,不知该怎么说才好。

"嘟嘟",李欧拿出手机,是贝尔勒打来的电话,正要接起来,被女人一把夺过来,扔在了一旁。

"你们到底想要怎样?"李欧强压怒气,无奈这女人不是善茬,何况他们还有一把枪,不敢轻举妄动。

"你父亲叫李宁天,曾是四川省水文勘测局的资深教授,三年前他发表了一篇关于四川盆地水文衍化特征的研究论文,紧接着被国家水利部收录,定为机密。两年前他参与了一个政府秘密项目,成为核心人员,并组织考察队前往川西,据说不久后就失踪了,官方随后开出了死亡证明。"唐沩不得不拿出干货了,傻子也知道这些情报不是骗子能掌握的。

李欧抬起头看着她的眼睛,"你、你咋个晓得?"

"从你们的先祖开始就一直流传着一个秘密,这个秘密绝不能外泄,你父亲虽然走了,但我相信他一定给你留下了啥子。"

李欧低下了眼帘,他开始感到这两人不像是一般的诈骗犯。父亲的事情,知道的人非常之少,他们怎么会这么清楚?

"他除了留下一面锦旗,还能有啥子?"李欧抱怨道。

"你仔细想想,总会有点东西的。"唐沩缓和了语气,希望给他点时间。

李欧闭上眼来,父亲的音容笑貌是那么遥远,他只看到他的背影,在茫茫的雾气中,永远遥不可及。父亲从来没有给他讲过什么家族传承的事,虽然有时候他也感觉到父亲在隐瞒什么,但他真的是一堵密不透风的墙,没有半点破绽。

李欧想了半天,忽然想到了什么,赶忙从裤兜里翻出那个被他对折了的信件。

从信里取出那张明信片,李欧扔在桌上。

"喏,最近收到了这个玩意儿,可惜上面一个字也没得。"李欧没好气地说。

唐沩和云空凑过来,仔细地翻看了明信片,也是一头雾水。

"不会吧，难道我们真找错人啦……"唐沨脸上有些沮丧。

云空闭上了眼睛，嘀咕道："也许正如你父亲所言，那才是唯一的办法。阿弥陀佛，佛祖怕是要降罪下来了……"

"等一下。"李欧像是摸到了抢答器，声音一震，他瞅见明信片右下角，有个小小的二维码。

二维码其实并不稀奇。现在的物品，生产商基本上都会印上自己的二维码，或是连接到微信公众号，或是到官方网站，或是商品的其他详细信息。

让李欧觉得蹊跷的是，这张明信片如果和母亲老相册里面的一样的话，那就是 20 世纪 90 年代的产物，那时候哪来的二维码？

"手机给我。"李欧瞪了一眼唐沨。她不客气地回瞪着他，但还是把手机扔到李欧面前。

李欧打开手机，扫那个二维码。

进度条出奇的慢，十几秒后仍然还是个白色的空页面。

页面终于变黑色了，跳出来几个金色的文字："鹿死谁手"。

果然暗藏玄机。

页面忽然一闪，文字消失了，出现了一个对话框，什么也没有，但光标在里面闪烁，像是要输入什么。

"密码，一定是密码！"云空惊道。

"鹿死谁手……"李欧琢磨着这成语，我咋知道死谁手，鹿死……谁杀了鹿？且慢，好像有人在特定场合说过。

瞬间，记忆就回到了高中时代……

那次暑假，父亲也难得休假了，就带着李欧去川西旅游，在一处藏民的猎场中，父子二人难得在一起打猎。

他们艰难地爬上一座大山，眼前出现了一个狭长的山沟。沟里有一条清澈的溪流，欢快地流淌着。

望远镜中，李欧看见一群棕黄色的鹿正在江边饮水。父亲拍拍他的肩膀，告诉他这是白唇鹿，在海拔 3000 米以上的高山森林才有机会见到。今天运气不错。父亲于是带着他，穿越松柏成群的密林，走下峡谷，往溪边走去。

父亲常走山野，认识不少朋友，这次是从一户藏民手里借了两把猎枪，在划定的猎区里狩猎。父亲拿的是猎户家传的 75cm 老式单管猎枪，李欧的是新购的轻便三连响，加装瞄准镜。这是李欧第一次跟随父亲打猎，自然非常兴奋。

李欧心急跑在前头，却被父亲叫住了，给他讲如何接近猎物，如何伪装，如何藏于下风口，如何待猎等等。

"溪流的声音是很好的干扰，这样子才好进射程。"父亲说道，带着李欧接近河边，匍匐前进，缓缓穿行在灌木丛中。

一头喝完水跑进树丛寻找食物的雄鹿进入了视野，它时而低头吃东西，时而四处张望，充满警惕性。它的嘴唇雪白，背毛棕色，腹部土黄，个头不算太大，应该是刚刚成年，头上一对鹿角呈现着漂亮的树枝状。

"李欧，好机会，仔细瞄准，认真观察，朝头部打。"父亲把机会让给李欧，悄悄把挎包取下来垫在李欧枪筒底下，给他摆好了射击角度。

李欧透过瞄准镜，清晰地看见那白唇鹿的一举一动。那鹿朝这边望了一望，又继续埋头吃草，并未发现有人存在。

李欧握紧了枪身，瞄准镜的十字线在鹿头上颤动着，这是他的第一次打猎，兴奋，刺激。他想到这条生命即将消失在他的手下，这于人类来说不过是一场游戏，而对自然来说，是否是一种罪过？他的情感一瞬间变得复杂，指头也似乎僵硬了，扣不动扳机。

"放松，打猎不是杀戮，它来源于远古时期人们的求生技能，不要多想。"父亲似乎读懂了他的心思，把手搭在他的肩上，李欧内心渐渐安宁下来。

可这时候，鹿似乎有所察觉，警惕地向四周张望了一下，便迅速迈步离开了原来位置，直到隐入了一棵巨大的松树后面。

李欧焦急地等待它再次出现，但雄鹿却像是消失了一样，不见踪影。

父亲忽然皱起了眉头，他低沉地说："这头鹿似乎感觉到了某种危机，可能并不是来自我们。你说鹿死谁手呢，鹿死谁手呢？"

李欧记忆中，父亲特别强调了这四个字，像是饱含某种意义的提示。

李欧直直地盯着那棵巨松，也许是身体趴得太久，眼前有些发花了。他忽然想起了在猎区外的警告栏上，写着"时有狼、熊、野猪出没"。

脑海里无端地出现了一个画面，像是未经过自己的允许，就开始在大脑里放映了：一匹凶狠的狼从草丛里潜行着，它的眼睛发出绿光，发黄的牙齿上挂着浓稠的唾液，它的身躯散发着死亡气息。它忽然一跃而起，压倒了雄鹿，迅速地咬上了它的喉管。

这画面让他打了个哆嗦，回到现实。几分钟后，却听不远处一声闷哼，那鹿似乎遭遇了什么。

李欧想要起身，却被父亲用力压住了。

李欧用瞄准镜望过去，只见那树后的草丛在晃动着，忽然，一个灰黑的影子走了出来。

天啊，那是一匹野狼，它荧绿的双眼望向李欧，带着几分凶残几分怪异，它的额头上有一块暗红的伤疤，它的嘴角滴着新鲜的血液，它灰色的皮毛犹如一件暗夜的披风。

李欧的心提到了嗓子眼，刚才脑中的幻想竟变成了现实。

父亲也全神贯注，将枪口对准了野狼。

啊呜，野狼长啸一声，转身一头扎进了草丛，不见了踪影……

李欧倒抽了一口冷气，从回忆中回过神来。

这一天是为数不多的他与父亲共同度过的一天，印象非常深刻。那匹狼，是什么时候出现的，又为什么和想象中的一模一样，李欧每次回想起来，都会出现这个疑问。

他清楚地记得那天父亲说过的话，以及当天的日期：7月17日。

难道这就是密码？

李欧想要输入数字，忽然犹豫了起来。

如果密码正确，那就证明父亲并没有死，并主动地向他传递信息。但这样的话，他似乎就会和父亲的命运联系在一起，万一那是一种万劫不复的命运呢？要不要踏出第一步，真的很难。而眼前的这两人，刚才还用枪指着他的脑袋，到底能不能信任他们？

眼下他顾不得那么多了，0—7—1—7，他按下了数字，页面一闪，渐渐浮现出了一张古地图。

这是一份来自古老文献的扫描版图片，文献上面的卷边和氧化的特征也在图片中反映了出来。地图上面有着一座古城的地形标示，还有河流山川等地貌。

三人惊呆了，头也越靠越近，目光都集中在手机那个小屏幕上面。

李欧感觉到地图的重要性，赶忙又截图又下载的，把地图存在自己手机里了。

忽然，屏幕一黑，页面消失，微信重启。

再扫描二维码，什么也没有了。

"机缘运转，柳暗花明！"云空话中带着欣喜。

李欧愣愣地看着手机，半晌也没说一句话。

"李欧，这下你相信了吧，你父亲的确给了你暗示。"云空说道。

"暗示？关我锤子事！"李欧声音有些激动。

"他一定是希望你帮他做点啥子啊。"唐沕看了他一眼。

李欧异常地抵触："少来这套！抛妻弃子的时候，他倒是暗示啊！母亲重病在床的时候，他倒是暗示啊！现在他跑出来说些莫名其妙的话，就想要牵着我的鼻子走？没门儿！"

唐沕和云空相对而视，不知道说什么好。

"李欧，事情一分为二，你父亲他能联系上你们，证明他还活着，这是好事。而且，我觉得也许他有什么难言之隐，所以才会这么做吧。"云空试着开导他。

李欧不想听他的劝导，起身走到窗台边上，望着窗外杂乱无章的建筑物，茫茫夜色，灯火闪烁，乌云重重，空气十分压抑。他只感到自己的心搅得跟乱麻一样，一股激流在来回窜动。

李欧长呼了一口气，冲动时刻不能做决定，他必须要冷静下来，用理智给出想要的答案。

脑袋里飞快运转起来。他可不是那些单纯的小青年，要想忽悠他进套子没那么容易。现在头疼的是父亲给他留下了若明若暗的线索，他不可能放着不管，他不得不去弄清父亲失踪的真相，至少要给老妈一个交代。

哎，既然要去，那就等于是参加了这个寻宝任务，那好，我就谈分成，商业社会，别扯那些虚的。就像在这巴黎，只要肯加小费，服务质量立马就上来了。

半晌，李欧问道："你们真的认为宝藏存在吗？"

云空和唐沨都点了点头。云空说："传言盛唐之后，嘉州大佛供奉的宝贝'锱铢金玉充栋，宝光夜不掌灯'，可惜后世却不知所终，一定是藏得好好的。"

李欧微微点头："既然这样，如果我参与寻宝，那可就耽误了我的生意了，我总不能一走了之吧。"

云空面露难色："这个……我们可以协调嘉定武馆给你一定误工补偿。"

李欧打起了小算盘，"误工补偿？没开玩笑吧？你们是愿意看见宝藏被歹徒全部抄走，还是因我护宝有功奖励一点纪念品？"

云空和唐沨相视一眼，虽然对这家伙坐地起价有些反感，但犹豫了一下才说："佛宝本该属于佛门，属于国家，我们怎能动它一分一毫。但，李欧兄弟不远万里回川救宝，也是件大功劳。基于这个理由，我觉得也该有些奖赏。"

李欧嘴角颤动了一下，"这可是你说的啊，到时候我可不客气。"

唐沨不耐烦地说："你到底决定没有啊？"

李欧打个响指："行啊，走。"

"那太好了！"云空拍案而起，"那我们即刻启程，直飞成都吧！"

李欧正要说话，却见楼下的街边上，一个人飞快地踩着滑板飞驰而去，身后却是两辆摩托车紧追不舍。

摩托车的灯光中，李欧认出了那人正是贝尔勒。

第四章

启程回川

救人是当务之急。唐沨反应迅速，开了门就往楼梯下蹦去，竟然一跨步就翻越了栏杆，身手利索得很。下了楼，汽车已经发动了，李欧和云空上了车，还没坐稳车子就冲了出去。

"悠着点，妹子，你有枪杆子护身，不用担心。"李欧紧抓着扶手，唯恐被撞。

唐沨把那枪杆子摸出来往后排座位上一撂。

李欧拾起来一看，居然是个铝皮喷上黑漆做的假把式，不禁骂了一句："套路够深啊。"

车子很快追上了那群黑帮，李欧伸出头叫贝尔勒上车，但是前面两辆越野摩托车拦住了去路，逼停了汽车。

街头霸王们吆喝着，让几人从汽车里下来。

贝尔勒撑着汽车门，气喘吁吁，神色慌张，像是闯进狼群的羊。

"大橘，你咋跑这里来了，怎么招惹这么多苍蝇！"李欧按下车窗，说道。

"该死，这不找你来了吗？我真是冤大头啊，那两人到底怎么回事啊。"贝尔勒声音有些打战。

"待会再交代，目前他们是甲方。"李欧甩下一句。

打头的一个绿头发嬉皮士拿着一根棒球棍走了过来，穿着紧身的背心，两个手膀子上有夸张的文身，浑身散发着嚣张得不可一世的体味。隔着几米远，就用法语朝几人喊着。不一会儿，周围的混混们也跟着起哄，敲打着手里的家伙。

李欧看了一眼，这架势好像是有备而来，不知和尚他们之前干了什么龌龊事。

绿头发扬起棒球棍走了上来，眼中露出凶光。汽车门开了，唐沏冷峻地走了下来，面不改色地走向绿头发。

"小姐姐你干什么？别想不开啊，快，快回来！"贝尔勒惊道，眼看花容月貌就要毁于一旦。

"冤有头债有主。之前因为这帮家伙要收保护费，被我打伤了两个。是我犯的事，我来承担。"唐沏这才说出前因后果，但她那样子哪像是去承认错误的，更像是一个斗士露出了决意。

"哎，小沏性子刚烈，岂能容忍洋鬼子欺到了头上，所以就冲动了些。"云空无奈叹道。

"真是的，没打死人吧。"李欧无语，心里责备这女汉子出门在外，就不晓得客气点随和点。

"死不了，顶多住个院。"唐沏轻描淡写地说。李欧扶额摇了摇头，忙说："你别冲动啊，有贝尔勒在，好好沟通沟通，大不了赔点损失费把事结了。"

"你的意思是我来埋单？"贝尔勒嘟囔着有些不悦，有钱也不能当冤大头啊。

可唐沏并没有示弱的意思，她直直地走到了绿头发的面前，站定了，目光寒冰一样盖在了他的脸上。绿头发显然被这种挑衅的目光惹得火大，骂了一声，抡起棍棒当头就砸。

唐沏身形如风，优雅地避让了棍棒的整条袭击路线。

绿头发呆蒙了一下，确信自己没有喝过酒，便一记横扫而出，但唐沏像是个纸做的假人，怎么也碰不到。

就在近身的一刹那，唐沏玉掌突变，扭住对方关节，干脆地一拍打掉了棍子，再抬手变掌为拳，迅猛地三连击，扫腿一绊，绿头发仰面朝天倒向地面，后脑勺在地上发出一声脆响。

电光石火之间，唐沏已经击倒了对方的老大。

李欧和贝尔勒面面相觑，说不出话来。

绿头发躺在地上，甩了甩头，哇啦哇啦怪叫着，混混们纷纷舞着刀棍围攻了过来。

唐沏重心一沉，身形一凝，目若冰刃、影若飞鹤。忽地倩影一闪，攻入阵中，只见倩影游动，顷刻间击翻数名混混，打得一地烟尘，哀叫连连。

"太牛了，这正是卧虎藏龙、声东击西！"贝尔勒情不自禁挥舞拳头，开始乱爆成语。

"几个大老爷们，让妹子打头阵，有点丢份了吧。"李欧眼看局面崩了，原本构想的国际洽谈是彻底没戏了，那既然要打，打就打呗，中国人不怕打，尤其是同帝国主义战斗。于是招呼大家下车，准备帮忙。

那绿头发悄悄走近唐沏，正手握匕首从背后偷袭。

唐沏一个漂亮的后空翻，跃上绿头发头顶，躲过偷袭，凌空一扫，高跟鞋踢在绿头发脸上，落地，又一记旋身横踢，裹着风劲把对手踹飞了，正好落在李欧旁边。

众混混恼羞成怒，竟然被一女人欺成这样，以后还怎么在街区混下去，于是集中火力来围攻唐沏。

"都住手！"李欧大喝一声，吸引了混混的注意力。只见一把手枪顶在了绿头发的太阳穴上。

"谁乱动，就给你们老大收尸吧！"李欧左手紧紧箍住绿头发的脖子，右手枪口直指太阳穴。

贝尔勒添油加醋地用法语吆喝着，唬得众混混们不敢再造次。

在李欧的要挟下，前方的摩托移开了，大家上了汽车。李欧上车前猛地向绿头发后背踹了一脚，唐沏立即发车逃离。

等车子开出包围，李欧把手枪往人堆里一扔，奸笑起来。

混混们凑近手枪一看，发现被蒙了，气得咬牙切齿，纷纷抢起武器朝汽车扔去，但也无济于事了。

汽车飞快驶离贫民区，朝巴黎市区开去。途中贝尔勒还在回味刚才的那一战，他模仿着唐女侠的动作，说这简直是女版李小龙，要有视频传到网上，那必须上头条。不过唐沏却没接他的话，只是不时和云空搭上两句。

"小李子，之前到底发生了什么？"贝尔勒见无人搭理他，连李欧也一脸凝重，一言不发。

李欧眉头一皱，让唐沏找了个偏僻角落停车，想给贝尔勒交代一下。

汽车开到了一家维修厂背后，熄了火。

李欧带着贝尔勒走到一旁，点起了一根烟，向贝尔勒说清了来者的本意，以及自己的考虑。

"这么说你认为你爸爸还活着？"贝尔勒看着李欧。

"我不知道，所以我要去求证，否则这张明信片会让我和母亲永无宁日。"李欧望向夜空，乌云被城市之光染成暗黄色，像天幕上蒙着一层纱布，远处云层中透出隐约的闪电光芒。

"那万一这张明信片也是他们设的局呢。这两人毕竟第一次见，还不能相信。"

"要说疑心，我比你重十倍。但我做不到对父亲留下的线索置之不理。"

"法国有句俗话——两脚不出门，难知天下事。我决定跟你去！"贝尔勒兴奋万分地说。

"别闹，好好经营你的户外公司。"李欧不肯。

"你当我傻啊，你要去找乐山大佛的宝贝，却让我在法国搬砖，行不通！"贝尔勒也不肯。

"哪里来的宝藏，你个二货还真信这套？"

"你才二货，乐山大佛举世无双，是佛教界千古神迹，背后的东西，随便拿一件出来，什么法国菲利普斯，美国佳士得，香港苏富比都是我的下家，哥喊多少就是多少，都不带还价的。这种寻宝的机会，生命中仅有一次！"

"说起风就是雨,你这人搁剧里活不过两集。"李欧扶额,这严肃的对话被他搅得又轻浮了起来。

贝尔勒露出自己健壮的胳膊:"瞧瞧这肌肉,IFSC 世界攀岩锦标赛中,本人 15 米墙速攀成绩是 11 秒 16,仅比冠军钟齐鑫慢了 5 秒,做你的保镖绰绰有余了。不过说起来,你们中国的攀岩界真是高手如云啊。"

"你还是靠脸吧。"李欧叹了口气。

任随李欧阻拦,贝尔勒就是不从,铁了心要跟李欧去四川。李欧早就料到,这家伙本来就是个探险迷,一听要去找大佛宝藏,除非把他腿打断,是无法阻止的了。不过话说回来,李欧一人回川,毕竟孤掌难鸣,贝尔勒多少还算个帮手,能增加安全系数。

于是,李欧便向唐沏和云空进行了说明,虽然两人不太愿意更多的人参与任务,但现在是请人出山,不得不由着李欧,只好答应下来。

汽车径直驶回了巴黎市区。李欧返回宁天阁,从后门进去,上了二楼。

李欧打开房门,走了进去,母亲还没睡,在沙发上看电视。

和母亲长谈到深夜,聊了过去的事情,聊了母亲的川菜手艺,生活的琐事。然后才谈及自己打算回国,参加好朋友的一个投资项目。

"李欧,我知道我从来就拦不住你,保重自己,千万不要再像在非洲那时候,做危险的事……"她最后还是同意了李欧,她知道李欧的个性,决定的事情谁也劝不回来。

"放心吧,妈,回国有啥危险的,你就等着我的喜讯吧。"

"嗯,那祝你马到成功。"母亲微微笑着,目光中满是关切,欲言又止。

李欧收拾出来一些东西,但总归不知道要带什么走,对未来会如何实在有些茫然,就干脆轻装上阵,只带了一些随身衣物。

累了一天,困意来袭,李欧倒在床上就睡过去了。

觉醒来已经天亮,母亲早早就外出采购了,李欧看着桌上热腾腾的包子和稀饭,忽然想起多年前一家三口吃早餐的情景。他真的希望,这一幕会在不久后重现。

刚一吃过早餐,外面就有汽车鸣笛,李欧拿起行囊,走了出去。贝尔勒已经等候在门外，两人相视一笑，上了汽车，一路往机场奔去。

四人顺利过了安检，登上去往成都的国际航班。不久，一架蓝白相间的波音客机离开跑道，朝着东方呼啸而去。

飞机画着弧线一头扎进厚重的云层，像是迈入了通往另一个世界的大门。

第一卷

七桥星墟

第五章
雨侵蓉城

　　距离法国万里之外的中国内陆，岷江、大渡河和青衣江三条河流似乎早已约定好了，一起在四川盆地中间，一个叫乐山的地方碰了头，交汇相融，再往南流去。

　　三江汇合之处，江流滚滚，烟波浩渺。

　　一旁是高楼林立、日新月异的现代化都市，一旁是万年不变的清秀山峦。

　　进入 8 月以来，三江的水势尤为凶猛，今年的水位比往年要高，水带来大量的泥沙，显得既浑又黄。

　　旅游公司的机动船比比皆是，载着一拨又一拨来观光朝圣的游人往返穿梭。游客一上船，管理员就吆喝着要求大家把救生衣穿上，那音调容不得讨价还价。

　　"江水野，穿好救生衣，听招呼哦！"

　　绝壁上，绛红色的岩石中雕刻着举世无双的崖刻佛像，这尊唐代开凿的大佛至今依然巍然不动、稳坐江上，简直是能与大金字塔媲美的古代奇迹。游客抬头眺望巨佛，无不惊叹咋舌，为这一宏伟遗迹所深深震撼。

　　"乐山大佛开凿于唐代开元元年，完成于贞元十九年，也就是公元 803 年，历时约九十年。它是世界上唯一的也是最大的一尊濒江摩崖石刻佛像，高达 71 米。岷江、青衣江、大渡河三江在它的膝下汇聚……"导游嗓音甜润，话语传进游客的蓝牙耳机里面，就像画外音一般。

游船上一游客边听讲解，边拿着望远镜四处观察。视野中，靠近山体的江边，一条渔船激流勇进。艄公奋力地摇橹，船头船尾各立着几只黝黑的鱼鹰，俗称鱼老鸹，是捕鱼的好手。

渔船停在了凌云山的一处江湾中，老人把渔网从船舱里拖出来，准备撒网捕鱼。

不知怎么的，鱼鹰开始胡乱扑腾着翅膀，有一只甚至想要飞离船头，却被脚上的绳子扯住，渔夫急着去稳住这两只大鸟，却发现小船颠簸了起来。

拿望远镜的游客笑了，饶有兴趣地看着渔船上人与鸟滑稽的表演。

忽然，渔船像是加装了弹簧的玩具，一下子就跳出了水面，不平衡的受力让它翻了个底朝天，扣回江水。

游客惊得合不拢嘴，反复用望远镜确认，但那渔船像是被江流融化一般，竟消失得无影无踪……

此刻的国际航班上，客机广播里用法语和华语播报着最新的消息。

"各位乘客请注意，飞机即将进入雷雨区域，受恶劣天气的影响，到达成都的时间将延迟。"

过道对面的云空和唐沏在小声地谈着话，贝尔勒坐在李欧旁边，显得十分兴奋，不停跟李欧瞎聊着，什么寻找东方灵感，打造户外新产品，什么大熊猫在挪威被宠成宝贝了，什么法国皇室性丑闻等等。

李欧心思还在那张图上，他打开平板电脑，把照片调出来仔细查看。那是一张相当古朴的地图，上面的地形地貌都以一种古拙、抽象的方式描绘着。在山川的中央，有一些城墙和建筑，应该是一座古城。古城的外围，两条蜿蜒曲折的河流显得尤为醒目。

"啊，这是一座失落的古城吧，一定是暗示着什么秘密，莫非就是大佛宝藏的藏宝图？"贝尔勒小声嘀咕着。

"这什么藏宝图，连个文字和注记都没有，也不知道是从哪个网站下载的。"李欧没好气地说，胸中却是疑虑丛生，难道父亲的失踪和这张图有关？

"小李，我看一下。"过道那边的云空坐不住了，赶紧从李欧手里要过平板，与唐沨一起观看。

两人的神情先是兴奋，然后变得惊讶，最后是大惑不解。

"没有任何注记？难不成只是一个旅游纪念品？"唐沨有些许失落。

"的确和我想象中有很大出入，不过有时候少就是多，无却胜有，只要我们认真研究一下，应该会有收获的。"云空喃喃道，想给唐沨信心。

李欧收回平板，正想再看一看，飞机忽然持续抖动了起来。

"女士们、先生们，客机正遭遇一股紊乱气流，请大家系好安全带，不必惊慌。"广播里紧接着传出了声音。

李欧只好收起平板，视线被头顶的液晶屏吸引了，上面正在播出一个美国大片。

巨大的怪兽从海里浮起来，遭遇了同样庞大的机甲阻击，两者缠斗在一起，打得惊天动地。

李欧递话过去："法师，我们到了成都后怎么打算的？"

"我的老友在四川省考古研究院，他会帮我们的。"云空并不想透露得太多，似乎早已有所安排。他看着漆黑的窗外，忽然一个雪亮的雷闪，显露出飞机身下狰狞而宏伟的云层，而整个上层的天空又是一片混沌。

李欧也把目光移到窗外，他忽然感到一种力量在遥远的云层中涌动着，那是一种难言的感触。一个雷闪映白了他的脸庞，李欧肩头抽搐了一下，脑海里的图像消失了，他感到内心中空空的，难受得很。

他闭上眼睛，调整呼吸，渐渐地一阵困意袭来，很快便睡了过去⋯⋯

一阵颠簸把李欧从睡梦中惊醒了，晦涩的天光从窗外透进来，飞机正在朝机场降落。

贝尔勒还在酣睡，唐沨和云空神情严肃，在小声聊着什么。见李欧醒来，谈话便停了下来。

片刻，伴随着一阵震颤和呼啸声，飞机终于平安着陆。

大家下了飞机，到航站楼领取托运的行李，李欧看了看表，现在是6点15分，已经是成都的清晨了，但感觉还在夜晚。

"要倒时差啊，成都和巴黎相差7个小时，成都人都起床了，我们却得关机充电了。"贝尔勒一手托着行李，打了个哈欠，好像还没睡够的样子。

"是啊。"云空走过来说道，"时间尚早，我建议大家就在机场休息一下，等会儿再去省院，不然一点精神也没有。"

李欧倒还觉得不困，反而有些激动。已经有一年多没有回故土了，当鼻子里闻到那种特有的湿润气味，耳朵里听到熟悉的川音，心中就不免有些激动起来。

扭头一看抄着手站在远处的唐沩，却是精神抖擞、眼神犀利，应该也不会差这点睡眠吧，身子虚一点的也就只有云空了。

贝尔勒强打精神，对李欧说："你不是做过导游吗，快带我体验下天府之国的调调吧！"

唐沩显然不肯，但贝尔勒这家伙岂能放过任何机会，软磨硬泡，说是肚子饿，要进城吃正宗川菜，最后云空同意两人去逛一圈，到时候电话联系，到点集合。

李欧和贝尔勒像是请了个大假，立马打了个的直奔市区。好在双流机场离市区不远，全程高速，再走绕城快速通道，很快就进了这座著名的休闲之都。

成都，天府之中心，位于四川盆地中央的平原地带，绝佳的位置给予了它无限的恩惠，几千年来，它像是一个吸铁磁一样，只要有人站在它的上面，就会自觉自愿地不肯离去。

饿了，有的是美食照顾你；烦了，有的是茶楼打发时间；闷了，有的是娇柔的成都粉子陪你说话。

早在唐朝时期，成都就成了"网红城市"，很多文人墨客都要来此打卡，李白、杜甫、王勃、李商隐等诗人都曾到成都居住过一段时间。他们在这里总是一脑子风雪，写出了很多风骚的诗句。

但此刻阴雨连绵，铅灰色的天幕让整座城市显得阳气不足。

汽车进入了蜀城的心腹之地，周围的仿古建筑也逐渐增多，小桥流水的景象颇有些古中国江南风骨。

车停了，两人撑着伞，漫步在步行街中。这里有一大堆明清风格的建筑，正是成都文化名片之一的锦里古街。

锦里其实就是诸葛武侯祠景区的一条步行街，以三国文化和四川传统民俗文化为主要内容。这样的民俗街其实在中国比比皆是，李欧并不觉得稀奇。但贝尔勒对一切都很好奇，拿着手机四处拍照，此刻正死皮赖脸拉着穿旗袍卖蜀绣的姑娘合影。

李欧肚子早被这冷雨淋饿了，闻到街上飘着的麻辣香味就忍不住了。带着贝尔勒冲进了一间专卖成都名小吃的铺子。

点了糍粑、三大炮、川北凉粉、龙抄手、担担面，盘儿碗儿摆了一方桌，两人摆开了架势就狼吞虎咽起来。

"的确巴适！"贝尔勒被辣得嘴里咝咝作响，鼻涕都快滴下来了。

李欧看着满桌子的家乡美食，兴致大起。

"大橘，你觉得这担担面好吃吗？"

"那是，麻麻辣辣的，我喜欢。"贝尔勒一边嚼着黏牙的糍粑，一边说道。

"嗨，你这不废话，大四川哪里都是麻麻辣辣的，我给你说啊，这个担担面可是大有来头啊。"李欧跷着二郎腿，聊起这道美食来——

这担担面原先是百姓用扁担挑着卖的，扁担一头是煤球炉子，上面还坐着一个锅，热乎乎的，另一头就是碗筷调料，是冷的，所谓"剃头的挑子——一头热"。然后就可以用扁担挑在肩上，晃晃悠悠、颤颤巍巍地沿街游走，还边走边喊："担担面，担担面！"担担面由此得名。但出名却是因为它的口味，那可是川式小吃的一绝。担担面的精髓在于这个臊子，干爽有劲，咬下去是脆的，俗称"脆臊"。你们法国佬的西红柿面里也有肉丁，但为什么没有这脆臊好吃呢，因为这脆臊是有功夫、有灵魂的，没有个十年的川菜经验，根本就是逗起闹。

好的脆臊一出锅就足以十里飘香，很多外地人往往就被这香气勾引，面还没上，臊子就当菜吃完了，因为太好吃根本停不下来。更不要说，在脆臊基础上加以四川红油、碎米芽菜、葱花、花生碎、芝麻粉和少许的鲜汤，把新打的鲜面煮到七分硬朗三分娇柔的完美境地，趁着出锅的热气，赶紧和转，让小麦的淳朴与精致的肉香融合，这里面的艺术成分不亚于巴黎卢浮宫的壁画。哈哈，一碗担担面，面条爽滑，面臊酥香，咸鲜微酸辣，简直就是人间美食嘛。

贝尔勒没想到这朴实无华的担担面，竟被李欧一张嘴吹得飞上了九霄云天，简直就是宫廷珍馐，愣得他张着嘴也不知道该吃哪个了，只是口水滴答直流。

贝尔勒笑骂道："该死的美食家，再歪的东西拿给你一吹，都比米其林大厨的还牛。那既然这样，老板，再来一碗担担面！"

两人吃饱了，吹够了，散着步离开了锦里。李欧看了下表，问贝尔勒还想去哪里。

小贝想了想说，听说成都是茶都，带我去喝茶。正说着，电话响了起来。李欧拿出来一看，是云空打来的。

"小李啊，我们现在已经和教授在一起了，你们赶快过来吧。"

"这么快就……哎，行啊，你们在哪？"

"在宽窄巷子。"

"别告诉我是喝茶啊！把定位发给我。"

李欧看到云空发过来的定位，是宽窄巷子里一个叫做"寸闲居"的老宅子。然后叫了辆出租车，就朝宽窄巷子驶去。

不多时，这个成都最著名的街区就到了。

两人撑伞行走在古街当中，被景色所吸引。道路两旁尽是青砖黛瓦，树掩门庭，屋檐水坠如帘，掉落在脚下的石板砖上，粉身碎骨，雨水的润泽下，石板路蒙蒙有几分倒影，让整个巷子更添了一分凄清。两边矮墙围着的都是些私家院落，大都改造成了茶楼、特色手工艺铺、书吧和客栈。

沿途不时有着汉服撑油纸伞玩直播的小姐姐，也有屋檐下取景写生的江湖艺人。

一首饶舌歌曲带着明快节奏感，从一间服装店传出来：

　　离堆坡，望丛歌，峨眉的猴儿一样多。

　　牌照搓，茶照喝，半梦半醒掏耳朵。

　　"一品天下"味道长，"国色天香"整火锅。

　　三苏祠，忆东坡，顺道摸大佛脚窝窝。

　　宽巷子，老外多，春熙美眉起坨坨。

　　一提"散打"我"变脸"，我最喜欢伯清哥。

　　看明朝，荷塘月色泛清波，花重锦官一首歌！

贝尔勒被这魔性的节奏感带得飘了，他站在一个开满泡桐花的四合院前，把伞拿掉，任雨淋湿自己。

"你咋子嘛，发神经啊。"李欧预感到他的文艺气息就要散发了。

"太妙了，原来这就是随风潜入夜、润物细无声。"贝尔勒一脸陶醉的样子，可这明明是"汤巴儿"雨，哪来的什么细雨润物。

"果然巴黎的汉子成都的粉子，都是绝货。"李欧点起了一支香烟，他一般不抽烟，只凭心情。

不过他可没工夫陪法国佬闲逛，忙带着贝尔勒，朝巷子深处走去。定位点到了，一棵小叶榕树像巨伞一样掩着古朴的宅邸，老砖老瓦，门头屋顶上长了一丛蓑草，双开的门扉紧闭着。

李欧以前看到过这间老房子，但从没见门开过，听人说民国时候是哥老会聚事的地盘，新中国成立后先是被部队征用过，后来又借给川渝商会使用，不知什么时候摇身一变成了私家大院。只见门楣上写着几个褪了色的烫金古楷：寸闲居。

李欧试着敲了敲门，很快就有人响应了。门开了，是一个极暗的通道，一个人影站在面前，也看不清样貌。

李欧刚要问云空是不是在这里。那个人就低沉地说了一声：请进。

李欧迟疑了一下，贝尔勒倒是大大咧咧，说了声谢了，就大踏步走了进去。

刚走两步，就听见身后门关上了，并反锁了起来。

李欧硬着头皮，尾随贝尔勒走出通道，豁然开朗，里边有一个宽敞的庭院。那是一个典型的四合院，中间矗立着一棵老银杏树，树下有八角鱼池，雨水正从天井肆无忌惮地落下来，打得银杏树沙沙作响，鱼池里荷叶颤动，花瓣肢解，水纹凌乱，显出一片狼藉。

正前方的主楼，是典型的川西民居样式，老灰瓦、老柱梁，墙壁上爬满了藤蔓，宽大的屋檐下设有茶座，两人对坐，正在品茶。

那屋檐装着几片玻璃瓦，几缕天光透射下来，营造出奇异的氛围。

而此刻，有一支古琴弹奏的乐曲正从宅第里飘出来，旋律虽悠扬，但和那嘈杂雨声混合在一起，多出了一种隐晦沙哑的感觉。

李欧和贝尔勒走得近了，看见茶座上左右各坐一人，左边是云空，正端着一杯盖碗茶，头歪过来直直盯着李欧。

云空对面坐的是一个穿白条纹衬衫的中年人，衬衫整齐地扎进裤腰里，坐得很挺直。戴着玳瑁色的粗框眼镜，初看是一脸的学究样，正聚精会神地观察着李欧。

那目光像是在打量前朝的文物。

李欧有些尴尬，回身一看，那个开门的人打着伞站在不远处，是一穿中式立领短袖的中年男子，梳着整齐的拖头，眼角的皱纹向着肥厚的双耳延伸，原本硬朗的下巴抵不住岁月的打磨变得圆润，长得有些粗犷敦实，却也掩盖不住一些油腻。同样诡异的是，他也十分认真地凝视着李欧。

李欧心头不禁感到有些发毛，这地方咋感觉像是西游记里的妖怪施法变出来的一样呢，显得有些怪异。

云空这才站了起来，招呼几人都坐过去。

李欧和贝尔勒坐在茶桌旁的竹椅上，那个拖头男人走上主位，坐在中间，目光像不干胶一样，依然黏着李欧。

"我来介绍一下。这位就是留法的青年才俊，李欧，这是他的法国朋友贝尔勒。"云空彬彬有礼地说道。

"这是我们寸闲居的主人高董。"云空把坐主位的男人介绍给李欧，随后是白衬衫，"这位是四川省考古研究院的景教授。"

李欧这才细看一番,这教授倒也不像整天蜗居在教研室里的白皮肤导师,脸上的褶子很有故事感。表面上看他挺死板的,不过眼珠子却躲在镜片后面不安分地转动着,也许内在并不那么严肃。

"真是大隐隐于市啊。"李欧尬聊起来,"没想到这宽窄巷子里头有这么安逸的小院子。"

"过奖了。"高董略微一笑,鱼尾纹连同眯起的双眼变得像一条岔口的毛线绳,"小院子打整得应该还不错,就是有些显得旧了。"

谈吐间的确有一种发自内在的自信和谦逊,李欧觉得这人来头可不小。

"移步换景,妙不可言啊。"贝尔勒左顾右看,四处打量。

"这位法国兄弟华语说得很正宗嘛。"高董表扬起他来了,贝尔勒一听,立马要高谈阔论,李欧连忙点了他一下:"不开黄腔哈,大橘。"

贝尔勒又对茶桌上的茶具感兴趣起来,把每一个陶瓷茶罐都打开,看一看闻一闻,神经兮兮的。

"你闻的那个是蒙顶茶,四川的名茶。成都是一座泡在茶碗里的城市。"高董说给贝尔勒听,"这里的茶馆差不多有一万家。"

"啊哈,咱巴黎的咖啡馆再多,也没成都的茶馆多。请问可不可以品尝一下,感受下茶都的文化。"贝尔勒瞧着桌上的那几杯茶,眼睛冒光。

高董正要大侃茶经,景教授就咂嘴了:"哎哎,主题错误了。我们别浪费时间了,大家进里屋说话。"

第六章
古图玄机

从木门进来,迎面是手工雕刻的木屏风,三层雕花而成的牡丹,远看是一个"福"字。厅堂里面也是处处讲究。古筝的乐声变得清晰了,李欧循声望去,见侧边的厢房里,一个女子正专心致志地弹琴,旁边还站着另一个妹子,认真地看她演奏。

李欧一下子傻眼了,弹奏者居然是"女汉子"唐沨!

她那原本力拔山兮的长指居然变得灵巧柔美,在琴弦上游走,低垂的眼帘配上微扬的嘴角瞬间击碎了冷傲,神情完全沉浸在乐色之中,像是雨后荷花舒展开了。

"感觉进了盘丝洞。"李欧不自觉地嘀咕了一句,从进入这院子开始,就觉得四处透着一股诡异,这不,连女汉子都变身了。

贝尔勒也是一脸惊诧,不过他的眼光很快停在了旁边那个女子身上。

那是一个眼镜姑娘,长得白白嫩嫩,典型四川娇小型美女,小鼻子微翘着,头发在脑后做成一个新式的麻花辫子,穿着一字领的条纹T恤,修身的半身裙,时尚、乖巧、俏皮、多种元素混合在一起。

云空朝唐沨喊了一声:"小沨,过来吧。都到齐了。"

琴声颤动几下而停止,唐沨起身,两人走了过来。唐沨浅浅的笑意在距离李欧三米远的地方就消失不见,恢复了那副干练冷峻的神情。

大家先后走入了后屋，七拐八拐又到了一个满是书籍的房间，打开一扇老木门后，就往地下走去。

这屋子的地下，有一间与众不同的房间。

面积并不太大，中间的大长方木桌上，摆满了各种各样的器件。

李欧定睛一看，竟然都是些奇形怪状的科学测量仪器。桌子中间有一个微型的古城沙盘，沙盘旁边那些古地图上面作了很多的标记。旁边的陈列架上，则尽是各种收藏品。尤其是茶器居多，还有来自日本和韩国的银器、铁壶等。

角落堆了一些杂物，看起来并不那么顺眼，尽是生锈的铁锅铜刀子、半边人头盖骨、破烂的衣物、粘着黄土的灰砖等等。一股微弱的土腥味儿还是传进了李欧的鼻孔，他心里闪过一些猜测。

"暗藏玄机啊，景区中的老宅，老宅中的研究室。"李欧随口说起来。

"我感受到了东方的神秘。"贝尔勒回应道。

"这个地方，是我兴趣所在，也是提供给景教授的课外实验室。"高董音调很沉稳，似乎看出李欧眼里的疑惑，"当然，我也喜欢自己捣鼓。比如研究一下古蜀王妃的衣服材质，宋代老火锅的底料配方之类。"

云空见李欧有些狐疑，就解释道："李欧兄弟，是这样的，我们的行动一直受到景教授的大力帮助，大家想立即投入进来，尽快解开秘密。"

"哦，团队合作不错，这是个大事。"李欧顺着话说道，心里盘算着这些家伙会不会有些下土倒物的勾当。

"李欧，你真的是李欧!?"忽然，那个眼镜姑娘尖声说道，四眼直直地盯着他的脸。李欧这才仔细地打量了她，也惊讶道："'辣鼻小昕'，原来是你！难怪我觉得眼熟，戴上了眼镜一下子没认出来！"

姑娘点了点头，嘿嘿笑了起来："世界真小啊，居然在这里碰到你！高中时，总是看见你被老师点名罚站，啊哈哈，有十来年没见面了吧！"

李欧挠挠头，这女子一开口就曝光了他的"前科"，于是也不甘示弱，立马爆料："林菀昕，当年你一上课就喜欢偷偷吃辣条，所以得名'辣鼻小昕'，我挺好奇的是，你这好吃嘴怎么没改变你的体重哇。"

"本人天生靓丽,基因强大,怎么吃都不会胖的。"林菀昕歪着脸看着她。

"这难道就是传说中的成都粉子!"贝尔勒眼睛像扫描仪一样扫过林菀昕:"听说正宗的川妹子就是天生的美食家,即使一日五餐身材也不走样。"

林菀昕被贝尔勒的眼光弄得有些害羞,忙扭过身子去,嚷道:"有你说的那么夸张吗,节食加健身才是王道!"

既然李欧和林菀昕是高中同学,氛围就更好了一些,三个年轻人互相调侃着,话题越来越多。

林菀昕也时不时打量贝尔勒,忽觉这法国来的男子像是从油画中走出来的一样,有种说不出的魅力。

"好啦,同学们。联谊会只是前奏,正章该开始了。"景教授似乎显得有些心急,不得不打断了大家,并向高董递了个眼色。高董自然心领神会,说道:"高峰论坛,我这个商人就不掺和了啊,我还有个局得去一趟,大家先聊吧。"

说完自己离开了实验室。

云空见高董走了,便说道:"昨天我们马不停蹄地从法国接回了李欧兄弟,就是希望尽快解开乐山大佛的历史之谜。时间有些紧,目前,我们首要问题是研究李欧父亲留给他的古地图。景教授是这方面的权威,他可以给我们指点迷津。"

景教授双手合十向云空行了个礼,说道:"云空法师客气了,我们都是多年的好朋友。多的不说了,这张古地图我们看过了,有了一个初步的判断,所以,今天我也带来了学生林菀昕,别看她年轻,在这方面她可是大咖。"

林菀昕把笔记本电脑打开,启动投影仪,把那张古图的图像投射到墙壁上。她拿着激光笔,开始讲解。

"感谢导师的信任,我们来说说这张地图。"她严肃了起来,刚刚还是俏皮女生,现在则有了讲师的风范。

"李欧,你知道这是什么地图吗?"林菀昕像老师一样问道。

"不知道。可能是古代开发商的建筑草图。"

小昕摇摇头，果然，李欧还是从前那个学渣，没有一丝改变，"这张古地图对于考古人员来说其实非常好辨认，它就是秦汉时期的成都地图。当时的成都城被称为龟城，这是龟城的平面图。"

"那又咋样，一个字都没有，该不会要用什么紫外线照射、碘酒擦拭这种骚操作才显像吧。"李欧哂笑道。

"不，这张图上虽然没有任何文字，但并不代表没有传达信息。大家看图上的这些地标地物。"

激光笔指示着那些地物，"这些房屋、水池、马路等等，都是先秦时候常用的表示方式，但是唯独有这几座桥，却是近现代的表示法。你们看，这个桥梁的图标很简洁规范，和先秦时候那种带点意象的描绘手法不一样。"

李欧心中暗忖，格老子，这架势像极了传销培训，专家坐镇，外头有人望风，这套路玩得熟顺，看来我和小贝要被强制洗脑了。也不知道这些人到底打的什么主意。

"很显然，这些桥梁就是古图的重点。"林菀昕继续说道，"让我们排除其他图标的干扰，只看桥梁。这下简单多了，图上标示出了七座桥。这七座桥横跨在流经成都城的两条江河上。"

"七座桥？老汉儿该不会是搞什么奥数题吧？"李欧揶揄道。

"不，这七座桥，说起来不简单哇。"林菀昕意味深长地说道，"你们知道它们的建造者是谁吗？是天府之国的缔造者，李冰。"

"哦，李冰！"贝尔勒拍案而起，"就是那个修筑了最古老最著名的水利工程的李冰？"

"哦，你这老外这么激动干啥。"唐沏笑了出来，在她的眼里，这黄毛有些可爱。

"都江堰啊，中外闻名的水利先驱。那可是古代的网红景观。"贝尔勒傻笑道。

"不过李冰身后的秘密世人知之甚少。"既然说到李冰，小昕想先谈一谈他这个人。

她调出一个PPT，是有关李冰的研究内容，"我简单说说吧。李冰是一个非常神秘的人物，他的身上藏着许多的疑团。"

远古时期的四川盆地，水患很严重，尤其是岷江一旦发生洪涝，就会造成极大的破坏。秦灭蜀后，他们虽然夺得了蜀地，但如果水患治不好，那这片土地就是个烫手的山芋，拿来也不好吃啊。于是这时候，他们就请出了一个神人，李冰。他主持修建了旷世杰作都江堰水利工程，终于降服岷江，变害为利，最终成就了天府之国。

没有任何史料能说清楚他是从哪里来，他的家族、他的背景是怎样的，他能修建那么厉害的水利工程，他的学识、他的经验是怎么积累起来的。而现存的史料上面，却对李冰修建水利工程时候的行为，描绘得神乎其神。

小昕切换PPT，大家看到了一些图片，均是一些石牛石人石马："这些出土的石像据说都是李冰造的，被扔进都江堰到成都的水道里面，目的是镇住江水。"

"嗯，李冰还是个行为艺术家啊。"贝尔勒眼睛眯着，用最完美的45度侧脸迎向小昕。

"嗯。文献记载，李冰修建都江堰的时候要举行送魂仪式和祭水仪式。据说当时江神不服他，来找他挑战，他就跳入江水，化身为神牛与江神搏斗，最后降服了江神。于是他又制作了三个石人像，投进江水，与江神签了份协议，旱季水浅的时候不能低于脚面，雨季水位最高的时候不能盖过肩膀。"

"哦，听起来有点像海王啊，还挺能打嘛，说不定也跟我一样有八块腹肌。"贝尔勒笑着，拍拍自己肚子。

小昕扑哧一笑，继续说："李冰他一会儿搞祭祀，一会儿造石像，一会儿又跑到水下和江神搏斗，你压根儿就看不出这是一个严谨的工匠，反而更像是一个巫师。"

一个巫师？扯淡！李欧暗骂。这个骗局的想法倒是很新颖啊，要想找出破绽就必须再深入下去，姑且再听一听？

"好，建好了都江堰，他把岷江降服了，于是他又从岷江引出一股清流，一分为二穿越成都城，变成了成都的内河，又在这两条内江上，修建了七座大桥，就是刚才地图上我们见到的七桥。"

小昕让大家的注意力重新回到七桥上面来："大家把这七桥连起来看，有什么发现吗？"

"北斗七星！"贝尔勒像是课堂上抢答问题的学生。

的确，当把七桥当成一个整体来看的时候，它的走向和结构一目了然，就是北斗七星的形状。

"正解！就是北斗七星，古籍有明确的记载——李冰七桥，上应七星。为什么要这么做呢，是因为李冰大人他担心这两条河哪天不听话了要造反，于是用七星桥去压制它们。不过，我研究了挺久了，越来越觉得，李冰七桥不光是镇水那么简单，它还藏着其他秘密。"小昕神秘地说。

"秘密？我看是意淫吧，考古可不是写小说。"李欧小声讥讽道，可还是被几人听到了。

"不，李欧，历史上的确有很多神人，比如达芬奇，牛顿，爱因斯坦，你以为他们在胡思乱想吗，不，那是人类智慧的闪光。"贝尔勒和李欧不同，他就好神秘主义这一口。不过他这胳膊肘往外拐的趋势让李欧有些无语。

小昕向贝尔勒眨眨眼，以示赞同，又说道："考古证明，这七桥是真实存在的，而且它们的确形如七星。"

"我们知道，北斗其实是一个时空指示器，古人在夜间利用它的方位和角度可以大致确定时间和方位。北斗也用于古人祈福，有的古墓中还有北斗七星的元素。所以呢，我觉得这七桥是有更深的内涵的，它可能具备某种指示作用。"

"你真的很有想象力。"李欧语气有些古怪。他认为，牵强附会一直是骗局的拿手好戏，不是搬弄政府红头，就是引用前沿科技，这次是借助考古学术，反正是为了给被洗脑者造成"这个项目很牛逼"的印象。随即扫了一眼云空和唐汭。

云空有些木讷地盯着屏幕，不知道在想什么。唐汭则抄着个手，秀眉微蹙,一言不发,若有所思。

　　景教授这时候发言了:"小昕,说下重点。"

　　小昕推了推眼镜:"好的老师,那我就先来说说这个误差。"

第七章
天枢—江桥

为了说明情况,小昕调出另一张图,来自考古资料,和李欧的图基本一致,不过上面明确地标示出了地名和相关数据。

她逐一介绍着桥与星的对应关系,天枢对应江桥,天璇对应万里桥,天玑对应笮桥,玉衡对应市桥,开阳对应冲治桥,开阳对应长升桥,摇光对应永平桥。

小昕用激光笔指着资料图上最东边的那座桥,"问题出在第一座桥,天枢—江桥,出现了明显的误差。这座桥偏离了应有的位置2.3公里!"

激光笔的红点在江桥上画着圈。

"江桥的位置误差,一定是有特殊含义的,我是有些猜想,但还没找到硬核的证据……"小昕叹了口气。

"那李欧这张古图呢,有什么新的线索没有?"唐沨问。

小昕摇了摇头:"这张图虽然也标示出了七桥的位置,但没有更多的提示了。"

"你的意思是说,我老爸拿了张没用的图忽悠大家啊!"李欧郁闷地说道。

这时候景教授提示道:"小昕,把这两张图合起来看一下。"

小昕明白教授的意思,赶忙用PS软件把两张图重合在一起,再把混合图投到荧幕上，两张图上的七座桥，大差不差地重合在一起，唯独江桥，却出现了差异。

李欧图上的江桥，和小昕图上的位置，并未重合，而且离得比较远。

小昕睁大了眼睛："咦，李欧图上的江桥，怎么会跑那么远，而且居然不在郫江古道上面。这是什么意思？是绘制错误吗？"

大家都起了兴趣，对着这张重影图思考起来。

"李欧的这张图修正了误差！"唐沏上前一步，下结论似的说道。

"是啊，这张图的误差怎么没有了，难道是后人为了附会李冰七桥，故意把江桥扯到七星的星位上来了？"小昕不得其解。

研究室里陷入了片刻的宁静，景教授忽然问李欧："小李，你怎么看？你可是地图的继承人。"

李欧愣了一下："我？"他虽然一直站在旁观者角度，看着这些人把戏演下去，但潜意识里，对揭开地图的秘密还是很感兴趣的。景教授这么一问，把皮球踢给他，要是他说"不知道"，可能会显得比较被动，尤其是现在如果要增加自己的话语权，还得拿点干货出来。

李欧缓缓站了起来，他虽然并没有深入了解那段历史，对李冰的背景资料、工程思想那些也不清楚，但就图论图，还是有那么点想法。他扫了一眼众人，说道："这么看来，李冰可能是脑筋急转弯的祖师爷了。"

他走到屏幕面前，用手指着图上的图标，他身上的投影扭曲成彩色的线条。

"桥在江上，却不在星位，原本郫江上面的江桥，出现了这么明显的误差，是因为李冰有意为之，他故意卖了一个破绽！"

"根本就没得啥子高深的手法，这两张图分开看样子都差不多，合在一起时就有意思了。这是显然的错位校验手法。江桥就是问题关键，原本内河上的江桥是障眼法，是一座假桥，而真桥的位置，其实就在天枢精确对应的地方！也就是我这张图上标示的位置。"

一句话像是洗净了泥尘见真身，大家都表示赞同，似乎探察到了李冰隐秘的内心世界。

"不错，我也是这么想的。"景教授对李欧的说法很满意，并附上一句表扬，"小李认真起来思路挺清晰的，不容小觑啊。"

"如果我想的没错，真正的江桥，不在地面，而在地下！"李欧胸有成竹地说。

"地下暗河！一定是这样，成都水脉众多，我们只考虑了地表，却忽视了地下！"小昕很快举一反三。

"我得赶快确定如今江桥所在的位置，给我点时间。"小昕说着，立即就在电脑里调出卫星地图，用软件与李欧的图进行匹配。

唐沨走到云空身边，小声嘀咕了几句，眼光不时闪过李欧和贝尔勒。

李欧本就敏感，他也拉着贝尔勒小声嘀咕道："大橘，你得长个心眼，这帮人说起风就是雨，套路玩得顺溜得很，越是这样，我们越要小心。假如他们采用北派传销的手段，把我们囚禁起来，你要做好反洗脑准备，到时候听我指示外逃。你懂我的意思了吗？"

贝尔勒转过脸来，一脸茫然："不懂。我觉得唐小姐和神父云挺有正义感的。"

"神父云？"

"啊，他不就是中国神父吗，神父云。"贝尔勒对云空的称呼让李欧想笑，这家伙有时候单纯得可爱。

大家对屏幕上的地图展开了讨论，过了一会儿，就听见小昕喊了出来："找到了！真的江桥的位置找到了，你们猜在哪里？"

"那谁知道，该不会在游乐场下面吧。"贝尔勒笑道。

"就在成都城里最古老的古迹，大慈寺那里！"小昕把地图放大，墙上的投影非常清晰。

的确让人吃惊！大慈寺，成都市内最著名的古刹，偏偏和江桥的位置重合在一起，一时间，千丝万缕，细思极恐。

"真没想到的是在大慈寺。"景教授也叹息道，"这座古寺从公元300年左右就有了，后经过了多个朝代的变迁，到现在依旧存在。"

云空是最有发言权的，便说起了古寺的由来。大圣慈寺，千年宝刹，它被誉为"震旦第一丛林"。唐玄奘早年在大慈寺受戒学法，唐玄宗曾下令敕建大圣慈寺，把它建成了规模宏大的皇家寺院，在极盛时，占有成都东城的小半。后来历经兴废，多次毁于兵火，现存诸殿为顺治年间重建的。

"这么历史悠久的古寺啊，一定有很多的宝贝和神话传说了？"贝尔勒浮想联翩。

"是啊。"云空眼里含着敬仰，"大慈寺唐宋兴盛，天下画师齐聚成都，在寺里留下上千幅壁画，苏轼曾说这里的壁画精妙冠世。当然也有很多佛家的瑰宝。"

贝尔勒一拍李欧肩头，道："就喜欢这种有内涵的地方，江桥与大慈寺之间一定有什么奇妙的联系，肯定有激动人心的秘密。"

李欧白了他一眼，道："几年前的912案件就发生在大慈寺，几个推销开光的神器的伪僧，骗了不少人哦。你就不担心这次故伎重演？"

贝尔勒颇为不爽地看着他，这家伙泼冷水是常态。

唐汧倒是挺贝尔勒，说道："大橘说得没错。李冰不会无缘无故把桥建在大慈寺底下的，应该是有充分的理由。"

"是的。李冰建桥在前，建寺在后，寺在桥上，这座古寺莫非也是为了掩护地底的桥？有意思的是，古寺千年不灭，那片土地并未遭到破坏，因此江桥的秘密得以幸存。"云空缓缓踱步，抚弄下巴的山羊胡须。

贝尔勒斜着眼瞄了下李欧，意思是说咱现在代表大多数人的声音。

"师父，这么说来，大慈寺里一定藏有江桥的线索，我觉得是时候实地调查了。"唐汧提议。

"等会儿。"李欧插了一嘴，"你们口口声声说乐山大佛有难，有人想盗宝，现在钻出个李冰的七桥之谜，又要跑去大慈寺搞事情，你们这操作我怎么看不懂啊。"

"阿弥陀佛，贫僧何尝不是觉得迷雾重重。不过，这个大慈寺也属佛门之地，说不定还真和大佛宝藏有什么关联……"云空解释着，尽管话里还是透着点牵强。

"老汉儿，你打的太极拳看不懂……"李欧怨恼地说道，走到一旁去了，心里面一团乱麻。

忽觉身后有股芬芳的气息，李欧回过身来，便与唐沏四目相对。近距离看，她的目光奕奕，一张俏脸更加冷艳动人。

唐沏语气少有的温软："李欧，你父亲的失踪一定让你和你的母亲很难过。"

"这，没啥，他是自作自受。"李欧轻描淡写地说。

"抱歉哈，把你给卷进来了，其实，我们嘉定武馆，历史上就肩负守护大佛的重任，为了抢救佛宝，我们也是逼不得已才来找你的，因为只有依靠你的力量，才能找到大佛秘宝，取得最终的胜利。另外，你父亲的事情我们也一直非常关心，希望能助你一臂之力。"

唐沏这番话说得真是有礼有节，不仅刷足了李欧的存在感，还不动声色地抛出"你父亲的事情我们了解"这样的诱饵，吊住李欧。

李欧咧嘴一笑，也回了一句客套话："言过言过，我哪有什么力量，如果真能为国家宝藏做点贡献也是应该的。"

李欧嘴上不说，心里却盘算着：暂且不管这是不是一场骗局，这个寻宝团队倒是分工明确啊。现在有出钱的融资方，有技术后援的，有武术护卫加心理疏导的，还有云空这样的专业"佛系"CEO。看来这些人已经酝酿很久了，我得更加谨慎才是。但贝尔勒这家伙有被人洗脑的潜质，别到时候被人卖了还帮人数钱，我得多提醒他。

这时，云空郑重地宣布："实践出真知，我提议立即赶往大慈寺实地调查，尽早揭开真相！"

大家不说废话，立即就在这私人研究室内，商讨制定了行动基本方案：先去寺院踩点，探听情报，目的就是找到进入地下的入口。林菀昕到时候留在地面，望风和接应，其他人下地作业。

器材装备，寸闲居本来就囤了一些，基本的田野考古是可行的。尤其是还有一台先进的便携式探地成像仪，可以折叠起来放进背包里面，不占空间。

这样筹备了两个多小时，到晚饭时间了，大家就在附近的快餐店简单吃了一些，立即动身。

景教授晚上还有教学，就不参加行动了。云空、唐沏、李欧、贝尔勒、小昕五人组成小分队，坐进了小昕的奥迪 A4，往大慈寺驶去。

第八章
大慈寺那些事儿

就在李欧几人探究李冰七桥的同时，距离成都不到 200 公里的乐山，江上已经发生了一些离奇的事情。

暗雷在遥远的云层中滚动，天地间弥漫着沉闷的气息，似乎不用力呼吸就会感到不畅快。

警车停在三江汇合口旁边的马路上，红蓝两色的光在阴暗的天色中格外晃眼。

游轮已经停运，码头上聚了一群人。

游轮公司的经理拿着扩音器喊话，一口地道的川普："非常抱歉，目前江水暴涨，天气越来越恶劣，今天开始轮渡停运了。请大家不要乘坐私人船，目前江上已有事故发生，珍爱生命请勿游江！"

人群里争吵的声音时起彼伏，有的游客不依，因为他们都是买的套餐，乐山之行的不顺导致整个旅行都没了兴致，想要退回全款，但旅游公司显然不想吃这个硬亏，导致双方发生口角。

一名警察若无其事穿过争执的人群，走下码头的台阶，来到江边。那边停靠着一艘应急救援的快艇。

他高个头，身架就和四川本地人不同，有着北方人的基因，留着干练的偏分，胡楂像铺了一地的玻璃碴，眉眼长得很紧凑，眼睛虽不大，神色显得十分机警。

两名警察正在快艇旁边询问一名穿黄色短裤的中年妇人。当他们看见他走过来后，立马停下询问，朝他敬了个礼。

"有没有线索？"警官回了个礼，对两人说道。

"报告冯队，目前已经发生两起渔船失踪案件，诡异的是渔船也没找到。"

冯队眉头紧锁着，缓缓看向大江。对面的高大延绵的山峦掩埋在灰色的雨雾之中，像是横卧的巨大怪兽。

江水是棕红色的，水位已经越过了警戒线。每年这个时候，都是三江最暴躁的时候。

"妖龙，妖龙现世了！"这时远处江堤上一个老妇人扯着嘶哑的声音喊了出来。

冯队一惊，望了过去，见这老女人披头散发，穿着一件灰底彩花的半袖和青色棉裤，双手举在头顶，神叨叨地朝江水呼喊着。

"大佛保佑，海通大师保佑哦，妖龙奔脱锁链跑出来啦啊，大佛保佑哦，海通大师保佑哦，快快收服它，要不然人间大难啊——"

两名警察赶紧跑过去，扶着老女人，把她带下来，但她嘴里仍然喋喋不休。

冯队走到河石坝上，望着波涛汹涌的江水，点起一支烟，若有所思。妖龙？太搞笑了吧，古代供人消遣的神话传说，居然现在这么有市场。

心里很快就忽略掉这个小插曲，盘算起另外一件事来，这时一个年轻的警察过来了。

"队长，武馆最近有异动，目前他们已经找到目标，正往回赶。"小警察凑近他的耳朵报告。

冯潜点点头，略微侧脸说道："给我盯紧了，他们不是普通的群体，我们直接介入容易打草惊蛇。"

"是的冯队，目前三组会同水警还要负责调查渔船的案子，可能有些牵扯精力，你看要不要向局长报告一下，也好……"小警察嘀咕着，却被打断了。

"按我说的去办就行了，上头的事你们不要操心。"冯潜盯了他一眼，不容置疑。

小警察连忙领命，跑开了去继续他的调查。

与此同时，在江心的小岛上面，还有两个人影晃动。

小岛的尖头处正对着凌云山山崖，在这里可以清楚地看见乐山大佛的正面。平时有不少本地人到江心小岛上，朝拜大佛，可如今的水势挡住了人们的脚步，岛边的滩涂已被淹没，那些浸在水中的灌木林看起来更像是水草。

一个体格健壮的金发男子把三脚架稳稳当当地安放下来，是个美国大汉，深陷的眼窝让他的眼神难以察觉，身穿美式简约白色紧身背心，显露出强壮的胸肌。

另一个则要矮小瘦削得多，身材一看就是华人，留朴实的学者发型，高额头，窄脸，戴茶色的近视眼镜，他将一台黑色高倍率的专业望远镜安装在三脚架上，弓着身子仔仔细细地往大佛那边观察着。

"哦，陈博士，你不是在看风景吧。"大块头用英语说道，说话瓮声瓮气的。他点起了一根哈瓦那雪茄，制造着烟雾。

陈博士的脸移开望远镜，没有看他，茶色眼镜后面微眯的眼睛似乎永远也睁不开似的，刮得干干净净的下巴有些骄傲地翘着。

陈博士对他歪了下头："你过来看下。"

欧文把头凑过去，通过望远镜看了过去，只见这个角度和焦距正好能清晰地看见大佛脖子及周围的岩石。

"古代排水工程，很巧妙啦。"陈博士说道，台湾腔很重，"从地质结构和三维成像分析，它可不像表面上看着这么简单。"

"要我说，直接派人爆破就完事了，磨磨蹭蹭的。"欧文语气粗重。

"要在东南亚小国，你这法子绝对给力啦。但这是在中国，而且是著名景区，难度比想象的要大哦。"陈博士这话说得挺认真。

"三套方案，都他妈绕不过武馆吗？我很不习惯中国那些交际套路。"

大块头嘴皮包着雪茄烟嘴,猛抽了一口。

"不习惯也得习惯啊,这次行动难就难在要在最小的社会环境影响下进行渗透,事情一有差池,任务就可能会失败。"

"这可比直接武装干预棘手多了。妈的!"欧文骂了一声。

陈博士嘴角微微一笑,脸上的肌肉绷得紧紧的:"得两手准备啊。我看要去武馆一趟,再会会老头子。"

"别白费功夫了,那家伙硬得跟块石头一样。"欧文没好气地说。

卫星电话过来了,陈博士拿起手持机,和另一边的人沟通着,说的都是台湾土语。

挂掉电话,陈九里拍了下大块头的肩膀,下巴一扬,说道:"东西到了啦。"

两人抬起脑袋,望着阴云密布的天空,像是古人求雨一样,望眼欲穿,直到大块头的脖子都望酸了,这才看见云层中有道亮光闪了一下。

"来啦。"陈九里嘿嘿笑道,那白光节律闪耀中,一个银白色的物体,犹如天外来物缓缓下降……

成都那头,李欧五人很快来到了大慈寺。

与其他寺庙远避红尘,身居山野不同,大慈寺自古便与繁华不分离,如今也是位于市中心最繁华的地段,靠近成都最著名的商圈春熙路。南部是新建的商厦远洋太古里。而它的西边,则矗立着一幢巍峨的双塔式建筑——成都国际金融中心 IFS。那高楼上端笼罩在一片雨雾之中,在灯光的照射下,更显得光怪陆离。

大慈寺挤在一群盛气凌人的高楼大厦下面,不亢不卑,独守着一份静谧与闲适。

撑着伞走进大慈寺,众人就被一片红墙碧瓦、朱阁雕檐的仿唐式辉煌建筑群吸引了。寺内檀香扑鼻,禅音袅袅,古树参天。尽管是雨天,仍然有不少游人香客。

几人在寺内像模像样地烧了烧香,然后分头行动。林菀昕说这里面有一所博物馆，自己也曾到这里参观见学，于是就去那里找人了解情况。

云空则以峨眉游僧的身份，与分管各类事务的僧人谈话。

李欧、贝尔勒和唐汭则四处观察打听，寻找线索。

现存的大慈寺规模不到曾经极盛时期的十分之一。与世俗共融是这里的特色，大慈寺的茶馆也是远近有名的平民茶馆。

李欧三人经过茶馆的时候，发现下雨天室内也挤满了人，室外的大雨棚下面，聚拢着人。屋里面正在上演川戏，铿铿锵锵的声音和抑扬顿挫的腔调传了出来。贝尔勒很感兴趣，就挤过去看。鼻子里尽是茉莉花茶的茶香。"茶博士"一袭黑衣，耍戏法一样摆弄着手里的长嘴茶壶，然后凌空往茶客的盖碗茶里面注入热水。茶客们软软地靠在旧竹椅上，椅子发出"吱吱嘎嘎"的响声。

戏台上正在上演经典的变脸，一个身手灵巧的黑披风，正和着乐曲变换脸上的面具，像是游乐场的翻牌机一样闪烁着五彩的图样。忽地一个小丑脸出来了，贝尔勒竟然和身旁一个胖小孩一起，开怀大笑起来。

众人的目光齐刷刷地看着这个异国来的高大男生，叽里咕噜地调侃起来。

"走啦，傻不拉叽的，干正事。"李欧拉着贝尔勒，硬生生把他拖了出来。

唐汭漫步在雕花木窗的走廊上，被那些字画所吸引。转角处一个头发花白的老头在转角处挥笔作画，墨汁的香气混杂在潮热的空气里，浓得像厨房的菜香。

三人在大殿前会合了，一起往里面走去。

在几座大殿内走了一圈，并没有看见什么异样的地方。又来到后院，边上有一间老房子，似乎比周围的建筑更老。过去一看，原来是一间罗汉阁。进了房屋，发现这里留存有不少壁画。大多是佛教题材的图画，色彩斑驳，时光让其显出不可复制的老旧质感。

"这幅是吴道子的天王图，这幅是苏东坡的题字，这是贯休和尚的《渡海罗汉图》，都是绝品啊！"唐汭隔着装裱的玻璃，用手指在玻璃上摩挲着。

"女侠你好像很懂这些古物的道道。"李欧的眼睛四处打探着。

"云空法师从小就教我国学，所以就很在意这些。"唐沏说道。

"我也是啊，我好几代先人都是东方艺术的收藏家，我最喜欢在老屋的陈列室里玩耍。"贝尔勒正儿八经地说着。

"好吧，诸位都是文化人，有没有什么发现，铭文、密道机关什么的。"李欧不知道这贝尔勒啥时候和唐沏的说话口径一致起来了。

大家都摇了摇头。李欧叹道："如今的大慈寺早已不是以前的模样，里里外外都换了几茬了，说不定进入地下世界的通道早已封死。"

正说着，云空和林菀昕一起走了进来。

"你们有收获了吗?"小昕问道。

李欧摊摊手："都快变成游园会了。"

云空四周环视了一下，对大家说："到外边说话。"

大家来到了罗汉阁侧面的休息处，这里没有人，只有几把长凳。

五人坐定，云空看来是有点收获的，他神秘兮兮地告诉大家："大慈寺有个秘闻。"

"秘闻?"贝尔勒脖子伸直了。

云空抚着山羊胡，娓娓道来，他从院务处一高僧那儿听到一个传说，是大慈寺的缘起之说。相传四川盆地上古时候是片海洋，称为西海，后来百姓祈求神明，将海水退去，还以陆地。水虽然退了，但是盆地之中还留有一个海眼，那海眼时不时冒出水来，日后必成大患。于是人们为了镇压海眼，就在那上面破土动工，修建了这座大慈寺。

虽然听起来像是无稽之谈，但古人不这么认为，他们甚至还铸造了一尊阿弥陀佛铜像，在其背面刻上"永镇蜀眼李冰制"七个大字，以李冰的威名来加持法力，让海眼永远不得作祟。

"李冰制？镇压海眼？"唐沏被这几个字吸引了。

"是真的。"小昕说道，"2008年我们院的项目小组还专门去研究过这个传说，可惜这尊历经1300多年沧桑的佛像，却在'大跃进'时期被人为毁坏……"

"重要的是这个佛像怎么会和李冰拉上关系，并且又似乎与镇水有关？"唐沏挑出了问题关键。

"好了，越说越玄了。依我看，大慈寺下面估计是有地下暗河，寺庙为了突显自己的地位，就编造一个镇海眼的说法，并假托圣人李冰之名，不过是制造神秘感博眼球嘛。"李欧自以为是地说道。

云空压低声音说道："你说得也对。据说以前放大铜像的地方就是弥勒殿，但是早已经改建了，现在就是这间罗汉阁。20世纪80年代曾经在罗汉阁搞地板翻新的时候，发现过一个不大的洞口，听说有一股冷气冒了出来，大家担心不吉利，就用水泥封堵了起来，现在已经找不见了。"

"哦，神父，这真是个坏消息。"贝尔勒沮丧地说。

"然后我说说我这边。"林菀昕接着发言，"我在博物馆碰见一位学长，和他随意聊了聊大慈寺的历史故事，我了解到一条信息。"

"果然还有一个好消息。"贝尔勒笑道。

小昕的学长给她讲了这样一番话。前几年，大慈寺在整修排水工程时，挖出了一条十分古老的沟渠，应该是一条人工开凿的内河，而且还从里面挖出了李冰的雕像和石牛石马等镇水遗物，现在这些东西都放进了寺院的博物馆里。

"听起来有板有眼的啊。"李欧见大家都有干货，自己也得说点啥，"我来分析下吧。这是一个典型的回路式关系脉络。首先，李冰七桥位置引出大慈寺，大慈寺引出铜像，而铜像又涉及镇水，镇水有关的文物又回归到李冰，那么这条信息回路表明，李冰七桥和大慈寺有必然联系，说不定本身就是大慈寺的一部分。我想，这先秦和唐时的古迹已经融合在了一起。"

"现在的问题是，我们怎样才能到大慈寺的地下去，总不能跑过去抓个和尚就问，请问地下室在哪儿啊。"李欧话里带着几分揶揄。

"总有法子能确定入口的！"唐沏不喜欢听李欧的废话。

小昕嗯了一声，"大家说到点子上来了。我旁敲侧击地问学长，这大慈寺地下水道有没有再考古再发掘的打算，还能不能进入。可学长当即否定了我,他说,因为地处市中心,大慈寺周边可谓寸土寸金,建满了高楼大厦,这地底下已经全被捣得稀碎,封得严严实实,根本下不去了。"

"啊,不会吧?"贝尔勒露出小孩子般的失望表情。

"我当时和你表情一样一样的。"小昕嘿嘿笑出了声。

"那你还笑得出来啊。"贝尔勒道。

"因为,我又获得了一条线索。"小昕神秘地说。

学长也是忽然想起一事,太古里有一家书店,在设计施工的时候和大慈寺有过一段渊源。

这家书店叫方所,面积非常大,现在可是"网红"名店。当时,书店的总设计师曾先生最开始出了十几个设计稿,都不合意。一天,他到大慈寺里去散步,走进了藏经阁,在了解到大慈寺的前世今生后,忽然灵光一闪,他找到大慈寺的方丈,向他讨教。

方丈告诉他,当年唐玄奘西天取经前,曾在大慈寺修行,广阅经书,这才有了西天取经的志向。曾先生受此启发,认为藏经阁和书店都是智慧的宝藏,内联是一致的。于是他请来寺院高僧做顾问,以"地下藏经阁"为理念,设计建造了这个方所。

奇怪的是,书店在改造通风排水系统的时候,工程一度中止,直到寺院来了一批僧人,级别都不低,他们日夜监理,等书店改造完毕才离开。小昕的学长说,寺院为什么这么重视,可能和书店下面的下水道有关系。

"我感觉是下水道涉及了寺院下面的秘密。我们应该马上去书店调查一下。"唐沨坐不住了,看得出她也很兴奋。

"有点意思,看来书店和寺院的下面是相通的,不过就算咱们能从书店那里下去,也很可能是盲人摸象,而且搞不好还会被逮进派出所。"李欧对所谓的"线索"并不看好。

"小李说得有理,但我们也不能放弃这条线索。这样吧,小昕,我们前去调查,你就在这里做技术后援,提供些有用的信息。"云空已经有了主意。

"OK,没问题。大家可以下载一个APP,我可以随时掌握你们的位置,并提供行动建议。"小昕叮嘱大家把一个户外考古专用APP打开，它可以提供军用级的卫星定位，同步显示六十四人的定位和轨迹信息，并且小昕的控制端ID是景教授给的，具备极高的权限，可从省库下载各类电子地图，方便使用者对地物地貌进行细致分析。

众人离了罗汉阁，朝西面的太古里商场走去。

雨下得更大了，看样子不愿停歇，整个大慈寺笼罩着一层湿雾，显得更加神秘难测。夜幕即将来临，游人们纷纷离开寺庙。

几人经过一片小树林，从寺院侧门出去，又进入了商场，一墙之隔，似乎从古代穿越回现代。

太古里商场充满了时尚潮流元素，灯火辉煌，晶石闪烁，美轮美奂。不过几人无心欣赏，通过一段超长的电动扶梯，很快就来到了地下二层这家文艺范十足的书店。

第九章
古渠禁区

方所的确是一间让人叹为观止的书店。

四千平米的庞大书店，藏身太古里的地下，它有着八米的挑高，地面铺满行星轨迹，几十根大型切割面的混凝土柱撑住如地宫般的穹顶。鳞次栉比的书架、陈列架视觉上给人以书海浩瀚之感。

看得出设计者希望重现一个古老的藏经阁场景。这里仿佛一个独立于世的魔幻空间，一边连接着古代，一边向未来延伸。

几人的手机同时振动了起来，打开APP，小昕发来一段语音："我已经下载了太古里的建筑结构图以及排水设施图，大家可以打开文件查看，我开始绘制轨迹。"

只见她的位置显示成黄色的光点，发出波纹一样的动态效果。

图纸上，太古里地下三层结构图一目了然，再放大，书店的设施构成也清楚了。

书店东面有楼梯可以直接通往大慈寺院落，那里有咖啡馆和卫生间，下水系统则接入大厦主下水道。奇怪的是，书店下水管道本可以直截了当往南延伸，却拐了个弯。几人认真分析着图纸，也都注意到了这个细节。

如果说这是因地制宜，好像又解释不通。因为拐弯的地方并没有什么阻挡之物，譬如难以攻破的岩层，古代遗迹或者地下水体等。

"这个问题，你们最好去咖啡馆那边实地调查一下。"小昕提议道。

唐汭自是一马当先，领着众人就走向了东面的咖啡厅。

方所咖啡厅被几列低矮的书架围在中间，远远就闻到香醇的味道。在这等同于旅游景点的先锋书店里面，咖啡馆更像是读书长廊，能落座的地方都坐满了人。人们面前摆着几本图书，点一杯咖啡或者清茶，好好享受几个小时的心灵之旅。

几人顺手拿了几本书，好不容易找了张桌子坐下来了。李欧早已在四处观察，了解到这里的环境特征、监控位置、安保和员工活动等情况。

"各位，咖啡厅的操作间后面有个储藏室，和地下二层的公共厕所靠在一起，如果你们不想从粪池下去，可以选择储藏室里面的独立下水道。"小昕的文字出现在几人的手机上面。

"储藏室？哦，我看见了，可惜门锁了。你不会让我们光天化日之下撬门进去吧。门口的监控器咋办？"李欧快速输入并发送文字。

"小昕你可以让这里停电吗，只需要给我最多半分钟我能搞定那扇门。"唐汭写道。

"小汭姐，这可不是拍好莱坞电影，不现实的。"小昕回复。

"那咋个办，躲起来，等下班过后再潜入了？"唐汭无奈地说。

这时候一个漂亮的服务员走了过来："请问需要咖啡或者饮料吗？"

唐汭连连摆手，只有贝尔勒眼睛直勾勾地盯着面前这个妆容精致的妹子。

"咖啡，啊，别提了，我总会想起巴黎那些小老百姓发泄不满和牢骚的地方。我倒是对一杯蒙顶清茶感兴趣。"

"哦，先生，您的普通话太棒了，您是法国来的客人吗，好帅！"服务员洋溢着动人的笑容。

贝尔勒的手又开始不安分地搔弄着金发，同时亮出指头上那颗一看就价值不菲的鸽血红宝石戒指："我还是希望你能比较专业地跟我介绍下本地的茶饮。"

服务员鞠了个躬，要请贝尔勒到前台去。

唐沏脸上有些不满，这都什么时候了，还有心情玩儿。她正要叫停这计划外的事情，手臂被李欧拉了一下。

贝尔勒随着服务员走了，唐沏瞪了一眼李欧，他一脸贼笑："瞪我干啥，颜值即正义，别破坏人家的雅兴。"

唐沏正要批判他俩，云空忽然转过身来说道："下水道的弯曲，是在刻意避开一个区域，那就是僧人们参与监工的原因。"

"古渠不管怎么说，也算是文物，属于大慈寺历史的一部分，僧人们定当保其周全。不过，让寺院高度重视的原因，我想是它可能涉及大慈寺的秘密，那就必须同商场划清界限。即使施工上面并没有触碰到寺院的禁区，也必须隔出一个安全距离。"云空端着本儿童读物《小王子的游戏》一脸严肃，显得有些滑稽。

那边，贝尔勒坐在吧台前，一杯蒙顶茶飘溢出沁人心脾的香味，服务员一边推销着茶叶礼盒，一边作着介绍。

"据说茶是中华最古老的饮品，不仅具有提神醒脑的功效，还能养颜。你这皮肤这么光洁漂亮，一定是经常饮茶吧。"贝尔勒把茶杯端于面前，双眼饱含深意地望着女孩。

女孩脸微微发红，说话也有些不自在起来。

贝尔勒泡妞可是"科班出身"，这点李欧是清楚的，不然那一身优质皮囊就是浪费了。

更重要的是，贝尔勒泡妞时，脑袋会出奇清醒，智力会提高两个档次，这一点，李欧也是清楚的。

贝尔勒自然是要拿出自己那所谓的贵族血统卖弄一番的，加上颜值和文艺质感的加成，正如十字军攻破耶路撒冷的城墙一般，一个咖啡店小姑娘的矜持之墙很快就倒塌了。

这时，女孩拿出手机捣鼓着什么，不时朝储藏室那边偷偷瞄去，李欧沿着她的目光望过去，只见那悬在天花板的监控探头转了下角度，对准了墙壁。

妹儿好样的，原来你还有控制探头的权限。李欧心里暗自爽道。

这时，两人一前一后离开，女孩领着贝尔勒，悄悄打开了咖啡馆后面的那间储藏室。

"这家伙，太夸张了吧！"唐沏扶额说道。

李欧跷着二郎腿喝着咖啡，悠闲地说："战术千万种，落实第一条。咱们静观其变。"

不一会儿，女孩子含着泪跑了出来，头也不回地往卫生间跑去了。

"来吧，别浪费我的深情。"贝尔勒的话出现在 APP 中。

"收到，大橘哥。"李欧回复。

几人提高警惕，装出漫不经心的样子，陆陆续续进了储藏间。

库房里面堆满了货物，发出一种发酵了的复合食品味儿，李欧眼尖，发现对面有一架探头正对着众人，庆幸的是，一堆垒起来的箱子挡住了监控视野。

贝尔勒正蹲在里面的地板上，打量着地上的一个窨井盖。

"大橘，13 分 27 秒，你又伤了一个姑娘的心，刷新纪录了。"李欧带着批判的语气说道。

"渣男！"唐沏脸上分明是带着怒气，眼睛余光也扫过李欧。对这两人的素质感到愤慨，她从未想过还可以这样操作。

"误会了，我只是想和小姐姐谈谈茶叶贸易的事，所以进来看看货物，可能我的要求是比较过分，让她有点伤心了，所以谈崩了。"贝尔勒说得脸不红心不跳。

"好了，时间要紧，这里随时可能来人。"云空不想去多说什么，只是催着大家。

贝尔勒身旁普通的窨井盖，用一般的铁钩就能打开，大概也是方便工人们维修管道，并没有锁死。

这时候小昕传来语音："我找到了大慈寺古渠复原图，总算和现在的太古里地下水道拼接在了一起。你们所在的位置是正确的，从这里可以直接抵达古渠西北段。但我最担心的是，僧人们会不会把古渠封死了。"

"交给我们了，动手吧！"唐沏说干就干，从角落里找来了铁钩，一个人捣鼓了几下,就把窨井盖弄开了。

贝尔勒和李欧在一旁看得目瞪口呆,这女汉子一出手根本就没别人什么事儿了。

一段铁梯向下延伸,阴腐的气味浮了起来,唐汭皱了皱眉,打开强光手电往下照了照,不走梯子,径直跳了下去。

李欧正感叹这女汉子都不能好好走路,下面就有声音传来,确认情况良好。

一人接一人爬下楼梯,最后一个下去的是云空,他仔细地盖好盖子,不露痕迹。沿着梯子下降了两米多,就进入了咖啡馆下面的水道。

下水道中间是沟渠,流动着生活废水。几人沿着水道走着,正与图纸上的线条契合。

就在那个水道拐弯的地方,出现了一扇铁门。门上喷着一行红字:寺院禁地,禁止入内。

"就喜欢看见这样的警告,说明咱还来对了。"李欧打了个响指。不出所料,商场下水道改道的原因,是它侵犯了寺院的禁区。没想到两条相隔千年的下水道会忽然握手相接,寺院再开放,也无法容忍现代建筑向禁地的扩张。

区区一扇铁门,根本挡不住有备而来的几人。唐汭用一纤细的铁钩针就打开了门锁。

打开门,才走了几步,又是一个圆形的铁栅栏挡在面前。

"液压钳。"唐汭手一摊,她知道这东西是贝尔勒驮着。

"女侠歇会儿,这种搬砖的事交给俺了。"贝尔勒赶紧献殷勤,翻出工具,撸了撸袖子,上了蛮力,很快搞定了这个铁栅栏。

几人跨过这道障碍,进入了一个古老的水渠。瞬间的时空转换,有种说不出的玄妙感。

这条沟宽有一米不到,底部有古砖铺陈,水道的高度只够躬着身子前进。

长长的沟渠空无一物,雨水从两边土层渗透进来,又沉入了沟渠砖石缝隙，水道早已失效，没有了引水效果。

云空查看着这些砖石，有的上面还依稀可见古老的文字，推得沟渠大概是唐时所建。

一条普普通通的水道，并没有什么不同之处。唐沏打头，李欧断后，四人进了管道，大家猫着腰缓缓前进。

走了大概有几十米的地方，前面出现了分岔口，一条比较开阔，一条则拐了个弯通向寺院方向。

"大的是汇合后的水道，通往城区内河。小的这条是从寺院底部过来的。往左走，很快会接入寺院的主水道。"小昕的声音像是指路明灯。

几人转了个向，沿着那条水道行走了上百米，其间的蜘蛛网、蜈蚣什么的，四处都有，还有躲避雨水的野兔。

不久，打头的唐沏就一脚踏进了一条宽大的下水道。

水道建筑年代似乎要晚于之前，修建的算是阔气了些，人可以猫着腰在里面自如行走了。

在小昕的指引下，大家一帆风顺地前进着，直到一堵黄色的土墙挡住了去路，水道走到头了。

头顶上，传来佛堂敲磬的声音，还隐约有人在说话，远处还有扫地的沙沙声。在这幽静狭窄的下水道里，外面的每一个声响都被土壤介质传递了进来。

"同志们，你们目前位于罗汉阁的外围了，希望就在前方！"小昕鼓舞着大家。

"我看是绝望吧，前面是死胡同，啥玩意儿也没啊。"李欧没好气地对着手机说。他只是感到稀里糊涂地就卷进这个行动了，然后做的事越来越荒唐。

云空坐在地上，揉着自己酸疼的腰部。唐沏四处观察着，希望可以发现蛛丝马迹。忽然，她听见了某种咕咕的水声。

"你们听。水声，对不对？"唐沏惊喜地说。

侧耳倾听，果然，有一种节律的，微微的水波荡漾的声音，好像还有气泡的咕噜声。

"就在这堵墙后面！"云空耳朵贴着石墙，肯定地说道。

"小昕，你能不能想办法探测一下罗汉阁下面的状况。"云空对着手机喊话。

"唔，现在寺院应该是下班时间，没什么人了，我想办法搞定。"小昕说道。

比较幸运的是，僧人们都离开了，往大雄宝殿集中，可能是有一个夜间的法课。

罗汉阁的门半掩着，并未锁死。小昕溜了进去，把门带了起来。

罗汉阁里面一片肃穆，灯光有些昏暗，那些千姿百态的罗汉雕像仿佛活了一般，眼睛直直地盯着她看。

小昕心里有些发毛，她还从来没有一个人晚上跑进寺庙里来。走了一圈，确认没有其他人了，赶忙从背包里拿出一台设备。

那是美国产的流浪者探地成像仪，最大的优势是便于携带。但探索的深度并不是太高，只有20米，应该也足够了。它能利用探测地球电磁场遇到不同介质产生的变化来描绘出不同颜色的三维图像，进而了解地下的地貌和地物。

小昕把处理器挂在腰间，展开折叠的探地器，像是一把扫帚。手机通过蓝牙连接设备，作为终端显示器。

启动装置，打开手机软件，开始显示地下的状况。

小昕按照操作方法，缓缓地行走，这罗汉阁下面的情况便在手机里一点一点描绘出来。

心越跳越快，她渐渐看到了这罗汉阁地下的秘密，那隐隐约约的五颜六色的图像，让她惊讶不已……

李欧几人坐在下水道里，已经大汗淋漓。这6月天的闭塞的下水道，可不是人待的。

"这真他妈是学洋人喝咖啡，自讨苦吃。本来老子还吹着空调吃钵钵鸡的，非得跑到这儿来钻洞洞。"李欧的情绪有些烦躁了。

"出息，钵钵鸡吃那么多你会跟法国人一样体味十足。"贝尔勒把舌头吐出来，像条金毛犬。

"然后为了掩盖体味，就转行做香水了是吧。"李欧接起他的幽默。

云空看着两人，眯着眼笑道："现在的时代真不同了，人们可以自由选择在哪个国家生活、工作，在哪都有自己的朋友圈子。不像我们那时候，别说出国了，连出省都不容易。"

"时代变化太快，看不懂了吧，云空老师父。"李欧调侃道，眼睛一瞄，盯上了低头看手机的唐沏，"我有点好奇的是，这武术行业，现在发展得怎么样了？"

唐沏头也没抬地说："武术是来自于传统，但也面向未来。人们对武艺和健康的追求永不会过时。武术还是沟通中外文化交流的桥梁。"虽然一听就是套话，但也没什么不妥的。

贝尔勒插嘴道："中国武术世界知名，我朋友在巴黎开有一家健身馆，其中就聘请了华人武术教练，专门教咏春拳，不知道和女侠的峨眉武术有什么区别。"

"咏春的特点在于精简、灵活、实战性强，不过我们峨眉武术历史更为悠久，源于对自然的观察体悟，目前有很多分支和派系，具有不同的功用性。"

"哦，唐女侠那天在巴黎露的两手当场把我们俩圈粉了，这属于峨眉武术的什么套路？"贝尔勒屁股往唐沏那边挪了挪。

"我主要修学的是峨眉武术的玉女拳法。"唐沏说道。

"这名字好，名如其人。"贝尔勒觉得能从唐美人那里套点话出来是件比较有成就感的事情。正要继续撩她，这时候几人的手机振了。

"大家快看，罗汉阁下面果然有密室！"小昕的声音带着惊喜。

手机上发来一张图片，是地下遥感图像。

在那些起伏的岩石土层中，有一个平整的空间，四四方方，有几个圆柱样的物体立在里面。中间是一个圆形的结构，周围有一些看不太清的环形物。

"很明显有人工建造痕迹！"云空也有些激动了，"没想到大慈寺的地下，竟藏着一个密室！"

贝尔勒激动地说："来对地方了，这就是寺院的秘密吧！"

小昕说道："这台仪器分辨率并不是太好，但我肯定这下面有文章。"

"法师，我们要凿开这堵土墙了。"唐沏是行动派，确定好的事情从不犹豫，她马上从背包里拿工具。

李欧还在纳闷呢，这些家伙说是调查情况，现在就迫不及待要动手搞破坏，看来也不是什么善茬，尤其是那个大和尚，竟然连一点儿出家人的矜持都没有，急吼吼地也不晓得多考虑一下。

李欧本来想要劝一下大家，却见贝尔勒已经拿起了便携工兵铲，和唐沏一起对着这土墙一顿乱捣。

土墙本就是老黄土所筑，外强中干，哪经得住这几人折腾，三下两下就破开一个窟窿。

一股阴冷的气息窜了过来，还带有难以名状的腐味。

贝尔勒看这墙已经颓了，退后几步，就冲了过来。

"等等！"云空想都没想过这家伙这么莽撞，可一时间拦他不住，贝尔勒凭着自己的大块头的惯性，猛地一下撞上了土墙。

土墙轰然倒塌，贝尔勒忽然失声大喊起来，这土墙后面是个斜坡，他跟着一堆土块就滑了下去。

"大橘！"李欧一边挥开那些尘土，一边用手电往斜坡下照去。

贝尔勒摔得哼哼唧唧的，说是没事，这下面有个房间。

于是大家就一个接一个滑下了斜坡，掉进一个宽敞的空间里面。

房间中几根石柱顶着天顶，上面还挂有残留着灯油的烛台。李欧用火机由近及远依次点燃，室内的光线渐渐明亮起来，眼前的景象也挣脱黑暗的遮蔽，渐渐清晰。几人心跳加速，呼吸几乎停顿，浑身的汗毛都收紧了。

第十章
密道冰窟

这是一间方形密室，穹顶低垂，雕有繁密图案，排成内外四环圆形，长须的青苔爬满了洞壁，已经难以看清那些雕刻的内容。室内白雾氤氲，忽聚忽散，在灯光散射下，犹如披上金色薄纱的妖怪，不断变幻着形体。

正中有一口直径 2 米的圆井，那白雾正从井口中升腾起来，围绕着圆井有 4 排环形的石墩，正与穹顶相对，上面凹槽遍布，每个凹槽里面陈列着一个器皿，每个器皿下面镶有刻字的石牌。

在外围，还陈列着一些石像，不仅有法相庄严的佛像，也有风格古朴粗犷的石犀、石象、石鱼、石人。

一种神秘而肃穆的氛围震服了几人。贝尔勒不自觉地就用手抓住了李欧的手臂，把他掐得生疼。而李欧却也忘了喊疼，人已经怔住了。

唐沨身子微躬，手习惯性地摸向了腰间，这是她紧张时候的自然反应。

她腰间的窄形皮套里，插着一把防身武器，两头尖中间扁，像是两把扁叶状的匕首尾部相接在一起，这是峨眉武术的专有武器——峨眉刺。

云空法师忽然趔趔趄趄地向前走着，整个腿脚像是没了骨头，一步一步瘫了下去。他双手合十，扑通一声跪在了地上。

"弟子罪过，惊扰了众位圣僧，甘受地之业火……"云空嘴里念念叨叨地说着话，有些吓人。

正说着，那圆井里忽然传来清晰的咕咕嘟嘟的声音，尤为清晰惊悚。一团水雾从那圆井里腾吐出来，在半空中渐渐扩散开来。

云空身子伏在地上，根本起不了身。唐沔不得不上前把他扶住。

"师父，你怎么了？"她眼里透着惊惧。

云空仍然跪地不起，眼睛都不敢睁开，额头上全是豆大的汗珠，他颤颤地说道："没想到，没想到，这里是历朝历代，大慈寺的高僧们圆寂后的归宿，如此圣地怎能被我这劣徒侵犯……"

经他这么一说，大家这才仔细地去看那些石墩上面的器皿，有年代久远的陶罐，彩釉斑驳，也有朝代较近的瓷器，虽器型朴素，但细看之下，上面的纹饰精美异常，无不透着佛系的韵味。

器皿下面的石牌上都雕刻着一些文字，表明了他们的身份。

"这里面都是高僧的骨灰。"唐沔已经明白过来了。

云空缓缓点头，愧疚地说："是各位高僧先辈们的舍利，没想到。在大慈寺下面藏有这么一个圣地，怪不得先前寺里的长老们都三缄其口。罪过啊，要早知如此，我也不会贸然进入。"

李欧幸灾乐祸地说："我让你们别来，拦都拦不住，这回安逸了不，罪过了啊罪过啊。"

眼睛瞟了下贝尔勒，这家伙最先破坏封土，可是得罪了高僧魂灵了，不知道现在心慌不。但令他惊讶的是，贝尔勒这家伙脸上毫无愧疚之色，反而还开导着和尚："哎呀法师你别自责了，咱们，咱们是为科考而来。再说了，这里好久没来人了，这些魂灵说不定还挺寂寞呢，这下正好有人陪了，应该会开心的。"

唐沔不高兴地打断了他的话："说些啥子呢，鬼扯！"

唐沔扶起法师，安慰他无须自责。云空长叹一口气，再次向前辈们拜了三拜，依然是躬身不敢抬头。

贝尔勒率先走近了那口圆井，往下照去，只见一层雾膜盖在井水上面，不断有气泡从水里冒出来，看起来像是煮沸的水，但实际恰好相反，那腾起的白雾冷得不可思议，一碰到皮肤就叫人起了鸡皮疙瘩。

"这水汽咋这么冷，跟开了冰箱一样。"贝尔勒摩挲着手肘，自言自语地说。

"这口井应该连接着地下暗河，说不定就是李冰江桥下面的那条河。"唐沨推测道。

"那么桥呢？跑哪去了，我看早就被毁掉了。那个啥子镇海眼的说法，就是唬人的，让人不敢进入这儿。"李欧有倾向性地给出自己的判断。

"有这种可能，但也别这么早下定论。"唐沨不想这么武断，"我总觉得这并不是海眼，只是一个窨井罢了。"

手机在振动，小昕提示道："我从周边的地下古代下水道分布图来看，这个地方处于唐、宋故道的重叠区域之上，也就是，如果你们还能往下走的话，会进入更加古老的下水道系统。"

"小昕我明白了，如果我猜得没错，这口井是一个古老的通道入口。"唐沨早有这个想法，只待小昕的调查结论一到，便脱口而出。

"小昕妹妹，你的意思是让我们来一场深潜运动，消去这沉闷的暑气对吧！"贝尔勒说着就要开始扒衣服了。

李欧当场就反对了："我看你就是宝器！先不说这井水通向哪里，就这冰沁人的水温，分分钟冻成狗！"

"可这是唯一可能的通路！我们不能放弃任何机会。"唐沨的视线锁着李欧，一副为革命准备献身的神情让李欧大为不爽。他想到了父亲，想到了那些"打鸡血"的话。

"逗起闹，不顾一切有意义吗，不考虑后果吗，一点安全风险意识都没有！这事我干不起，要跳你们跳！"李欧脸色变得难看起来。

正在这局面渐僵之时，忽然井下面传来一阵异响。

哗啦啦，那像是潮水滚动的声响吸引了几人的注意力。

大家朝井下望去，见井水正在缓缓退去，不断下降。

"居然还有潮汐现象。"云空惊讶万分。

片刻，那井水就不见了踪影，手电灯光照了照，也只能望见深处一片浮动的水雾，四周趋于宁静。

"阿门。这是上帝的旨意。"贝尔勒画了个十字，喃喃说道，"通往神秘之地的门户已经打开。"

贝尔勒趴在井口，把头探进去查看，他发现退水过后的井壁上，隐隐约约地排列着许多条状的坑槽，显然是专门凿出以便攀爬。

"这下面有攀登点，可以下去！"

这时，却听得顶上有人在喊叫："你做啥子的，站到！"

接着就是凌乱的脚步声、开门声、呐喊声，越传越远。

"不好，小昕被人盯上了。"唐沕焦急地说。

"小昕问题不大，我们抓紧时间下井，别错过时机。"云空催促道。

贝尔勒一马当先，手指头抠着那些石坑，麻利地往下爬去，不一会儿，他的手电光在井下闪烁，声音传递着惊喜："快下来，真有路！"

果然，在下面七八米的地方，井壁上出现了一个半米多高的洞口。

李欧是最后一个下井的，他不知道自己该不该下去。尽管对云空他们抱有疑虑，但这大慈寺下的一幕并不像是什么骗局的设计，尤其是刚刚云空那一跪，声情并茂，让他感到这并非演戏。既然父亲地图的指引就是这里，那现在也不得不去了。

没时间多想了，李欧爬下竖井，前脚刚踏入洞口，下面就哗哗啦啦的，水位开始上涨了。

几人不敢停留，赶紧猫着腰沿着狭窄的通道往里迈进，地势又渐渐升高，直到进入了一个新的坑道。

这时候，身后的水位升了起来，渐渐淹没了那条水道。

坑道没有想象中那么窄小，反而有些宽敞，从地上的石板路可以推测出通道修建的年代一定十分久远。

李欧把手电筒的亮度调节环扭到最大范围，仔细打量着四周的环境。

云空指着头顶说道："你们看这石壁。"李欧把手电筒照向了头顶的石壁，瞬间明白了，这么光滑的石壁估计是以前有水流的冲击，才会打磨而成的，还真是一条古代城市下水道。

"看，雕像！"贝尔勒惊呼。

不远处有一个两米高的石像，石像看起来有些年头了，是一个古装的男子笔直站立着，双手背着，衣衫灵动，眼睛直视前方，岁月的侵蚀风化挡不住他英挺的气韵，可以看出这是一个意气风发的当权者。

"他是李冰！"唐沨有些激动，这无疑是一个指向成功的标识。

雕像旁边还有一条向下延伸的石阶梯，大家沿着阶梯往下探去，没过多久，又进入另一段下水道，道路出现了分支。有地下探险经验的贝尔勒早有准备，就在经过的分支入口前后，用记号笔画上符号和编号。

可是，随着行进，他们发现分支越来越多，这地下通道密如蛛网，做记号的小聪明根本无济于事。

又走过了一条下水道，李欧打了个喷嚏，骂道："奶奶的，怎么越来越冷。"

"肾虚的典型表现，回头给你补补。"贝尔勒嘲笑道。

唐沨也不经意间扣上了衣扣，她似乎也感到气温在下降。

成都的下水道自秦汉开始，就不断经历着修建、废弃、再修建、再完善。地面建筑可以推倒重来，但下水道却犹如画师作画，每一笔都留在画布上面。新的覆盖旧的，大的吞并小的，直到层层叠叠、星罗棋布。

尽管很多水道早已废弃，被乱石阻挡，但要在这一片区域中找到正确的道路，就等于向时间宣战。

几人累了，坐在一条水道边上，拿出干粮和饮水休息。

"这样无头绪地走下去，恐怕无济于事。"云空也有些打退堂鼓。

"法师，难道就没有什么办法吗？"唐沨来回踱步，很是焦急。

"我本来以为，古人既然能来去自如，一定会留下记号，但想不到的是走了这么久，什么也没有，这些下水道似乎千年来无人碰过一样！"云空无奈地说。

李欧说："今天也不是没有收获，至少领教了成都地下世界的样貌。"

"我忽然想起了法国文豪雨果说过的一句话，下水道是城市的良心。"唐沨说道，目光也飘向了贝尔勒。

李欧也有所感触："这倒不假，雨果的这句名言，一直在拷问人类的城市建设。看看人家巴黎的地下水道，那里是世界上唯一可以供人参观的下水道，宽敞完善清洁，无论多大的暴雨巴黎也绝对不会发生内涝。"

贝尔勒却笑了起来："咱大巴黎下水道名声在外啊，这个我清楚，我有段时间特别迷恋城市探险，巴黎的下水道是挺大，不过如果不做大点，到时打仗了那么多士兵往哪儿躲。"

唐沨笑道："你们法国人就这么喜欢自嘲？"

"妈妈说要做个诚实的人。"贝尔勒耸耸肩。

这时云空忽然抓住了李欧的胳膊："你刚才是不是说过什么，怎么越来越冷了。"

李欧扯开云空的手，说道："冷不冷你还不知道吗，这跟下了地狱一样，越来越冷。"

"乌鸦嘴！"唐沨白了他一眼。

"这就对了。"云空站了起来，"古人是如何在蛛网般的水道中找到正确道路的，他们凭借的不是记号。"

"那是什么？"贝尔勒忙问。

"是温差。"云空肯定地说。

众人站了起来，法师的话点醒了大家，可惜，没有人带来哪怕是小小的一根温度计。

云空却笑了，看着李欧说道："李欧兄弟，你是不是对温差特别敏感。"

李欧诧异道："这倒是。我有时候觉得我比天气预告还准确。我记得以前上大学时候，大冬天我们在宿舍看电影，开着空调，很暖和。可过了一会儿，我就开始打喷嚏，我说冷，室友指着空调读数说，24度你还嫌冷，有病啊。可我却莫名其妙地感到整个世界在变冷，这时候有个室友开门进来，你们知道他说什么，他说外面湖水结冰了。"

"你是说在恒温的空调房间里，你却能感受到室外的温度变化？"唐沨惊讶地看着他。

李欧耸耸肩："恐怕哥是个超级过敏的体质吧。"

云空看着唐沏，眼神里暗含深意，哈哈笑了起来。

"好了，李欧兄弟，你这过敏体质说不定能起大作用呢。"

李欧脑子也灵光，贱兮兮地笑着说："看来哥哥我要当一回温度计了！"

于是，李欧打头，本着哪里冷就往哪里走的原则，穿梭在地下水道网络之中。

这一招看来是奏效了，地势在逐渐下降，经过了几段向下阶梯，连贝尔勒也感到寒气逼人了。

周围的土层颜色和质地也悄然发生了变化。众人越下，越寒。下面一股股阴风扑面而来，而且流速越来越快，直到变成了凛冽的寒风。

唐沏的嘴唇开始变得微白，即便她身体素质不错，但女生体质偏寒，对寒冷的抵御力并不是很强。

李欧发现了唐沏的异样，本想关心一下，问她能不能撑得住，却又制止了自己的念头——急吼吼地要跑下来，该背时！

又行走了数十米，前面的通道越来越宽了，云空不经意间已经走到了最前面，他无喜无悲的样子让李欧安心不少，却也增加了些许狐疑，看来云空并不是一个简单的和尚，心理素质好过FBI，至少不是表面上看起来那么简单。

走出通道口，众人进入了一个地下冰窟。手电光中，整个洞窟犹如覆盖了一层多晶玻璃体，棱镜效应把灯光析出彩光，魅影浮动，洞顶挂满了乳白的冰锥，美得不像话。

整个冰窟呈长条状，地面残留着一条几米宽的冰河，蜿蜿蜒蜒，像是纯白的蛇体。

刚刚还疲惫的身躯仿佛注入了活力，大家都兴奋起来，四处观看。

贝尔勒手舞脚蹈，冷不防滑倒摔了一跤，趴在地上还在笑："神奇神奇，这大夏天的成都城底下，居然还结冰了！"

"别说夏天了，成都平原就算是寒冬腊月，也很少会结冰的。太不可思议了。"唐沏一边套上备用的防晒衣，一边说道。大家也都拿出雨衣、薄外套等衣服尽数穿上。

"阿弥陀佛，大自然真是处处蕴涵着神迹啊，明明不可能之事却真真切切摆在眼前，谁又能解释得清呢？"云空把超乎想象之事都理解为神迹，话语中带着激动和崇敬。

"我能解释啊，你们真是少见多怪。"李欧叉着腰，开始给几人科普科普，"你们没有听说过五大连池的地下冰河吗？"

李欧解说道：黑龙江的五大连池是中国最著名的火山群地质景观，那里有一条神奇的地下冰河，即使是在三十几度的大夏天，进入这个地下洞窟，却依然冷得像是寒冬腊月，洞里的河流都还结冰不化。

这种近乎悖论的存在，几个世纪以来，人们一直无法作出解释。直到现代地质研究才揭开了地下冰河终年不化的秘密。

原来，上万年前，大地遭遇了一次极寒气候，大量的地下水结成了冰，它们深埋地下，与外界隔绝，几乎没有温度的交换，有的还形成了永久不化的冻土。在那样的极寒天气下，火山喷发了，炽热的岩浆表面受冷空气的作用很快凝固成了硬壳，而下部的熔岩仍在流动，后续岩浆补充不及时就形成了中空。最后岩浆冷却凝固后，中空部分也就形成了岩浆隧道，成了天然的保温瓶内胆。伴随着春季融雪、夏季降水的渗入，岩浆隧道里的水受到永久冻土的持续降温，最终结冰固化，即使地面艳阳高照，却也无法给予冰河足够的热量，使得它们无法化冻。

"哦，小李子听你这么一说倒还有些道理。之前井水那里就像是刚刚打开了电冰箱，现在我们是真正走进冰柜速冻区了。"贝尔勒诙谐的解释更接地气。

"这么说来。这个冰窟也是火山熔岩造成的了，那更深的地下，难不成也有大片的永久冻土？成都地下有火山吗，真能瞎扯。"唐沏也不知道李欧的话有多少可信成分，要说猜忌，双方都一样。

"这地下世界，还有太多人们无法知晓的神秘啊，探索是永无止境的。"云空叹道，不知道的地方可以称之为神迹，但终有一天秘密会被揭开，那神迹其实也不过是神奇罢了，但他依然坚信，人类永远无法揭开宇宙所有的秘密。

沿着这冰河的走向，大家继续前进。

走过一处巨岩，洞窟的体积更加庞大。忽然，旁边不远处几块圆柱般的岩石之中，赫然出现了一艘航船。

整条船长约30米，浑身挂满白霜，破损的船身满目疮痍，船舱仅剩下几根残梁断柱，船头毁损更大，完全变了形，紧紧贴着巨大的岩石。

唐沕说道："这沉船，看规模像是一艘中型的运输船，看起来是触礁损毁了。可它怎么会出现在这里呢？"

云空惊诧道："不对，这是战船，不是渔船！看到上面的一排圆孔了吗，那是炮口。啊，双桅船？难以置信，这可是航海船，怎么会在内陆这地下出现？！"

几人都目瞪口呆，怎么也想不明白。不过存在即合理，这艘船像是一个神秘的符号，暗示出了一个模糊而诡异的巨影。

云海观察到沉船的侧身上还有一些古老的水龙形雕画，这究竟是什么年代的船呢，它又是怎么进来的？难道说曾经发生了一场地底战争，真是闻所未闻。

要是这艘船能被挖出来，肯定是震惊世界的奇迹。不过现在冷得说话都冒寒气，哪有工夫去考虑这些。

只有神经大条的贝尔勒才会乐此不疲地拿手机拍照。

洞窟的边界到了，光滑冰晶的墙壁横亘在众人面前，再也无路可走。战船进来的水道口早已坍塌，即使航船还完好，凭目前的状况也绝对无法破障而过。

几人正在纳闷这神奇的观光旅游难道就此结束？可是李冰那失落的古桥连影子都没见到。这时，李欧却好像中了魔一样，径直往前面洞壁走了过去。

贝尔勒喊道："小李子你干吗呢！"

李欧好似没有听到一样，整个人全神贯注地望着前方。云空皱了皱眉头，在他看来李欧并不是莽撞之人，莫非他有什么发现："走，我们跟过去。"

　　李欧脚步越来越快,拉开了距离,大家不得不快步跟上。走着走着,他忽然消失在视野中了。

第十一章
七星辉映

没有光源的地底世界，仅靠几人的手电光的反射，吝啬地展现着局部的华美，时间久了让人有些视觉疲劳。嶙峋的洞壁上有一条狭窄的裂缝，李欧应该钻了进去，只因刚才视觉角度，有岩石阻挡，所以感觉他消失了。

众人挤进那缝隙，仅有一人宽，前面有亮光传来，李欧已经走出去了。

"小李，刚才你怎么知道这个裂缝的，是温差吗？"云空朝前面喊了一声。

李欧回应道："不，我刚才看见一个披着灰袍的人往这边走，一晃就没了，未必然是我脑壳受刺激了，出现幻觉了？"

"我想应该是某种感应吧。"云空猜测道，"这里曾经是有人活动的，也许留下了一些信息，而这种信息只有你能感应到。"

"说得我像是一台大功率收音机。"李欧自嘲道。

众人呈一路纵队缓缓走出了裂缝。眼前一片空虚的黑暗扑面而来。

前面是一个巨大的洞窟，手电光的反射面被那黑暗吞噬殆尽。裂缝口离洞窟底部还有一个落差，大家站在裂缝口边沿，俯身望去，只见洞窟底部竟然是一片广阔的冰面——一个巨大的地下冰湖！

光滑如镜的冰层平整而宽阔，惨白之雾低低地盘旋在冰层上方，幽灵一般缓慢地移动着。

从刚才那狭窄的裂缝忽然进入这般广袤的空间，内心的压抑顿时烟消云散，被壮阔的景象所震撼。

洞窟大概有一个标准田径场那么大，洞顶并不算太高，因此这种高宽比让它显得像是一个倒扣的炒锅。那冰层像是寒冬腊月忽然结冰的湖面，呈半透明，幽蓝的反光从冰层透出来，一条条纵横交错的裂缝让冰层呈现完美的纹理，透过冰层可以隐约地看见犬牙交错的岩峰，卷着冰晶的水流缓缓流动。一些较高的岩体突出冰面，犹如国际象棋盘上的旗子。

"快看，有座桥！"贝尔勒发抖的声音引导着大家的目光。

数十米开外，一座矮桥孤独兀立，在幽黑的环境中显得万分诡异。这不用说，一定就是李冰隐藏的那座桥——真江桥。

这真是极为重大的发现，足以证明郫江上的那条江桥是冒牌货。不过，李冰到底藏了什么秘密？

大家的兴奋掩盖了惊慌，纷纷爬下湖岸，想要踏足冰层，走向那座孤傲的石桥。脚刚踏上了冰面，便听得嗞嗞啦啦的声响，让几人刚刚沸腾的激情又冷却了下来。

"这种温度算不上严寒，冰湖冻不实，估计厚度不够，你们可想好了，每一步都是玩心跳游戏。"李欧提醒几人。

对于探险的事，贝尔勒还是有话题的，他激动地说："我的上帝，这让我想起了贝加尔湖，冬天的时候冰层有一米厚，可以在湖面上开车，但真正最完美的景色，却是在5月份化冻之时。那时候的冰面也像这样，满是裂痕，像块绿松石，那景色，啧啧，美上天了。"

"越美的时候越可能蕴藏着危险。"唐沕不禁叹道。

"没有危险就没有探险，哦啊。当时我们在贝加尔湖面上搭起了帐篷，夜间星空的美景伴随着潜在的破冰危机，那感受，中文叫什么，如履薄冰，刺激！"贝尔勒这家伙和李欧不一样，在绝对安全和绝对刺激两个指标面前，他永远优选后者。

"很高兴我们身旁有一个译制片配音员兼二逼青年。"李欧揶揄了一句。眼光飘向云空，这个CEO该做决定了吧。

"目标就在前面，岂能停止不前。唐沏，你身子最轻，只能请你先试探一下了。"云空也不是随便退缩之人，忙做出了安排。

唐沏点了点头，贝尔勒拉出一截登山绳，扣入她腰间的快挂，临行前向她行了个法式军礼。唐沏浅淡一笑，转身凛然走向湖中。每一步都伴随着扣人心弦的响动，然而有惊无险，她稳稳地走了十来米，并无异样。

"她没问题，不过大'橘'为重嘛，贝尔勒你可悠着点儿。"李欧拍了下贝尔勒的宽肩膀，这家伙一百八十多斤，跟个大秤砣一样。

"建议采用蛇形走位，牵绳走！"贝尔勒招呼大家，把登山绳每隔 5 米连在一人腰间，形成 Z 字形队。最外头缠绕固定在岸边一石柱上，假若有人忽然踩空落水，这截绳索还能起到一定救援作用。

唐沏领头，云空、李欧、贝尔勒依次跟上，几人蹑手蹑脚走了一会儿，真正体会了那步步惊心的感觉。好在担心的事情并未发生，终于走近了那座古桥。

整个桥是单拱船型结构，大概有 30 多米长，两头尖，中间宽，两端有阶梯，最顶部是一个长条形的平台，平台中央似乎还有一个高高的圆台。

透过冰层，还能看见一段向下延伸的桥体。原来冰上部分并非桥的全部，两端桥墩架设在冰下岩石的顶部。

"这么说来，原本建桥的时候，水位并没有这么高，桥架设在岩峰之上，后来涨水了过后，淹没了部分桥身，直到结冰形成一个新的平面。真是沧海桑田，大地从未停止它的变迁……"云空一直在思考着，给出了自己的猜想。

贝尔勒从桥洞子里穿了过去，忽然惊慌失措地大喊了一声："好大的洞！"

大家赶忙走过去，有了更惊人的发现。原来之前那条冰河穿过古桥后，突然就坠入了一个巨大无比的深渊。但那并不是简单的洞，而是陷入地下更深处的天坑。整个天坑被水淹没，形成了庞大的圆形湖泊。这桥就位于河流的终点，天坑的边沿，悬崖的顶端。几人都有了同样的猜测，难不成天坑下面正是传说中的海眼？

"真想不通李冰怎么把桥建在这儿,这是一种仪式感吗?表达对海眼的崇拜?"唐沏疑惑地说。

"冰层太碍事了,看不清楚下面的情况啊。"贝尔勒跪在冰面上,脸贴着冰层,竭尽眼力向下观察着,一边冻得龇牙咧嘴,一边嘟囔道:"这湖下面会不会有什么古庙,那些宝藏就藏在里面?"

说话间,他看见冰下有一些白色的圆球,犹如一颗颗巨大的珍珠,那是来不及离开湖面被冻入冰层的气泡,灯光下散发着迷人的光彩。

李欧见他趴着不起,也半蹲下来,沿着他的目光打量过去。只见那气泡之中,封冻着一些奇怪的水下生物,似虫非虫,似鱼非鱼,也不知道是什么物种,总之面相丑陋,让人看了犯恶心。

"我们上桥看看吧。"云空指着桥说道。

脚一踏上石桥,心中的石头算是落地了,总算有了扎实的依托。那石桥看起来十分古老,桥面石板并不太平整,接缝常有错落,多处皲裂,两旁是半米高的桥壁,壁上是一列石柱,虽有雕饰,但早已风化得看不清样貌。

桥的侧栏上雕刻有许多图案,左边是类似星空一样的雕刻,右边的桥壁则是一些魔怪神兽,有些张牙舞爪、满口獠牙,有些则鹿头蛇身,还能遨游天空潜入深海,雕工虽粗狂古拙,形象却依然生动,充满了生命力。

贝尔勒哟嚯喊了一声,兴奋起来,拿出手机拍摄起了视频:"喔,这些壁画太奇妙了,这是抽象派的艺术雕刻吗?"

李欧扶了扶额,这小子怎么可以拿西方的绘画定义来评论中国的古代雕刻工艺。

云空踏上了桥面,眼里充满了惊异与敬畏,他边走边停,认真地观察着石壁上的雕刻,入了迷,嘴里呢喃着:"先秦石雕啊……这不是山海经里的陆吾吗……啊。这个人鱼叫什么……哦……好像叫鱼凫……"

唐沏此时也用手机拍摄起来,她知道这里的一切都很关键。抬头望向洞顶,上面的岩石造型奇特,片状地重叠起来,远看宛若云朵,又似浪花。忽然,岩石深处有个东西闪了一下,仔细一看,那是一颗珠子,而它的周围巧雕着一个像犀牛一样的神兽，那珠子正好是神兽的眼睛。

这个闪光也被贝尔勒察觉了，抬头望去，那些云朵状岩石中，雕刻着数个神兽，叫也叫不出名字，可谓鱼龙混杂。每当手电光柱扫过神兽的眼睛，便有亮光反射，像是在呼应着大家。

李欧的目光更多地停留在桥面上，他被桥中间那个圆台深深吸引了，率先走上前去。上了圆台，中央是一尺宽的石柱，站在石柱旁边，他的高度足以看见桥下的冰湖。他好奇地看着石柱，目光无法离开，伸手摸了过去，上面雕满了奇怪的花纹，石壁异常冰凉，上面全是冰霜。

李欧凑近仔细查看，发现石柱圆顶上有一个爪形体，里面镶嵌着一个金属的基座，可惜的是，那个基座残缺不全，明显已经损坏。

"这像是放什么东西用的，可惜基座已经坏了啊。"李欧纳闷道。

李欧觉得这个爪形的石槽好像有些问题，他敲了敲石柱，又敲了敲石槽，明显感觉这两者不是一个材质的，应该是拼接的。仔细一看，石槽与石柱的拼接处似乎还有一条缝隙。

云空站在不远处观察着，他敏锐地发觉了一个秘密，这根石柱刚好就是洞顶那些神兽眼睛看向的同一个地点！这里一定有玄机。

他正在猜测着这些设计究竟有何用意，李欧就开始去扭动那个爪形的石槽，忽觉手下一震，那个石槽竟然被他转动了起来。

云空大喊一声："等一下！"

可李欧手快，已经将石槽转动了一百八十度。突然，石顶上的神兽雕像，竟也跟着转动起来，那些眼珠子发出了淡蓝色的光芒，好像活了一样，直到蓝光嬗变成激越的白光，而天幕深处也透出无数条微光，交相辉映，犹如万千星光！

神兽的眼睛竟然组成了北斗七星的星图，天枢、天璇、天玑、天权、玉衡、开阳、摇光七星依次排开入位，在这漆黑的空间里，散发出惊人的白色光芒。

贝尔勒抬头，露出了痴迷的神情。连用手机拍照都忘记了，整个人愣在了那里："哦天啊，这比罗浮宫的宫廷壁画更加震撼，这是……这是……

怎么做到的?"

李欧呆住了,脑海里忽然出现混乱的响应。他感到自己身体失去了重量,而桥下面的湖水开始流动起来。

俯身朝下望去,桥下的圆湖中,不知什么时候也出现了一条条放射状的光带,在缓缓扭动。

只见那冰层下的圆湖,像极了一颗巨大的眼球,而那些光带好似眼中的睫状体,在缓慢地缩放。自己所在的位置正好是瞳孔中心。

李欧感到一种来自地底深处的狞视,被惊得浑身动弹不得。

"眼球!眼球!光!光!"李欧指着桥下语无伦次。

"眼球?光?"众人没明白过来,纷纷往下望去,还是一脸疑惑。

可这一切不是真真切切在眼前发生了吗?李欧想要喊叫,忽然,全身好像被一阵寒意贯穿了一般,一股波动的气息正一点一点地涌进他的身体。

他用尽全身力气,想要挣脱却无济于事,他想要大喊,却开不了口。

他感到自己仿佛置身于宇宙空间中,无数星辰拱卫着他,那些星光像血液一样蔓延开来!

云空等人此时看着李欧的异样,贝尔勒焦急想冲过去帮他,被唐汭挡住了。

"别动他!"

云空眼里闪出异样的光亮,喃喃自语:"李欧看见了我们看不见的东西吗,这是……这是某种只属于他的'共鸣'吗?"

李欧的大脑突然产生了剧烈的疼痛,星辰消失了。他眼前浮现出一些模糊的影子,像是古人正在举行着某种仪式,一个灰袍道人朝他走过来,向他述说着什么,可是一切都影影绰绰,他想要努力看清楚,却反而更加模糊。

接着,李欧脑中壮阔的景象逐渐覆盖了一切,洪水,滔天的洪水!村镇被水覆盖,房屋倒塌、山体崩塌、山洪奔涌。红色的光从水下面透出来,像是地狱之门被打开。人们滚落洪水,哀鸣四起,他们痛苦地挣扎着,瞬间化为乌有。

一种巨大的悲痛与绝望之感透遍全身，李欧忽然想大哭一场，他的情绪被某种力量裹在一起，无法自控。

画面陡然一闪，四周安静下来。

他看见自己坐在一个湖畔的石堆上，一脸的落寞。

面前是一望无垠的湖水，不知道有多宽，多深。远方烟波浩渺，水天相接，阴暗的云天与铅灰色的湖水纠缠在一起，分不清彼此。

僵硬的身体犹如石化，灰沉的湖水映出他模糊的倒影。

风起了，水波晃荡开来，那倒影也随着波纹展露而逐渐变大，暗淡得如同浓墨晕开。

他站了起来，失魂落魄地向湖中走去……

眼前一黑，头部传来一阵剧痛，李欧再也忍受不住，直挺挺地晕了过去，整个人倒在了石桥上。

洞顶的亮光次第熄灭了。

贝尔勒神情激动地跑了过去，扶起李欧："小李子，你怎么样了？你可别吓唬我。"

云空也跟了过来，面色凝重地蹲了下来，手指搭在李欧的脉搏上。

唐汭皱了皱眉头问道："他怎么样？"

云空说："应该是受到了巨大的惊吓，大脑为了保护自己，自动昏迷了过去，等他一会儿醒来就好。"

贝尔勒松了一口气，要是他有个什么三长两短的，回去巴黎怎么跟他老妈交代！

这时候李欧的眼皮动了动，睁开了眼睛，头像被锤过一样剧痛着，一时间还分不清现实和虚幻。

李欧嘴里喃喃道：洪水……湖泊……

可这一回想脑袋就疼，他两手抱住自己的头，神不守舍。贝尔勒急道："小李子你咋回事？"

云空看着李欧，问道："你刚刚是不是看到了什么？"

"洪水！好大的水，好大的浪！好吓人，还有……有……"李欧的头又开始痛了,他咬了咬牙说不出话来。

云空眼里闪过一丝惊恐的神色,不过很快就转瞬而过:"看样子你陷入幻觉了,这是这座桥引起的吗?"

李欧喘了口气:"尼玛头疼死了,怎么?你们都没事?"

大家都摇了摇头,云空与唐沏相视一眼:"就刚才的情况来看,李欧应该是感应到了某种神秘的能量,我想是这座桥向你传递了某种信息。"

"信息?"李欧脑袋里跟糨糊一样,没理解这句话。抬头看去,上面的神兽眼睛似乎还散发着微光。

唐沏蹲下来,关切地看着李欧,但她的目光中更多的是疑问。正要开口说话,就听见桥下面传来一声闷响:咚——

众人心里一惊,都探出头往桥下面的冰层望去。

咚!咚!咚!

声音来自于冰层之下,像是有人用锤子有节律地敲打着,冰面用逐渐清晰的破裂声回应着,那是不好的预兆。

云空惊慌呼喊:"不好,水下有东西!快撤!"

好像为了应验云空的话,一个黑乎乎的东西狠狠撞开了桥尾不远处的冰层,像个黑色垃圾袋一样扔了出来,还在缓缓晃动。

大家手电光一齐照了过去,那是一条奇丑无比的怪鱼!

说是鱼,又不像鱼,嘴长得很怪异,像个锥形的锤头,鱼尾已经退化了,进化出两只细小的后肢,脚掌似青蛙的蛙掌一样,又扁又宽,不过却没有手,但那锋利外露的尖牙已经证明了它极具攻击性!

这鱼肯定不是普通江河里的鱼,要不是活生生地出现在眼前,没人会相信是真的。从进化论的角度来说,这东西还介于两栖动物和鱼类之间,证明这鱼是一种极其久远的物种了,不知为何还活在这地下冰湖下。

这家伙摇晃了几下,黑黝黝的眼睛盯着人们,忽然那怪异的后肢和前鳍疯狂地摆动起来,噗嗤嗤地就向石桥窜了过来,然后顺着石桥的阶梯步履蹒跚、磕磕碰碰地接近了,然后凌空飞跃,直扑向众人!

唐沏已有准备,右手闪电般抽出腰间的峨眉刺,指尖扣入中央的圆环,让刺身飞速旋转成一圈寒光，瞬间一凝，带着劲风的突刺，刺向鱼头，那怪鱼忽地把嘴一闭，用鱼嘴生生碰上了刀尖，只听当的一声，火花溅出，唐沕虎口发麻，差点没把峨眉刺震掉。

这峨眉刺作为峨眉武术的独有兵器，由于中间的指环可灵活转动，使得击法也灵巧善变，常能出其不意，直取敌方弱点，尤其适合女性使用。不过，令唐沕没想到的是这鱼头像是灌了铁水般坚硬，连锋利的峨眉刺都穿不得，怪不得能够凿破冰层呢。

怪鱼浑身抖了抖，再次发起进攻，朝唐沕直扑过来。唐沕变换身形，侧让一步，待那鱼飞过身旁的时候，瞄准了柔软的鱼身，自上而下斩击，峨眉刺的叶片从鱼身到鱼腹斜着切了下去，将这鱼怪横剖开来！鱼尸落入冰上，腹中的酱色血液四处飞溅。

避强击弱是玉女拳法的精要，必须在武斗中不断寻找对方弱点，不断思考击技，所以修习玉女拳不光要靠身体的灵动，更要有瞬发突变的思维，这也正是唐沕的优秀之处，能够在一闪之间找到破敌之法。

这只鱼怪冲破冰层引起了蝴蝶效应，越来越多的鱼怪拥挤着从那个窟窿钻了出来，让冰洞越来越大。

唐沕转头大喝："再不走就来不及了！"

唐沕推了李欧一把，让他不得不顺势跑了起来，云空则扯着发愣的贝尔勒，踉踉跄跄往原路飞奔起来。敌众我寡，唐沕一个人再厉害，也双拳难敌群怪，三十六计，走为上计！

鱼怪开始向桥面上跳，在漆黑的洞窟中，面部狰狞的鱼带来逐渐爬升的恐惧感将李欧一群人包围。

纵使是唐沕这个峨眉武学的传人也感觉这场面有点瘆人，来不得半点大意，她掏出了一个软金属质的拳套戴在了左手上，看来一场恶战不可避免。

一只鱼怪从她身后直扑了过来，唐沕一个转身左拳狠狠地击中了鱼怪的左侧，空气中都发出了呼啸而过的风声，鱼怪直接被击飞掉了。右臂一挥，峨眉刺刺穿另一只袭击者的肚皮。

李欧回身看着唐沏一连串的动作，不禁钦佩不已。之前在巴黎打群架时候，唐沏只是小试牛刀，而现在面临生死危机的时候，他才感觉到了她身上那股强大的气息。

可越来越多的鱼怪跳上桥面了，唐沏难以与众多的鱼群抵抗，体力也消耗得很快，越打越吃力，边打边后退。

李欧刚跑下桥面，两三只鱼怪就包抄了过来，张开大嘴，露出一排排锋利的鱼牙，拦住了众人的去路。

他曾在非洲丛林中见识过食人鱼的厉害，但今天这个怪鱼似乎可以秒杀它们。

李欧汗毛都立了起来，慌忙中想起背包里的便携式工兵铲，正要去取，却见云空从背部抽出一根折叠短棍，瞬间组合成一根一米多长的直棍，一击猛劈敲向鱼怪，可那家伙也不会等着挨揍，后腿用力一蹦，躲过了这一击，随即弹起来发狠地咬向了云空的颈部。但云空毫不慌张，果断地后腰一闪，避过怪鱼袭击，接着单脚用力凌空转身，一记横扫直接把鱼怪敲成烂肉。

好强，李欧发出惊叹，果然云空并不像表面上看着那么普通。能这么轻松躲开怪鱼的攻击，而且那招数狠辣，和之前那种温文尔雅的他判若两人。

潜意识里这才闪过一念，峨眉武术本就源于峨眉山，武禅一体是其特色，云空是峨眉僧人，会点武术也是情理之中，只不过平时看他和蔼，没往这上面想。

一旁的贝尔勒看来状态完全不在线，虽然贝尔勒大大咧咧看起来天不怕地不怕的样子，但毕竟还是法国城里的小少爷。看到这种稀奇古怪的玩意儿被吓蒙了也正常。

可李欧判断失误了，贝尔勒忽然从李欧背后扯住了一只偷袭的鱼怪，并咒骂道："fils de pute（法语，骂人的话）！龟儿子滚远点！"竟然用蛮力把鱼怪的后肢硬是撕了下来，扔在地上用脚猛踩，暗色的汁液飞溅在地上，看了真是让人反胃。

李欧心惊肉跳,他差点忘了贝尔勒是啥国际攀岩联合会的专业玩家,论打架他也不差,光是力量就比常人要大得多。

他将贝尔勒从怪鱼的尸体上拉开,看见唐沁喘着气从桥上跑下来,身上不知溅了多少怪鱼的血,看不出原来白皙的皮肤,显得狼狈不堪,再也没有冷美人的风采。

"李欧你个龟儿子,肯定是因为你那个爪爪贱触发了什么机关。"贝尔勒回头向着李欧骂道。

李欧倒是没理会贝尔勒的牢骚,只是一阵狂奔,冰面受不住几人慌乱的脚步,开始发出不友好的开裂声,一时间也无人敢再迟疑,都拼了命加速逃离。李欧和贝尔勒率先爬上了湖岸,总算成功离开了岌岌可危的冰面。

云空和唐沁断后,一边跑一边回身击退追击的鱼群。直到最后脚下冰面一声脆响,裂成数片,云空果断起身跳跃,好歹跳上了岸岩。

而唐沁离岸还有五米,成了压倒骆驼的最后一根稻草,突然脚下一震,冰片碎成了冰块,半只脚陷入了刺骨的湖水,身子往前一倒,趴倒在了冰面上。

"小沁!小心!"云空回身大喊,眼看那些鱼怪已经围了上来,唐沁已经深陷险境。

可一个有着多年武学修为的人,强大的不只是肌体,更是内心。唐沁猛地收回那下陷的右腿,身子一扭,双手顺势贴紧躯干,就朝着岸边做滚筒运动,虽然速度不快,但接触面大了,冰面也不再容易破裂。

那几条怪鱼扑了空,也没有半分停留,又朝着骨碌滚动的唐沁穷追而去。

"接着!"云空把一截绳索扔向尚在滚动中的唐沁,换做其他人,哪还看得清摸得着绳子。可她却双手往冰面猛地一压,腾空而起,惯性带来的回旋让她做出漂亮的转体运动,在半空中一把扯住那截绳索,就顺着云空回拉的力道,弹向了岸边岩石。

这一连串动作在转瞬间一气呵成,看得贝尔勒和李欧都瞠目结舌。唐沁一踏上了岩石,就如同收复了失去的力量,三步并作两步就翻上岩层,回到了几人身边。

而那些怪鱼黑压压一片已经兵临城下，争先恐后要往岩石上跳，这场战斗再打下去只会更加的险恶。

这时，李欧瞥见旁边有一块巨大石块，半边悬出了岸边，摇摇欲坠。

"大家一起把石头推下去！"李欧心生一计。

贝尔勒鼓足干劲站在第一个，其他人看了也纷纷帮忙，用力推动石头，让其失去重心，滚落下去，把脚下的冰层砸出一个大窟窿，怪鱼纷纷掉入水中，没有了冰层的依托，暂时无法再跳上岸来。

李欧朝沿途看了一眼，冰面上躺了不少怪鱼的尸体，酱色的汁液到处都是，空气中也弥漫着一种令人恶心的味道。无从得知这些怪鱼从何而来，更不知道这片水域中除了怪鱼还有多少秘密等待发掘……

第十二章
夜深人不静

就在李欧这支临时组成的探险队深入成都地下世界探险的时候，乐山某地的一处洞穴中，有些人正在做着一些匪夷所思之事。

洞穴中卤素灯昏黄的光，映照出肃穆而神秘的氛围。

一尊两米多高的假山石矗立着，山有九峰，其顶泛白，犹如雪盖，浑然天成。此山不知是什么材质，色彩浓郁，往近了看，布满无数微小的孔洞，像是珊瑚。

山前两人并排站着，其中一人满脸的皱纹，粗长的直眉紧紧对峙着，大鼻头，八字胡，头发有些花白。穿着似乎和这个时代有些不和谐的棉麻藏青长衫，年过半百，但也器宇轩昂。他的目光牢牢锁住假山，右手前伸着，握一把玉尺，置于视线下方，正对那假山。

那尺子也不知是什么年代的古物了，上面雕着极精细的纹饰，十个小方格子一字排开，每个格子是个密封的小盒子，透过玻璃面，可见里面都装着不同颜色的矿石粉，从浅绿色直到最深的红色。

"色元比对。五月初九，脉心石目测为赤度偏中，上行。张师，书录。"八字胡铿锵有力地说着。

旁边穿着中式短袖衬衫的男人，后脑勺扎着一个小发髻，瘦高个，长脸，高颧骨，鼻子上架一个圆形玳瑁色眼镜，映着黄黪黪的灯光，看不见他的眼神。乌红泛紫的嘴唇微翕着，上唇有些外翻，露出和灯光一样昏黄的门牙。

听见八字胡说出了这话，他翻开一本古旧的牛皮线装笔记本，在上面记下重要的观测情况。

他眉头紧锁，自言自语道："以前都是一年一记，最多一季度一记，今年色元不断提升，从朱开始，连续变化为胭、殷、赤，这赤也快成炎了，已经是一周一记了……哎，愁人啊。"

"是啊，红劫现象越来越严重了，脉心石已经整体泛红，倒计时已经开始了。"八字胡浑厚的嗓音在洞窟中回响。

"唉。"眼镜男也叹道，"这脉心石发于岷山，从上千年的记录来看，脉心石虽然也有过几次泛红，但从没有像现在这样红透了，难道真有坏事要发生了？"

馆长神色肃穆地说道："古训有云，'妖龙苏醒，大佛入劫，若救苍生，寻问玉莲'。传说红劫发生之时，大佛老爷镇压在江底洞穴中的妖龙会再次觉醒，它会挣脱大佛的法力，毁灭大佛石像，兴风作浪，祸害人间。唉，到我们这一代，事情终于要发生了。"

"馆长，你真的相信这些东西吗……"

"无所谓信与不信，这是揭开秘密的最好时机，也是重振伽蓝使的机遇。"

张师沉默了，不知说什么好。

馆长问道："伽蓝使们都快到了吗？"

"能来的都到了，除了两个公务繁忙的。"

"走吧，开会吧，不能再耽误了。"

说完，两人转身离开了洞穴，身影没入了幽暗的通道……

大慈寺下。推倒的石柱暂且阻隔了怪鱼的接近，李欧几人不敢停留，加快步伐，按原路返回，好在贝尔勒做好了记号，省了很多事，很快就回到了井下通道。等潮水下降后，迅速穿越通道，回到井下，再顺着井壁上的石坑往上爬。

贝尔勒是最后一个上来，一边爬，潮水一边追着屁股涨了上来。

贝尔勒刚爬出井口，下半身就被潮水浸透了，浑身抖得跟筛糠一样。他皱着眉头也不顾有女同志在，直接脱下外面裤子，把水拧干了再穿上去。

李欧只感到浑身酸疼，经历了严寒和一番折腾，本想调笑一下贝尔勒也提不起精神来了。

"你们可算上来了，水道下面有什么？"小昕的信息重新出现在了手机中。唐沏简单地向她说明了情况，并让她立刻出大慈寺，开车接应。

"好的，另外我刚才找到了其他的出口，我把坐标发给你们了，大家可以从那里离开大慈寺。"小昕说道，接着便往寺外移动。

唐沏用湿毛巾将自己简单收拾了一下，露出原本的美人模样。撩了撩头发，走到李欧跟前，一副欲言又止的模样。

"刚刚你看到了什么？"唐沏向来不喜欢说废话，直奔主题。他们需要关于大佛的一切消息。

李欧咳嗽了一声："没……没看见什么。"

他一路上就在考虑这个问题了，之前在桥上产生了幻觉，获得了某种感应，那段植入脑海的影像虽然他还没有完全消化，但一定是非常重要，那也肯定就是云空两人迫切需要的情报。但自己对这些人底数没摸透，绝对不能草率告知。

他想就这样支支吾吾蒙混过关。

"嗯，刚刚经历那么多你也很累了，回去就早点休息吧。"唐沏虽不甘心，但现在不是审问他的时候。

李欧点点头也顺着台阶下了："说起来还真是有点头晕，今天大家都累成狗了……"

唐沏看着李欧离开的背影，忍不住语气一硬："你没有必要隐瞒啥子，今天的情况已经足够证明了，你非同寻常！"

"证明啥子？就因为老子启动了机关，就因为我突发神经产生了幻觉？！"李欧有点恼火了，怎么现在和唐沏一说话就免不了变成争吵。

云空赶紧打个圆场:"小昕,先不说了吧,大家都很疲惫,抓紧时间回寸闲居。"

按照小昕的坐标指示,大家从罗汉堂下方重新进入古渠道,走了另外一条通道,直到发现了一个竖井。上头的窨井盖本是上了锁的,却被人撬开了,无疑这是小昕的杰作。大家推开窨井盖,外面是一片灌木丛,这里是大慈寺的南墙一隅。

趁着夜色,众人翻墙出了大慈寺,上了小昕的车,往寸闲居驶去。

小昕看大家瘫倒一团,也不多问什么,只要都平安就好了。

"大师,我们明天怎么安排,去哪探险?"贝尔勒喝了点饮料,就感觉自己满血复活了。

云空有气无力地笑了笑:"明天的安排,可能要看李欧兄弟的意思了。"

"之前我们还认为,你父亲指引我们来到李冰古桥这里,是有什么古图、古物提示我们找到佛宝,看来并不是这样。我觉得可能是李冰的机关向你传递了什么信息,你能告诉我们吗?"云空转问李欧,唐汭也抬头看向他。

李欧暗忖,看来这两个家伙的确很着急,越是这样,我越不能透露太多。于是无可奈何地叹了口气,说道:"不是我隐瞒不报,的确当时我脑壳头出现了一些画面和声音,但都是杂乱无章,跟梦境一样。你要我说有什么关于宝藏的线索,我对天发誓,绝对没有。"

云空和唐汭相视一眼,有些郁闷地说:"看来光找到李先师的后人,的确还不够,我们现在只能进行下一步了。"

"你在说啥子?我现在脑袋里很乱,李先师的后人是什么意思?宝藏和我到底有啥子关系?尼玛,脑瓜疼。"李欧揉着自己的太阳穴。

"咱们萍水相逢,初识未久,明天,我们要前往峨眉,路上我会跟你慢慢道来。"云空看来现在不想再说什么了。

李欧眉头紧锁,虽然现在还是一头雾水,但他开始觉得这几人并不是寻找宝藏这么简单,一定还有很多情报没有向他交代,这里面估计就有父亲的消息。他必须继续寻找父亲的下落,不管是死是活,他都要给母亲一个明确的交代，而且，他有一种无端的感受，似乎父亲在向他出一道难题。解开这个难题，他才真正有资格走进父亲的世界。

而父亲的世界，他从小就一直向往，却一直被父亲拒之门外。

贝尔勒说起风就是雨，一听要上峨眉，精神马上就来了，还翻出手机里的老照片，说是朋友去过那里，是个绝美的地方。

看着贝尔勒开心的样子，李欧苦笑一声，这家伙真当成是去旅游啊，这一去不知道又会遇见什么抽筋剥皮的破事儿……

半夜2点半，李欧几人总算回到宽窄巷子的寸闲居。

高董带大家进了研究室，嘘寒问暖了一番，对大家的经历非常感兴趣，想要了解一下。

云空微微一笑，客气地说："高董，我们在大慈寺的确找到了李冰留下的古桥，不过过程还有些惊心动魄，几位年轻人都快吃不消了，得给他们一些时间休息，我们明天还要赶赴峨眉。"

高董自然是明白人，便让大家好好休息，又叫小昕在旁边小厨房做点拿手菜给大家吃，于是就称有事先告辞了。

高董一走，贝尔勒就走到小昕面前夸张地上下打量："oh，我就说嘛，这唇红齿白，面若桃花的成都粉子，一定对美食有极高的造诣。"

一句话说得小昕脸上微微泛红，忙说哪里哪里，也就会点家常菜。

李欧怼道："我说大橘，你这半夜三更的也不忘撩妹，能不能消停点。还有小昕同学，你还真受捧，说得你好像是川菜大厨一样。要说做川菜，我肯定是大师级的，我都没有开腔你们跳啥子跳。"

小昕白了李欧一眼："对，你对，你等会儿自己去做哈，没得你的份儿。"

大家随意聊了聊，氛围渐渐融洽起来。李欧忽然感到，经过大慈寺下的经历，他的戒备心卸去了许多，现在整个人备感轻松，看来真是无战斗不兄弟啊。

小昕进了研究室后面的小厨房，开始丁当作响。贝尔勒自然是挤进了厨房，说是要现场学习下川菜，李欧斥责他见色忘义，在巴黎的时候没见他这么积极的。

大家围着一张方桌坐下来，摆上了碗筷，李欧从酒架上发现了一瓶甘孜的青稞酒，也不客气，先给自己和贝尔勒摆了个小酒杯，把酒倒上。接着李欧扫了眼云空，云空摇了摇头，又看向唐沕，唐沕点了点头，他给唐沕摆起酒杯，正要倒酒，唐沕手一挡，不喝。

李欧拿过酒瓶，一本正经地说："肉吃味道，酒喝人情，唐女侠是我们的大功臣，我们该来敬点酒。"

唐沕没理会他："我不喝，酒会搅乱我的脑壳。"

李欧头一点，舌簧开动："对了得嘛，女侠，刚才地下一战，你的身体处于高度紧张状态，弦绷得太紧容易扯断，所以一定要进行有效的调整，劳逸结合。酒是啥子，酒是长长久久，酒是神游九天，不仅让人得到放松，还可以调动身体潜能。所以说古代将士出征都要干壮行酒，杀敌的时候才更能放手一搏。"

"我休息哈就行，酒就算了。"唐沕继续推辞，根本无视李欧的话术。

李欧眉头一紧，道："我忽然想起了一点在桥上的事情，这酒要三人喝才出得了氛围，我想可能我喝开了就会慢慢恢复那段记忆了。"

唐沕瞪了李欧一眼，这家伙脑袋转得快，就因为掌握着关键的线索，就装疯迷窍起来，现在先不跟你计较，日后再慢慢收拾你。

不得已，唐沕把酒杯往前一推，李欧嬉皮笑脸地给她斟上了一杯。

李欧把贝尔勒叫回来，让他喝点酒，贝尔勒一看一闻，说这是中国的白酒吗，味儿好特别，在家天天喝葡萄酒也腻了，今天尝下这个。

于是李欧举着杯子说道："来，为我们的无畏之旅干一杯！"

"为了这国际友谊，为了世界的美好发展和愿景，我们干杯！"贝尔勒也张口起高调。

不一会儿厨房的香味就传了出来，之前众人身体还保持着紧张的惯性，一闻到这麻辣鲜香的气味，就立马酥了，肚子唱起了交响曲。

这时，小昕端着一盘喷香的回锅肉上来了，盘子都还没放稳，贝尔勒的筷子就来了，夹起一片肥瘦相间，沾着辣椒片的五花肉就往嘴里送，一边烫得嘶嘶叫,一边说美味、美味!

李欧拈起一片,细细尝了一下,像是品鉴师一样微微颔首:"嗯,味道达到八成了。回锅肉是川菜最著名的一道菜,家家会做,小昕你这个呢,火候掌握得不错,把郫县豆瓣的味道融入了五花肉的原香,不像有些大排档炒的重口味,全吃成了调料,嗯。这个蒜苗子脆爽,要是再入点油气就更巴适了。"

"哎呀,啥子嘛,以为自己是美食家啊,废话真多!"小昕叉着腰数落道。

李欧借着点酒劲话也粗了,"你是还不晓得哥哥我的能耐哦,想当初老子在非洲的时候,就凭这回锅肉掀起了革命。"

贝尔勒鄙夷道:"吹牛皮不打草稿,不就是在非洲搬砖的事吗,什么掀起革命一惊一乍的。"

李欧回嘴道:"你娃晓得个铲铲。那是老子智慧的写照,否则早就把脑壳戳到杆杆上,拿给土著祭神了。"

云空说道:"没想到李欧兄弟还很有故事啊,看来以后咱们还要好好交流。"

几人一边吃一边喝一边聊,酒过三圈,渐渐发挥作用,没想到这青稞酒初入口不辣不燥,但后劲要闷翻老牛。只见唐沏粉面微醺,眼神开始迷走,冰山美人开始瓦解。

唐沏主动敬了李欧一杯:"大哥,敬你。我一直以为你只是个留洋小商贩,没想到你还是有两把刷子的。"

李欧碰了一下杯,见此时的唐沏正是十里桃花自盛开,御姐加萝莉合体,刚柔并济,更有味道了。

李欧和贝尔勒递个眼色,两人脸上的表情出奇一致。

李欧端着酒瓶子就要往唐沏杯子里灌,想要趁热打铁一举破除唐沏的防御,却被云空手掌挡住了,说小沏不胜酒力,还有任务在身不能喝多。

李欧劝了几句,云空寸步不让,唐沏也自知有些失态,忙说酒已到位,不喝了。李欧叹了一声,只得作罢,心想下次等秃头不在场,老子一定放翻这女汉子。

　　大家吃饱了喝好了，就去客房休息。众人浑身酥软，躺上去就睡着了。只有云空，一个人静静地坐在床边，陷入墨色的暗夜之中，想着事情。

第二卷

峨眉佛光

第十三章
南上峨眉

上午 7 点 30 分，四川省水文勘测局信息中心。

大厅里笼罩着紧张的氛围。中间是十几米长的会议桌，两旁是四列工作台，电脑、仪器设备正在运作，花花绿绿的闪灯与图案不停切换着。正前方是 6 乘 6 拼组的液晶大屏幕，各地的水文信息、监控信息和数据分析信息都显示出来。

会议桌前聚着几个"白衬衫"，正在小声地议论着什么，每个人脸上都显得焦虑。

门开了，走进来的是穿白色商务短袖衬衫、黑西裤的男子，他手里拿着一叠资料，径直走到几人面前，在会议桌上铺开了资料。

一份水文统计图表吸引了众人的目光。

"四川的水灾从一条河、一个流域看，随时间的分布有一定规律性，一定规模的洪水都有重现期。"头发修理得整整齐齐的年轻男子说道。

他推了推金边的方框眼镜，继续说道："据我们统计，四川省从公元前 300 年到公元 2000 年，共有 350 年遭受过大水灾，如果按 10 年为单位时段进行统计，我们根据受灾年数、受灾城数和水灾强度画出了各类水文情况分布图。"

统计图表非常详细，可以看到起伏不定的水灾特征。

"小郑啊，你这个数据准确度不够吧，历史越是往前，数据就越少，记录的精度就越低。可能当时很多的受灾情况并没有通过数据反映出来。"头发有些花白，梳着拖头的气质领导提出意见。

年轻男子点了点头，解释道："白局长，你说得对，不过我们有理由相信，历史越久远，留下的越是重要的信息，也就是说，基本上特大型的洪水才可能长久被人们记住。"

"请大家看一看水灾强度的历史分布图。"小郑拿出另外一张图纸，起伏不定的指示线犹如心电图一般，跃然纸上。

"正如曾经李教授的论断，四川水灾规律的大趋势是基本不变的，洪水强度峰值出现在公元前2世纪、3世纪、7世纪、10世纪……这个周期大概是300年到400年之间，而峰值之中，还有峰值……"小郑的话音逐渐严肃起来。

白局长看着图表，脸色越来越沉重，他忽然拿起图纸，快步走到大屏幕前面，对工作人员说道："调出目前的受灾区域，以及最新的水文数据！"

屏幕在进行一次重新梳理和显示。

夏季，水灾就像定时炸弹一样，在多个地区暴发，虽说这是正常的季节特征，但今年的水灾强度让这些专家们感到恐慌。

白局长拿着图表的手有些颤抖，他忽然感到一阵眩晕，一时间说不出话来……

峨眉藏古经，缥缈写佛心。

李欧几人宿醉清醒之后，好好收拾整理了一番，便由唐沨开车前往峨眉。

成都到峨眉并不远，加上现在成熟的旅游路线，两个多小时就进入了峨眉山市区。

进入"天下名山"的牌坊，地势就开始爬升。越靠近峨眉，天空也越来越压抑，颇有黑云压城城欲摧的架势，透过雾气隐隐约约可以看到峨眉山的轮廓，掩映在一片浓厚而复杂多变的云雾之中，像是戴上了川戏脸谱。

"果然是，蜀中多仙山，峨眉邈难匹。"贝尔勒从百度找到了这句诗，现学现卖，李欧微微一笑，取笑贝尔勒没见过我们中国的山川美景，不过就气韵来看，还真没几个能与峨眉山媲美的。

"是啊。一日经四季，十里不同天都在峨眉山上体现了。无论什么时候来峨眉山总有一片好景等着你。这里还是中国佛教四大圣山之一，是普贤菩萨的道场。"云空说话时，眼中带着自豪。

雨水一点招呼不打，说来就来，让本就朦胧的峨眉山更是隐匿于雨雾当中，再也看不到踪影。仙气中藏着某种不祥，刚刚还融洽的气氛瞬间变得压抑起来。云空和唐沨沉默下来，贝尔勒也无心和李欧玩笑。

雨下大了，平日里人山人海的景点，也寥寥无人。显得本就大气宏伟的峨眉山更加深幽，虽说景色仍是别有一番风味，但总感觉多了一丝诡异。

因为天气恶劣，游客最近少了许多，卖票的地方聚了一些人，大都是因为雨太大无法上山游玩，过来退票的。

李欧看向灰蒙蒙的天空，不知道是在这种天气下的心理作用还是第六感，总觉得接下来似乎有什么事会发生。之前问过和尚到峨眉的原因，云空只说是峨眉山的藏经阁里有关于乐山大佛的重要经文，可能会有宝藏的线索，必须要来查一查。为了获取更多的信息，也只能随了云空两人，但总有一种上了贼船的感觉。

李欧心中疑惑难平，于是又问道："法师，大佛宝藏到底记载于啥经文，为啥又会藏在峨眉？"

法师见他有些穷追不舍，这才多说了几句。

大佛建成后，晚唐时期，凌云寺高僧见佛宝精绝繁盛，而大唐气数不久，担心会被乱贼抢夺，便将佛宝秘密藏匿，其中佛宝的藏宝位置及名录清单被写入一卷经文，藏至峨眉山中。不久，南诏乱兵果然兵临凌云寺，四处搜寻宝藏而不可得。可是千年下来，经文早已下落不明，只是听说可能还藏在峨眉山某座寺庙的角落里……

贝尔勒一听，耳朵就竖起来了，陷入了对经文的无限幻想之中，李欧虽不屑，但对这个经文的内容倒是起了十足的兴趣，真想马上拿到面前瞅一瞅，看看到底是个什么鬼。

车行至峨眉山下第一座古寺——报国寺，众人在停车场下车了，只见一座寺庙恢弘大气，颇有风范，殿宇五重，倚山取势，逐级升高。

"这就是报国寺？有个词叫什么……古什么色。"贝尔勒拿着地图一边仔细研究一边问李欧。虽然早在媒体上见过中国古寺的样貌，但第一次见到实物，还是被这古朴的木结构建筑震撼到了。

报国寺是峨眉山的第一座寺庙，是海拔最低的大庙。寺庙掩映在一片苍翠之中，里面传来撞钟的声音。

云空领着几人，朝寺里走去，经过了主殿，拐向右边的一个庭院，亭台楼阁，假山香榭，颇有韵味。不少僧人穿行其中，李乐航还看见戴着眼镜，手提笔记本电脑的"研究僧"。

"我们到了，在亭子里歇歇吧。"云空说道，领着大家坐到水池中的亭子里面。

这时一中年僧人带着一年轻沙弥由寺庙之内走出，来到大家跟前。

"云空法师，有段时间没见你了。"只见那僧人熟稔地和云空打招呼。

"慧觉长老，近来可好？"云空笑着向那人轻轻弯腰。

"一切都好，看来你过来是有要事在身？"

"你说得很对，我想要去藏经阁查阅一些重要文献。"

"那好，我安排一下。"慧觉长老欣然点头，又看向一旁的随行弟子，"静容，你带这些施主去好好休息一会。我与云空法师去一趟藏经阁。"

"谢谢。不过我第一次到峨眉山，忙里偷闲，想要到处瞧瞧去，就不打扰你们了。"虽说贝尔勒向来对藏经阁这种地方向往得很，但是毕竟是人家的机要之地，也不好纠缠跟去，只好退而求其次，再四处转转。

李欧倒也没什么反对意见，故地重游也别有滋味，看云空这情况，一扎进书海里至少要个小半天的时间才出得来，干脆就带贝尔勒转转。唐沏无奈，为了得到李欧身上的线索，只能选择寸步不离。

三人出了报国寺，开车继续往盘山路上走，一路上泥黄的水流沿着坡势向下流淌，贝尔勒拿着地图说要去网络点评人气极高的清音阁看看。

盘山路旁是峨眉山巨大的山涧，溪流此刻变成了洪流，不断冲击着山涧中巨大的岩石，发出轰轰的响声。一层一层的云雾缠绕在山峦上面，像是勒在脖子上的灰色围巾，让人透不过气来。

清音阁并不远，很快就到了。三人下了车，撑着伞行走片刻，只见周围群峦峰拥，山林在雨水洗涤下更加青翠，一条铁索桥横跨过湍急的水流，那水流从山上飞速流淌而至，脾气似乎挺大。过了桥，便能望见一丛深绿，溪水一分为二，缱绻着深绿之中的一座孤峰，那孤峰中隐约坐落着一个古亭。

"你晓得这里为啥子要叫清音阁不？"李欧问贝尔勒。看着贝尔勒一脸茫然的样子，才解答"何必丝与竹，山水有清音"。

"中华文化不愧是博大精深，充满魅力。"贝尔勒由衷赞叹道。

"平时，清音阁水清沙白，草绿山青亭台楼阁玲珑雅洁。水动林静，山水交融。还有寺庙之中独有的香烟缭绕，清音袅袅，水流之声昼夜不断。"李欧忽然文绉绉地脱口而出，是以前做导游时候背过的宣传词，依然还记得清晰。贝尔勒像个领导一样背着手，频频点头，现在有个免费的导游在身边，这一趟值了。

但真实的情况让贝尔勒有点沮丧，那著名的"黑白二水洗牛心"，本来清澈温顺的水流，现在变成昏黄的巨流，有点微缩的黄河壶口瀑布既视感。

贝尔勒连连摇摇，说老天爷毁美景真是分分钟的事。这时，前面又依稀传来撞钟声，抬眼望去一座古庙矗立在高高的石阶之上，石阶下面，一些和尚正穿着雨衣在搬寺庙前倒下的松树。树叶落了一地，看起来十分萧条。

贝尔勒撑起雨伞走上前去，走到那群正在搬树的和尚："你们这是做什么？"

其中有个正在指挥的小和尚看向贝尔勒，先是愣了一下，再合掌作揖："施主应该是才上峨眉吧？这几日也不知道是怎么了，暴雨一阵接着一阵。昨日夜里，我们寺中的这棵百年古树经不住大风，又加之来了道闪电，被劈倒下来，长老们都觉得这是不祥的征兆，才让我们把古树安置好。"

"峨眉这副扮相我还从来没有见过。"李欧面容有些严肃。

"这点雨怕什么,我当年在印尼玩冲浪的时候遇见过大海啸,五层楼高的浪涛你见过没有,我还不是一样斗起来。"贝尔勒两只手臂比画着,吹嘘他的经历。的确他运动细胞比较发达,但总喜欢添油加醋地把自己吹嘘成一个动作巨星。

"那证明你是个灾星撒,走哪哪塌。"李欧不吃他这套,嘲笑道。

正当两人在调侃时,唐沨撑着伞在一旁不动声色地观察着李欧的一举一动,她需要在最短时间内读懂李欧。

"沨姐你好。"有人忽然招呼她。唐沨转身看去,见一个穿着灰衬衫黑西裤的男子打着把黑雨伞站在路旁,正充满笑意地盯着她看。那伞上面印着几个浅色楷体字:嘉定武馆。

"周默?你怎么来了?"唐沨认得这人正是二哥唐钺的贴身部下,主动迎了过去。

"唐钺主事来了,请小姐过去说话。"男人恭敬地向唐沨弯了弯腰,头发一丝不乱,乌黑发亮,有些书生气,仪表堂堂,目光清亮,规规矩矩,偶尔也有些机敏的顾盼。但从挺直的身板来看,还是有着过人的精力。他是唐钺的助理,也是唐钺最信赖的搭档。

"钺哥这么快就到了啊,那好,我马上过去。"唐沨少有地带着女儿家欢悦的语调。

"李欧,武馆的人来了,我过去说点事。"唐沨回头向李欧说了一声。

李欧顺着两人行走的方向望去,只见清音阁里,一个健硕英挺的男人正看向他们这边,而他身旁则站了一个妖娆的女子,一双媚眼也看向李欧。

那个男人有着武者和强者的特征,深褐色皮肤,削鬓短发,浓眉深眼,脸轮廓感很强,穿立领的黑色暗纹T恤衫,强壮的肌肉让T恤变成了紧身衣,两块胸肌就够人看的了。

"喔噢,上帝,你看她前凸后翘,简直是窈窕淑女,君子好逑!"贝尔勒的眼睛光顾着看女人去了。不过他说的是实话,那女子妆容精致,着露肩深蓝紧身连衣裙,身材火辣,一笑一颦都带着几缕韵味,不管从哪个角度看，都足够让男人动心。

唐沏进了清音阁，双目不离地看着那个高大男人，笑盈盈地说着话，却始终没与旁边的女人搭一句话，并刻意保持着距离。李欧一看，嘀咕道："原来喜欢的是肌肉猛男。哦，老外除外。"

"哎，说啥呢，我们也别傻站着，不如我们上一线天看看？反正来都来了。"贝尔勒翻开旅游地图，指出不远的一个景点。

"要得嘛，两地也不远。"李欧欣然答应了贝尔勒的提议。

"不给唐女侠说一声吗？"贝尔勒问道。

"免了吧，我看她现在忙得很。"李欧撇撇嘴，见唐沏笑逐颜开地，向高大男子说着话。

贝尔勒秒懂，拉着李欧，两个人步行前往一线天去。

两人撑着伞一路步行而上，雨势渐渐变小，取而代之是逐渐浓厚的雾。四周影影绰绰，山中的树木经过雨水的漂洗显得格外苍劲。一声风一声雨，都似离人低诉。沿着山路接近一线天，雾气便越来越重。

眼看着气氛沉闷，贝尔勒没话找话："兄弟，你们中国武术到底包括多少种？"

"光用拳头就有咏春，醉拳，太极拳，少林拳等等，器械又有刀枪棍剑。多了去了，哪是一时半会能给你列举出来的？"李欧盯着熟悉的场景，有些敷衍地说，他的思绪却飘向了别处。

他想起了曾经做过一段时间的导游，每天带着南来北往的客人，前往各处景点，一边走，一边作着介绍。那是从非洲回国后的第一份工作，他本来是打算去学校应聘讲师的，却阴差阳错和一家旅游公司的 HR 聊上了，很快得到了认可，被推荐到了乐山——峨眉山景区做导游。

一来，自己跑的地方多，经历多，比同龄人的社会阅历更丰富，二来，话术是他的强项，很快就在峨眉山导游界混得小有名气。

触景生情，记忆瞬间回到那一刻……

"让客人觉得来得值！"在经验分享会上，他最爱说这话："比如，客人不喜欢寺庙，作为导游，要用自己的言语和行动，让他觉得花钱逛寺庙是一种灵魂的升华，精神的洗礼。"

"你好，我叫黄勤。那我来做游客，你演示一下可以吗？"一个美女站了起来，脸上还带着挑战的笑意。

李欧眼光扫了扫这名女子，秀丽卷发，气质不凡，妆容精致，是很会打扮的时尚女人。

那双水晶般澄亮的双眸，让人难以忘怀。

李欧笑了一笑，脑袋里飞快地把讲话内容同受众进行了精准匹配。然后走到女孩面前，大大方方地说道："那我来讲一下洪椿寺。这洪椿寺坐落在峨眉山群峰环抱之中，林深、庙静、水清、气润，以清幽静雅取胜，这里林密森森，空气湿度大，每到清晨，湿润的空气就凝聚成微小的水粒，似雨似雾。据专家研究啊，这里由于独特的地理环境，凝结的水珠直径是平常雨水的三分之一，因此这洪椿水雾可谓无声无息、无形无影，润衣而不湿衣，沁人心扉而不令肌肤感到寒冷。

"这古寺的环境等同于一个天然的空气浴场，每天都可由天然的水汽来补足肌肤的水分，在这里不需要任何人工化妆品，什么保湿液、肌底液、精华液统统都可以甩掉，只需安心养性，让肌肤与大自然亲密接触，不出半日，就可让肌肤细胞吸透微分子水，达到平时半个月也达不到的功效，让肌肤细嫩有光泽，滋润有弹力，所以很多网红和大咖都跑到这洪椿寺内，进行肌肤保养。正如唐代诗人王维所说：山路元无雨，空翠湿人衣。朋友们，到洪椿寺来，不会让你失望的。"

会场里响起了掌声，美女脸上微微泛红，轻轻鼓掌，眼里充满了崇拜之情。李欧也暗自发笑，自己破天荒地把著名的洪椿晓雨同肌肤保湿的美容功效联系了起来，让这古老的破旧寺庙在现代美女心中有了神圣的地位，至于那些什么专家研究、微分子之类都是信口胡诌的，完全神来之笔。

会后李欧才知道这个叫黄勤的女孩是公司老总的女儿。不久，这女子便频频接触李欧，两人拍拖上了，随之而来的却是李欧后来难以启齿的一段缘分……

路越来越狭窄，本来并肩而行的两个人现在也一前一后分开走了。一线天下面有栈道，沿着山壁延伸，这里的雾气尤为浓厚。

前后安静得可怕，李欧走得快，贝尔勒走得慢，渐渐拉开了距离。李欧只想尽快穿过雾气，越发加快了脚步。不久，两人就消失在了雾气之中，相互看不见了。

就在李欧经过一个岩缝岔路的时候，一双手忽然向他伸了过来。

李欧心中一惊，猝不及防，被人一把拉入了小道，双手被反制着使不上力气，刚要喊，嘴巴就被堵上了。李欧惊了一身冷汗，挣扎着回头一看，只见两个壮汉面无表情地押住了他。

"失礼了。"两人牢牢钳住李欧的双臂，带着他打小道走了，也不知去向哪里。

贝尔勒神经大条，一路散着步走出一线天，这才发现李欧失踪了，喊着骂了一通，不见回应，这才感觉不对劲。忙拿起手机打过去，李欧已关机。

李欧被推推搡搡地弄上了一辆面包车，沿着小路就往山下开去。

第十四章
孰是孰非

此时清音阁中，三人相对无言。周默识趣，撑着伞站到亭子外面去，不去打听他们的对话。

唐沏冷眼看着浓妆艳抹的女人，像是没有骨头一般倚靠在唐钺身上，说话的语气也不由得寒了三分："好了，二哥，说正事吧，专门到峨眉来找我是有啥子事吗？"

唐钺听着唐沏的语气便知道，唐沏对眼前的这个女人多有不满。为了交代接下来的话唐钺只好不留痕迹地将身边的女人推开，却换来了一个带着撒娇的怒目。

不知为什么，琳达的每一个动作都让唐沏觉得是搔首弄姿，越看越反感。

唐钺问道："小沏，你们是否已经确定那人就是李先师后人？"

唐沏说："应该八九不离十了。"

"那好，非常好，目前就等云空长老的结果了，希望一切顺利，这样也许可以改变父亲的想法。"

"父亲还那么顽固吗？"

唐钺眉头皱了起来："哎，他就是个犟拐拐！昨晚伽蓝使开会，吵个不停啊。"

"吵什么？"

"听我给你说来。"

唐钺这便说起昨晚的事情来……

就在馆长唐之焕和副馆长张郭仪观测了脉心石的变色情况后，两人立即进了会议室，和各方前来的伽蓝使进行商讨。

中间的长条长桌旁，已经入座了几个人。他们正在七嘴八舌地争论着，一听见门开了，便都停了下来，几双眼睛齐刷刷地盯着馆长。

馆长开门见山地说道："红劫果然没有减退，又增强了。深更半夜地叫大家前来，是想尽快研究一下我此前提出的计划的可行性。"

大家沉默了，互相对视着，都在等第一个说话的人。

张副馆长，就是张师，他发言了，他认为千年前封堵的通道谁也没见过，具体在哪个位置也仅是猜测。何况，千年的沧海桑田，土壤特性、岩石结构都可能会发生变化，盲目地进行发掘，可能会造成灾难性的后果。

张副馆长这一番话，一石激起千层浪。

成都来的中年女人，头发吹成云朵状的罗雅琪，同时也是一家私立医院的院长，她持反对意见，"大佛高 71 米，覆盖面积达到 5000 多平方米，一个通道口不超过 4 平米大小。如果不能准确定位通道口位置而盲目发掘，除了毁灭大佛，你什么也找不到！"

重庆过来的货运公司的老总，干干瘦瘦为人精明的刘稳也不支持："唐老大，你疯了吗，一块石头变红了，你就真的相信那什么预言？再说了，什么水怪，什么大佛毁坏的，简直就是扯淡嘛。"

话音刚落，和张副馆长相对而坐的胖子附和了一句，"即便是馆长你想要借此探寻真相，也应该知道，大佛现在是名胜古迹，是国家文物，哪轮得到我们在这儿动心思。"

他是馆长的堂弟唐克华，目前在峨眉罗目古镇打理着嘉定武馆的分馆。长得像是个大肚罗汉。

唐钺坐在桌尾，他并不想参与这样的争论，暂时没有表态。

另一个小伙子范隆，二十几岁，是最年轻的伽蓝使，他则坐在书记员的位置，把每个人的讲话简明扼要地记录下来。

馆长不高兴了："看来大家只接受了伽蓝使的身份，却不接受伽蓝使的使命啊！"

唐馆长双眉紧锁，他是武馆的掌舵手，他早已料到计划会遭到大家的排斥，但他必须表明自己的态度。

他说，伽蓝使原本为守护大佛而生，这个组织承载着大佛的秘密，承载着巍然的使命。加入伽蓝使就必须遵照古训4章28条，这其中的每一条都是铁的戒律和使命。

虽然一千多年过去了，沧海桑田，物是人非。但只要进了这个组织，就得按老规矩办。

几个人也不作声，这问题恐怕也没人深究过吧。唐老人的话虽有理，但并不能说服几人。

唐馆长强调，"红劫若显，佛劫将至。"如今接力棒到了大家手里，只有遵循祖训，完成历史使命。发掘是不得已而为之，必须尽快进入约定之地！

张师激动了："不该做的不能做！你衡量过后果的严重性吗！"

"严重性？有什么比可能到来的灾难更严重？"唐馆长被张副的语气激得有些恼怒了，"如果延误了时机，那我们将背上千古骂名。"

"如果你坚持要那么做，我只能投反对票！"

"反对票，这倒是意料之中啊。你唱反调已经成了习惯了，我怀疑你的动机。"

两人较上劲了，你一句我一句互不相让，其他几人也都火药味十足，整场会议变得尴尬、混乱，这种情况根本出不了什么结果。

"别吵了！我提个建议！"沉默半天的唐钺，喊了一嗓子，几人这才收了口。

"妖龙和毁灭大佛的事情，应该没人会信，大佛身上的秘密，却是值得研究的。大家无非是想要进入约定之地，我觉得应该开放这个项目，请一些专家过来帮忙，说不定很快就搞定了。"他说道。

"来不及了，唐钺二少爷。"胖子唐克华以无可奈何的口吻说道，"你以为专家随叫随到啊，等他们把设备调过来，慢悠悠地测量、研究，再拿出成果，最快也得半年时间。到那时恐怕一切都晚了。"

"明明就有现成的人选。"唐钺提醒大家，"那个美国国家地理协会的陈九里博士，他本人就是国际上有名的地质地理研究专家，他的团队有先进技术和丰富经验，而且也正在专题调研乐山大佛，为啥不请他们来帮个忙？"

"你小子昏头了！"唐之焕厉声训斥道，"这群人的目的绝对不是科学研究那么简单，你搞清楚他们的底细了吗，一点警惕意识都没有！"

唐钺却振振有词："地理研究是跨国界的，学术成果是全人类的，只要能找到约定之地，我们就应该让它的秘密大白天下！"

唐之焕就像一个独裁者，全盘否定了他："荒谬，一派胡言，这绝不可能！"

"馆长，年轻人的话你也得当话啊。"张师坐不住了，"我们开会的目的是什么，就是研究各种可能的措施，而不是听你搞一言堂！"

这话再次激起了争吵，会议室里乱作一团，似乎要达成共识比登天还难……

唐钺叙述完昨晚的争吵，摇了摇头，对唐汭说道："看样子我们得加把劲了，只有越快得到结果，才能越快结束这种争执，否则武馆会面临崩溃的局面。"

"哎呀，我说钺哥啊，别担心了，天塌下来个高的顶着。不管谁对谁错，都是为了解决问题嘛。"琳达轻抚着唐钺的肩头，那娇滴滴的声音让唐汭发毛。

"好啦好啦，我们还要去一趟佛协，对接一下伽蓝使的任务转换问题，一旦伽蓝使获得特别行动权,就可以调集各方力量协助我们了。"唐钺看着唐沏拉长的脸,也不好再多说了,准备撤退。

唐沏本来还想多了解一些情况,看见唐钺要走,也不再发话。她知道自己该做什么,和二哥告辞后,还狠狠地瞪了一眼琳达。

唐沏走出亭子,正要拨打李欧的电话,却见贝尔勒跌跌撞撞地跑了过来。

"我的天啊,小李子神秘失踪了!"贝尔勒一脸扭曲,好像天塌了。

"失踪了?!开啥子玩笑,你们不是在一起吗?"唐沏不知道这两家伙又要联手演什么戏。

贝尔勒气喘吁吁地说:"千真万确,就在一线天,这小子,居然凭空消失了!"

十来分钟过后,李欧感到自己被带入了一个房间中,正对面坐着一个穿西装的人,一脸严肃地看着他,这和李欧想象的幕后老大有些不一样。

"很抱歉,以这种方式和你见面。"那个人说道。

不等李欧回话,他又接着说道:"李欧,28岁,籍贯眉山,12岁迁居成都,18岁考入大学,21岁辍学,去非洲创业,遭遇武装冲突,脱险后回川,24岁开始做导游,26岁这年遭遇了人生低谷,留下了污点……"

"老板,你到底想咋个整?"李欧打断了他如打字机似的讲话。

那男人凑过脸来,胡楂子和深陷的眼窝给人一种压迫感:"我告诉你,你上错船了。"

"上错船?哪一艘,海里还是河里?"李欧一脸茫然。

"我是乐山市刑警支队副队长冯潜。"这人从衬衣口袋里掏出警官证,推到李欧面前。

李欧瞟了一眼,心中疑虑顿生。咋了,之前是什么寻宝合作,现在又换个新主题——新警察故事?

"哼,就算真是警察,也不能乱抓人啊。你们这样做是违法的!"李欧嚷了起来。

"跟着别人从巴黎回来,你应该知道你在做什么。"男人根本不接他的话,自顾自地说道。

"我就是在巴黎做小生意的普通市民而已,这次回来不过是朋友约我创业。"李欧随口说道。

"李欧,你参加过反传销组织,受过专业的培训。没想到,这个骗局你却没看透。或者说,你也和他们达成了协议。"冯潜压着嗓音。

"啥意思,协议?"李欧故作惊讶。

"我不知道他们怎么忽悠你的,不过大佛宝藏这个题材足够让你铤而走险。帮助他们寻找宝藏,期望值一定是非常高的。"冯潜说道,"我想提醒你的是,你已经参与犯罪了。"

这话说得李欧心里一惊,其实到现在他也没有真正弄清云空他们的底细,他也并不完全相信宝藏的存在,只是这几天他找不到什么漏洞罢了。

见李欧沉默了,冯潜继续说:"给你讲个故事吧,算是帮你理理思路。"说完,拿出遥控器,打开投影仪,墙壁上渐渐映出一些照片。

那是一个留着分头的小伙子,一脸透着青涩,约莫二十来岁。

"曾经有一个云南腾冲的小伙子叫熊卓华。从小聪明伶俐,18岁的时候被人介绍到昆明一家古玩店打工。"伴随着冯潜的叙述,墙上出现了更多的画面,有照片,有文字,有一些个人物件。

"他是个优秀的家伙,肯学肯干,25岁那年,熊卓华认识了一个叫刘三海的老板,是个收藏家。刘三海和熊卓华越走越近,没多久,刘就带熊去'见世面',实际上是带他去缅甸跟班翡翠走私,熊很勇敢也很机智,干得不错,刘非常赏识他。此后,就让他参与了一桩'大买卖'——盗取云南博物馆的兽骨铜鼓,据说这个铜鼓上面藏着古滇国的秘密,可以找到失落的古滇宝藏。"

投影中出现了一张铜鼓的照片,古朴粗犷,上面有着奇怪的花纹。

"刘三海的团队个个都是高手,他们成功地盗取了兽骨铜鼓,满怀激情地去山中寻宝。可就在这寻宝的路上,不知发生了什么事,也许是分赃问题引起了内讧，最终导致四人死亡，从现场采集的指纹来看，熊卓华具有重大嫌疑。但蹊跷的是，他失踪了。"

"失踪了？"李欧惊讶了，"没找到？"

"警方找了整整二十年，也没有任何结果，成了一大悬案，由于过了刑法规定的追诉时效，这个案子永远被尘封了。"冯潜说道。

"但世上哪有那么多诡异与神奇，无非是人们没有找到真相罢了。近年来种种迹象表明，这个熊卓华仍然活着，只不过他隐姓埋名，换了一个身份，过上了念经诵佛的生活。"冯潜的目光似乎不容置疑。

"你是说云空就是熊卓华。这么说来，有个罪犯找到我，约我去寻宝了？"李欧轻描淡写地说，不过熊卓华的照片神情是与云空有几分神似。

"你觉得呢。"冯潜反问道。

李欧冷笑一声："得了吧，警察叔叔，你在引导我认为两人就是一人，而其实，你并没有直接的证据，证明云空就是熊卓华。"

冯潜不得不露出赞扬的表情来："不错，你的逻辑很缜密。你再看这个。"

他调出另一个文件夹，放出一段监控采集到的模糊的视频。

那是郊区的夜间，一伙人拿着工具，背着背包，正从小路对面穿过去，走向另一边的竹林里面。

最后跟着一个戴帽子的男子，瘦高个，走路没有前面那些人张狂，警觉地四处张望。画面定格了，放大，正好能看见这个男人的侧脸。

李欧一怔，除了没有鬓角，这人的脸形和他下巴的胡须，都和云空非常相像。

"这是去年在乐山麻浩地区监控拍到的画面，经查明，这是个盗墓团伙，目的是想盗掘凌云后山的某处古墓，后来被村民举报，没有得逞。我们怀疑云空参与了这次盗墓活动，目前正在采集相关的证据。"

李欧的头有些痛了，事实摆在面前，刚刚才建立起来的对云空和唐汭的好感瞬间崩塌，这两人真是可以拿奥斯卡金像奖了，演技这么好，自己如此谨慎，也被拐进沟里去了。

"确定了云空的身份，同流合污的唐汭就不必多说了，事实上，云空和武馆的关系很好，私底下也在组织一些秘密活动，我怀疑与寻找大佛宝藏有关。说白了，云空和唐汭就是文物窃贼，他们表面光鲜，大义凛然，实际上老谋深算，找你的目的无非是套取你掌握的线索罢了。"冯潜语气波澜不惊，李欧心中却翻江倒海。

李欧在努力重构着，对于云空和唐汭的形象。

这时候冯潜的电话响了起来，冯潜向李欧点头示意，便接起电话。

"是我，冯潜。"属于警察的干脆利落的开头。

"这个案子交给陈队吧，我现在在跟踪上一个失踪案。可能抽不开身……"冯潜说道。

李欧在一旁听得清楚，更是疑惑。自己一直以为他是因为接到了任务，公事公办来和自己见面。但听冯潜打电话却又明显听出他在对上级撒谎，这有些古怪了，难道这次抓捕行动没有被授权？联想到之前不合常规的"绑架"行为，李欧越发觉得这人有问题。

李欧一时间弄不明白，忽然发现冯潜已经挂掉了电话，正在看着他。

"嗯，你、你给我说这么多，是想让我退出吗？然后协助你们警方找到这宗宝藏？"李欧抬眼问道。

"不。"冯潜狡黠一笑，"我追踪云空他们也有些时日了，但我担心会打草惊蛇，不能采取直接行动。既然今天有机会接触到你，我有个想法想和你商量。"

李欧看着他的眼睛，想捕获他的思维。

"警方是破案的，不是失物招领处。你觉得找到一宗失落的宝藏，然后上报国家，和成功破获一起特大盗宝案件，保护了国宝，对于我来讲，哪个更有价值。"冯潜直视着他。

李欧恍然大悟，眼前这个警察似乎并不想按常理出牌，甚至有些乱来。

"目前，云空，唐汭和你，都是关键人物，也是最有可能找到宝藏的一些人，所以我想……"

"你想让我继续跟随他们找到宝藏,暗中联络警方,这样既能将盗宝分子一网打尽,又能真正发现和保护佛宝。"李欧的思维一直在线。

冯潜投来赞许的目光,嘴角也止不住露出笑意来,"如果你当年能加入警队,说不定是个优秀的家伙。"

"冯队你这个办案的套路有些深啊,技术上讲叫欲擒故纵,社会点讲叫钓鱼执法。那你的意思是要我做卧底吗,危险啊,那边还有个武林高手。"李欧苦笑道。

"你不需要去刻意做什么,只是有重要情报的时候联系我就行,放心,你的安全警方负责到底。不过,假如你还是选择你们的赚钱项目,警方会轻而易举地结束你们的美梦。"冯潜把事情尽量说得简单些,他相信李欧是个聪明人,会办好事。

李欧叹了口气,没想到事情越发地扑朔迷离,来了个一百八十度转弯,原本所谓的护宝义士成了盗贼,原来上演的协助义士抢救国宝的剧情换成了协助警方破获盗宝案。

见李欧陷入沉思,冯潜也不多话,他知道这个弯不好转。

冯潜递了支烟过去,李欧抽了两口,心里面渐渐理清了思路。

首先,从实证来看,冯潜提供的信息显然更站得住脚,云空两人之前的话仅是一面之词。

其次,自己犯不着为了盗宝而走上犯罪道路,虽然心存侥幸,但不幸的是这次行动已经被警方盯上了,再去帮云空寻宝,那就是以身犯法,最后吃不了兜着走。

第三,就是纯粹从心理角度来说了。云空两人虽然疑点很多,但言辞恳切,从之前接触来看,从成都的景教授、小昕等人来看,并不像是一群亡命之徒,也许他们有所隐瞒,但还不能全盘否定。而这个警察忽然出现,他的办案路子有些野,恐怕值得推敲。但如果自己马上宣告退出,对两方都多有得罪。也许,目前最好的办法,就是不偏不倚,闷声走路,等把事情弄清楚过后再做决断不迟。

另外,解开父亲留下的迷局,他不能就此放弃。

李欧把烟头扔在脚下，踩灭了："好吧，冯队，我试一试，如果实在不行，我随时会退出。"

冯潜伸出手来，拉住了李欧的手，就这么尴尬地达成了协议。

"保密，这件事谁也别说，包括贝尔勒。"冯潜嘴角勾起一丝笑意。

按照李欧的要求，他被送到了报国寺外面。"陪伴"他的壮汉给冯潜打了个电话，说道："冯哥，人已经送到了。"

李欧忽然察觉到，这些人的语气和做法，真的不像是警察，但冯潜的身份应该没问题，难道这些人是他花钱请的？这家伙，看来也不是善茬。

望着汽车远去，李欧这才打开了手机，瞬间收到几十个电话未接提示和短信、微信。

电话再次响起，接了起来。

"你跑哪去了，出什么事了啊！"贝尔勒焦急喊道。

"哎，说来话长啊。"李欧叹道。

"怎么了，难不成被女妖拐走了？"贝尔勒没正经地说。

"差不多。"李欧接过话来，"一线天那里我看见一只长了两个脑袋的猴子，我一时好奇啊，就悄悄跟了过去，哪个晓得被那杂种骗进一条山沟里，手机没信号，还他么差点被猴群打劫。幸好老子预感不妙，使出凌波微步一路逃了出来，差点命丧峨眉……"李欧吹牛皮不打草稿，想这样蒙混过关。

没想到贝尔勒竟继续往上理，一连问了几个问题，诸如猴子两个脑袋长得一样吗，会不会意见不合发生争执之类，直到唐沏打断了他，忙问李欧现在哪里。

李欧说："我已经往报国寺去了，我们在那边会合吧，也该去看看云空那边的情况了……"

另一边的房间中，烟雾缭绕，冯潜坐在椅子上，看着投影仪上面的画面。

那是之前给李欧看的监控录像，他继续往后播放着。

画面中一个人影猫着腰往前走着，模模糊糊看不清楚。

忽然尘土飞扬，黑烟弥漫，似乎发生了爆炸，探头画面笼罩在黑雾之中,再也看不清楚。

  冯潜把录像倒了回去,再一次播放,人影,爆炸,黑烟,再一次重放。

  光线鬼魅般在他脸上跳跃,他的眼里流露出一种难以名状的神色……

第十五章
大佛传说

李欧三人在报国寺会合了。此时，云空正好从藏经楼出来。

只见他一路走，一路点着头，嘴里似乎还念叨着什么。

众人都以为云空已经从经书中发现了关于宝藏的线索，急忙围过去，迫不及待地问："咋个勒？是不是找到线索了？"

"恐怕要让你们失望了。"云空从他的念叨里回过神来。

"那你嘀咕着什么玩意儿？"贝尔勒抱怨。

"哦，我正在说这藏经阁的藏书可真够丰富啊！简直堪比第二个敦煌莫高窟！待在里面都快忘了这凡世尘俗。"

"好了，师父。快说说怎么回事！"唐沏截住云空的话，她虽然能够理解云空法师对经书的着迷之情，但她更想听听他的调查结果。

"我仔细翻查了从唐朝以来所有与大佛有关的经文，但都没有发现里面有关于宝藏的描述和详细记载。"

"啊？你的意思是我们做无用功了？"贝尔勒表示极度失望。

"不，希望有倒是有，只是也比较悬。"

"别卖关子了，神父大人。"贝尔勒嘟囔道。

云空朝唐沏颇有深意地看了一眼，说道："我从一本经书的引文里发现一条线索，佛宝的记录原本藏于乐山凌云寺，后来唐末战乱的时候，这些资料都转移到了峨眉山,曾藏于金顶华藏寺。可惜的是,1972年的金顶遭遇了一场大火,里面的器物和经书几乎全部被烧毁,所以要找到经文的可能性也是微乎其微的。"

"微乎其微并不代表没有希望,我们可以试一试。"唐沏建议。

"得了吧,除非这经文能够水火不侵,还能完好无损。就你这一句话就忽悠大家上金顶,那也太离谱了。"李欧一听这事情不靠谱,再估摸着这天气上金顶属于疯子行为,赶紧掐灭这几人的邪念。

云空微微点头,并没有要强迫的意思:"贫僧也不想做毫无意义的试错,我想现在要做的,就是去找一个活经文,看看有没有更多的线索。"

"活经文?"贝尔勒听不明白。

"高山区洗象池寺有一位大德高僧,他在峨眉修行数十年,知晓世间万事之理,峨眉的一草一木,兼在他胸怀之中,能够找到他问一问,肯定会有意想不到的收获,只不过……"

"只不过什么?"贝尔勒双眼放光。

"只不过他一向闲云野鹤,虽身在此山中,却云深不知处,能否遇见他全靠运气。就算见他本人了,他也不一定会搭理我们,就算搭理了我们,他的话也不是常人能懂的。"云空算是卖了个成功的关子,李欧看着贝尔勒那跃跃欲试的神情,知道阻止不了这帮人的行动了。

虽然预料之中又出了变故,但目前没有其他办法,只能按照云空的指示,再往山中去了。

几人上了车,李欧驾驶,沿着盘山公路前进,到了七里坪那一块,就开始堵车了。刚开始还缓行,渐渐变成龟速,最后干脆停了,时间不等人,这样耗着不是办法。贝尔勒穿上雨衣,沿着公路跑了一阵,见车流组成了长龙,望不到边,不少人都下车观望,有的憋不住尿的就在路边小解。

这时,一辆黄色的道路救援车沿着路边缓缓开了下来。贝尔勒截住他,问道:"请问前方什么情况,我们急着上山。"

"上个锤子!"驾驶员不耐烦地骂道,"暴雨把路都冲塌了,弄一天都清理不完!"说完一轰油门跑了。

贝尔勒骂了一句，回到车边，给大家说明情况。

"看来只有步行了，累是累一点，但没有选择了。"云空无奈地说。

"那我找个地停车。"李欧一松手刹，油门踩了踩，就把车弯进了公路外围，开了一会儿，见前面山崖下有个缺口，就把车硬塞了进去，暂且先停这里了。

大家拿好行李，穿好防雨衣物，先沿着公路前进。

走了半个小时，这才看见道路前方出现严重塌方，碎石烂泥滚落一地，被风刮倒的老树随处可见。李欧抬头望了一眼天，看到天空阴云密布，豆大的雨点从空中倾盆而下，不时还有红色的闪电划过天际。

在这样的天气条件下到峨眉山上去，本身就是个笑话。李欧真想给云空说改天再去，但话到嘴边又吞了回去。因为他看见云空的目光中没有一点迟疑，这些盗宝分子，真是些亡命之徒。

这里有一条小道通进山去，几人拾阶而上，走了不久来到了上行主道。

整个道路被雨雾吞没了，前方的石板小路只能隐约看见，沿途的商铺全部关门打烊，看起来毫无生气。

一个背着背篓，艰难行走的老人经过几人身边时，在轻声抱怨："人啊犯了大罪，老天爷要惩罚人哦……"说得几人心情更加沉重。

徒步上山，大家走走歇歇，除了云空有点不胜体力，其他几人都还显得轻巧。但前后不见人影，雨雾幽灵一般从四面八方袭来，一种孤独感和恐慌感渐渐袭上心头。

为了排遣抑郁心情，大家边走边聊。

"小李子，讲个段子来听听。"贝尔勒招呼道。

李欧喘了口气，满足了他的愿望，讲了个最近从网上看来的笑话。

贝尔勒愣了一会，突然哈哈笑起来。唐沏也忍不住，扑哧一笑，骂道："什么玩意儿。"

贝尔勒又继续了："我也说个。巴黎的一个公园草坪上插着一块牌子，上面写着禁踩草坪，违者罚款1元。公园一常客发现这个金额和以前不一样了，便问管理员，为什么罚款降低了呢，以前不是罚款5元吗？"

"可能人性化了吧。"唐汭插了一句。

大橘学着那管理员的表情，说道："5元没人踩啊。"

李欧不屑地说："一点也不好笑。"

大家说说笑笑，话也多了起来，贝尔勒见云空不说话，便主动问他："神父，这个乐山大佛这么神秘，一定有很多故事吧，作为资深的佛学高僧，你能给我们摆一摆龙门阵吗？"

云空看着远处的黛色山峦不知道在想些什么，贝尔勒又请求了一遍，他回过神来，这才欣然答应："哦，好，那就给你讲讲吧。这座乐山大佛呢，可以说是身世坎坷，它最开始是唐玄宗开元初年，也就是公元713年，由海通禅师为减杀水势，普度众生而发起修建的，然而，当大佛修到一半的时候，海通大师就去世了。

"海通死后，工程也随之中断。然而多年后，剑南西川节度使章仇兼琼捐赠俸金，让海通的徒弟领着工匠们继续修大佛，并且由于此项工程浩大，朝廷为了鼓励工人们，下令赐麻盐税款，在利益的刺激下，工人们干劲十足，于是，工程进展相当迅速。然而，事情总是一波三折，当乐山大佛修到膝盖的时候，续建者章仇兼琼迁家任户部尚书，工程不得不再次停工。这一停就又停了四十年，四十年后，又有剑南西川节度使韦皋捐赠俸金继续修建乐山大佛，到了唐德宗贞元十九年，也就是公元803年，这座大佛才算是彻底完工，前前后后一共花了差不多九十年时间啊！"

"这工程真是相当浩瀚！你们中国古代的工匠真是了不起！"贝尔勒感叹着，不禁竖起大拇指。

云空充满敬仰地说："乐山大佛依山凿成，临江危坐；头与山齐，足踏大江，气势宏伟，真是天下一大神迹。"

"喔噢，神神叨叨，神机妙算，我词穷了。我就很想知道当时那些人是怎么想的，为什么要突发奇想在山体上面建造这么大的佛像，他们是怎么实现这一杰作的。"贝尔勒问道。

云空抚了抚胡须，双眼渐渐望向远处："这个嘛，我给你讲一个有趣的传说。哦不，是同一题材，不同内容的两个传说。"

"好啊，那快讲来听听！"贝尔勒来精神了。

云空嗯了一声，把登山杖杵在石阶上，身子一顿，停了下来，"先讲第一个……"

唐朝时候，乐山的凌云山下，岷江、青衣江、大渡河三江汇流处，水深流急，波涌浪翻，经常吞没行船，危害百姓。

凌云山上有一座凌云寺，凌云寺里有一个老和尚叫海通。海通法师不止一次看见民船被江水吞没，心中十分不忍。他想，三江水势这样猖獗，水中必有水怪。要是在这岩石上刻造佛像，借着菩萨的法力，定能降服水怪，使来往船只不再受害。

于是他请了两个有名的石匠来商量刻像的事。这两个石匠一个叫石诚，一个叫石虚。海通对他们说："我准备在这凌云山岩上刻造佛像，你们有什么意见吗？"

两人都觉得这是一件有意义的大事，石虚想了想，就说，三江水怪十分凶狠，我看只有造千尊佛像才能把它镇住。

但是石诚的思路却恰恰相反，他说："我看，要刻就刻一尊像这山岩一样高大的佛像吧。"

石虚一听忙摇头说："山岩这样高，石头这样硬，你这尊佛像不知要刻到猴年马月？"石诚说："这岩石硬就更能经受风吹雨打，佛像大才能镇住三江妖魔。"

海通见二人争执不下，觉得都有道理，就说："你们两人不要再争了，干脆一个刻大佛，一个刻千佛吧！"

从此，石诚石虚二人就各自选岩构图，雕凿佛像。石虚刻了释迦牟尼得道成佛，南海观音慈航普度，十八罗汉降龙伏虎，普贤菩萨指点迷途，刻了一尊又一尊。而石诚呢，选了一片又高又硬的大石岩，开始雕凿大佛。两年后，石虚的千尊佛像刻成了，而石诚的大佛连头部都还没有刻完。石虚讥讽地说："我两年都刻了千尊佛，你两年还没有刻完大佛一个头。"石诚毫不气馁地说："你千尊佛，万尊佛，当不到我大佛一个头。"说完又继续雕凿大佛。而石虚领了工钱，谢过海通，潇洒去了。

石诚的恒心与毅力让海通很感动，他请来了许多凿石造像的能工巧匠，帮助石诚一起雕凿大佛。附近的老百姓听说老和尚请人雕凿大佛，镇压三江水怪，也都纷纷来到工地帮忙。一时之间，凌云岩上人来人往，千锤挥动，凿声如雷，岩片似雨。

这时，嘉州有个官吏，爱财如命。他听说海通为了修大佛到外面募化了许多银子回来，便打起了坏主意。有一天，他带着几个兵丁来到凌云寺，对正在指挥修大佛的海通说："胆大的和尚，你修凿大佛，不先报官立案，私自开工，破坏山岩，目无官府，罚你银子一万两，限三日交清。"海通毫不畏惧地说："修大佛是为了镇压三江水怪，消除百姓苦难。这银子是我化缘修大佛的钱，一两也不能动！"

那官吏见诈不出老和尚的钱来，就恐吓说："要是不交罚银，就剜你的眼睛。"海通却面不改色地说："就算把眼睛剜给你，也不能动修大佛的一文钱！"说罢，立即拿刀剜出了自己的眼睛，端在盘里向那官吏走去。那官吏见老和尚端着眼睛向他走来，盘里两只眼睛射出两道闪电一样的光芒，照得他心惊胆战。忽然，那两只眼睛从盘里向他飞去，吓得那官吏扭头就跑。谁知心慌意乱，忘了身后是悬崖，一个筋斗，就摔到江里喂鱼去了。

海通把自己的全部心血都倾注到大佛的修建上。后来，他生病快要死了，但大佛还没有完工。他把几个徒弟和石工们叫到自己病床边说："我可能看不到大佛完工了。我死了以后，你们一定要继续刻造大佛。"说完就咽了气。老和尚死后，他的徒弟就领着大家继续刻造大佛。就这样一个接一个，一代接一代，经过了九十年，大佛终于刻成了。

因为这尊石刻大佛像是天下最大的佛像，所以，人们就叫它乐山大佛。大佛旁边的那座凌云寺，也改名叫大佛寺了。

贝尔勒沉浸在故事之中，走路也不觉得累了，见云空的话中断了，赶忙递了瓶饮料过去："海通法师就像我主般仁慈非凡，敢与恶势力作斗争，真的让人很感动。"

李欧笑了笑，当初做导游的时候，这个故事也是常常被提起的，尤其是海通"双眼可剜，佛财难得"的那段，流传最广。不过贝尔勒把海通比作西方耶稣，还是有点滑稽。

"还有吗，法师。"贝尔勒像是小孩子在催睡前故事。

"嗯，再讲第二个故事。"云空休息片刻，又打开了话匣子。

相传，海通是一位博学多才的高僧，这年夏天，嘉州城发大水，凌云山下江水汹涌、波浪滔天，很多船只都葬身大江。大家都说是献给江底妖龙的童子让它不满意，惹得妖龙发怒了。海通心急如焚，他来到凌云山下，想向妖龙求情，求他宽恕百姓。忽见一个激浪打在岩上，浪头退去后，一个壮年汉子躺在水边，一动不动。海通忙上前，把汉子背到岸上，过了好一阵，他才慢慢苏醒过来。

原来，那汉子名叫石青，是个石匠，他见凌云山下水势凶猛，来往船只常常翻沉，许多船工兄弟白白地送了性命，心里实在不忍，便决心在石壁上凿一路篙眼，好让船工们的竹篙插在篙眼中，撑住木船不碰在石壁上。不料刚打了几下，一个恶浪扑来，他就什么也不知道了。石青的行动感动了海通。

海通意识到，祈求妖龙发善心是不可能的，他下定决心，要压制妖龙的邪性。他心生一念："不如在这山岩上凿一尊弥勒大佛，借佛祖法力收妖镇怪，减弱水势，保护行船。"

石青听了连连点头，觉得这是件宏伟大事。于是，他就和海通两人认真商量起修大佛的事来。两人做出了分工，海通翻山越岭，四处募化资金，而石青率领各位能工巧匠开凿大佛。

海通和石青修大佛的事，一传十，十传百，很快传了开去。各地百姓，出力的出力，出钱的出钱，纷纷前来相助。一时间，凌云山上，千人挥臂，万人呐喊，闹腾起来。从山岩上打下的石头，像下雨一样轰隆隆地掉进河里，激起无数浪花。

谁知，滚滚而下的巨石惊动了江底的那条妖龙。它是李冰当年修都江堰时，用铁链锁在江底的一条孽龙。因铁链年久锈坏，孽龙挣脱枷锁，逃到凌云山下，兴风作浪，为所欲为。这孽龙见山上滚下许多石头，堵住了洞口，忙施起妖法，掀起狂风恶浪，把海通和尚卷入洞中。石青见妖龙卷走了海通和尚，忙带领众石匠，拿着铁钎、钻子、铁锤等工具下去寻找。不一会儿，找到了石洞，石青领头杀了进去，孽龙寡不敌众，终于被制服，最后逃下了江底。

  制服了妖龙，工匠们又继续凿岩刻佛。海通为修筑大佛操劳过度，不几年，他就圆寂归天了。之后，石青等老石匠也相继去世了。后来，西川节度使韦皋继承了海通和石青的事业，组织人力物力继续开凿，直到唐德宗贞元十九年，整整花了九十年，才修凿完工。后来，人们为了纪念海通，就把他当年住过的山洞叫做"海师洞"。

第十六章
象池寻僧

说完了两个故事,路也走了很长一段了,前面有一处断崖,视野十分开阔,只见山下云雾如同无数航船,竞流远去。

几人站在崖边,面向东方,那里正好是大佛的方向,回味着动人的传说。

云空讲的这两则故事,第一个是讲两个工匠的比赛,最后海通牺牲自己的眼睛,确保了工程顺利推进。第二个则是讲的造佛与镇妖的故事,而大工匠石青与海通的精妙合作,成就了乐山大佛。虽然都是造佛,但内容侧重点不同,各有各的特色。

贝尔勒一个劲儿地询问故事的细枝末节,还举出例子说哪里有什么漏洞,哪里不符合常理,云空也耐心向他解说,本来就是传说,引人幻想罢了,不必较真。

"那从实际出发,你觉得大佛这项工程最神奇的是什么呢?"贝尔勒的问题在野蛮生长着。

云空略一思忖,道:"我觉得,应该是大佛身上隐藏的一套排水系统。"

"排水系统?"贝尔勒讶异道。

"是的。乐山大佛和其他室内佛像不同,它完全暴露在大自然中,而且本来它是有描金彩绘的。风霜雨雪将会是它最大的敌人,时间一久就会面目全非,因此,建造者们设计了一套排水清淤系统。在大佛头部多层螺髻中，镶有网状的排水沟，分别用锤灰垒砌修饰而成。衣领和衣纹褶皱，正胸、两耳等处，也安排了排水渠道，远处看不出来，隐而不见，这样，就可以将雨水及山上流下的山洪，很快排泄出去。"云空用手在自己身上比画着，用以说明大佛的神奇。

"哦，那考虑是挺周全的，那为啥不做个大盖子把大佛盖起来？"贝尔勒半开玩笑地说着。

"说得轻巧，你怎么不给你们巴黎铁塔做个盖子？"李欧讥笑道。

"呵呵，后来的建造者倒真的考虑了，于是他们建了一座纯木质结构的大佛阁楼，据说刚开始是有九层的，这样就把大佛变成室内巨佛了。"云空望着远山，脑海里浮现出极其壮丽的场景来，一座金碧辉煌的楼阁依山而建，云雾缥缈、飞鸟盘旋，阳光照射到楼阁的琉璃瓦上，散射着耀眼的虹光，屋檐的影子盖在大佛那宏伟身躯上面，却丝毫掩饰不了大佛那巍然的气韵。

"木头的楼，做得再好，也经不住千年的折腾。"贝尔勒惋惜地叹道。

"是啊，这座大佛阁早已不复存在。不是毁于天灾，就是毁于兵火。虽然宋明清各朝都有过重建，但终究只能成为历史。"云空不无惋惜地说道。

"所以，还得靠大佛原生的排水系统，才能留给后人一座无价之宝。"贝尔勒不禁赞叹道。

"是的，不过，这个排水系统，也留下了一个小悬念。在大佛的胸部后面左右两边，各有一个未打通的腔洞，它本应该是排水系统的一部分，不知为何没有打通，导致有一定的积水。这个问题不知是工程缺陷还是有意为之。"云空用双手手指顶着胸腔两侧。

"嗨，说不定是人家工人们的休息室呢。不过，我觉得，最神奇的地方还是大佛宝藏了。说说大佛的宝藏吧，为什么千年来都没有被发现呢？"贝尔勒穷追不舍，终于又绕回宝藏上来了。

李欧心想，这家伙，表面上不提，内心看来比我更想知道云空的秘密啊。

云空微微一笑，无奈道："这大佛的宝藏其实自古就有传说，有很多的人都在找，但都悻悻而归，至于它究竟在哪里，谁也不晓得。"

贝尔勒见和尚不吐硬货，又道："我曾经在网上看帖子时，听说是乐山大佛胸口位置曾经出土过一批宝藏，早就搬空了，那我们现在还找什么呢？"

云空的目光往唐沨扫了一下，女汉子正看着手机，似乎没在意几人的对话，他紧接着说："你说的那个是大佛的藏脏洞。按佛教造像仪规，在佛像身体上一般设有藏脏洞，多用金银铜铁锡'五金'仿造心脏等脏器置于洞内，同时存放经书手卷、佛教法器、五谷杂粮等，不一而足。大佛身上确是有一个藏脏洞，但是乐山政府1962年组织维修时，曾将此洞打开，据说只有一些破旧废铁、铅皮和一大堆腐败后的谷子。"

"完了，你早说啊，都被人摸过了，那我们还找啥宝贝呢？"贝尔勒满满的遗憾。

"不。藏脏洞一般是建成佛像的时候就封好的，里面的东西多是体现佛教的精神内涵和礼仪。我们要寻找的宝藏，那可是集合了世间珍宝，那才是大佛真正的秘密。"

云空的话把贝尔勒撩得浑身发痒，恨不得赶紧找到宝藏，把身子埋进去。

李欧就题说话："你曾经说宝藏秘密被我家族传下来了，这到底怎么回事？"

云空双眼一眯，望向远方："真没想到你作为传承人，居然对此毫不知情。这个并非杜撰，你先祖是个名人，他的事迹在佛经典籍中也能看到，我刚刚讲的两则故事里面，就有很多你先祖的影子啊。"

云空说，世人只知道大佛是海通发起兴建的，却很少听闻具体的修建者的事情。传闻李欧的先祖名叫李沭，他曾经参与建造了乐山大佛。相传他是十里八乡有名的工匠，最会修筑土石工程，擅长奇技奇术，做的石兔会奔跑，做的木龙能下海。他因为对海通法师修筑乐山大佛之事非常赞同，就毛遂自荐参与了大佛修建，后来还成为了工程领头人，也就是现在说的项目总监之类。据说，他为了藏下大佛的秘密，就精心设计了一个谜眼，并把解谜的办法悄悄地流传了下来，由他的后代族人世袭掌管，现在，自然就传到了李欧父子这里了。

李欧有些惊讶，说道："原来你们说的李先师，就是我的先祖？是他带头修筑了乐山大佛？"

"正是如此。不然，我们不会费尽心力来找到你啊。"云空说道。

贝尔勒一拍李欧肩膀，说道："看不出来啊，你小子还是名门之后，大佛都是你家修的。等我回法国，我得吹爆你。"

李欧没接他的话，却连连叹道："李宁天啊李宁天，你这人隐藏得太深了，我都这么大，居然从来没听你说过，你到底卖的什么药。"

唐汭在一旁不失时机地开导他："我想你父亲是有他的考虑的，也许是时机未到，也许是他想独自承担这种历史的责任。"

李欧满口的苛责："这老头子做事一贯孤僻，哪个晓得他的心思？你说他给了我一张地图，也不说清楚干啥子的，装疯迷窍的。"

"我猜测，你在大慈寺下产生的幻觉是大有玄机，只是，以我们目前掌握的情况，还无法找到解读它的办法吧。"唐汭说道。

李欧想起了那幻象的最后一幕，自己坐在一个大湖泊边上，傻愣愣地望着湖水，四周空旷得可怕，那种死寂现在想起来都让人心悸。这一幕太有点儿占卜意味了，玄妙、深邃、抽象，可就是难以解读，难道说这个湖水就是宝藏的关键，找到这样的一个湖泊，就能找到宝藏？水下面该不会有什么古城吧？

幻象的最后，他只记得自己站了起来，接下来是要做什么呢，这个场景似乎并没有完结，真是费解。

唐汭想到了什么，忙说："不知你们听说过超感应能力没有。"

贝尔勒有所涉猎："你是说好莱坞电影里那种心灵感应之类的能力？"

唐汭点了下头，说道："科学界称为ESP。它常常和第六感、心灵感应等联系起来。人们通常知道人的左脑具有视觉、听觉、嗅觉、味觉和触觉五种感官，但很少人了解右脑也同时拥有这五种感官，右脑的五感就是ESP。美国现在有一门专门用来训练人的ESP课程，这个课程主要是用来培养透视力，预知力等心灵感应力量。"

有个经典的 ESP 实验，就是将被实验者的眼睛蒙上好几层，让他们身心放松，面前摆着各种物品。过一会儿，实验者的脑中就会出现黑而宽的银幕般影像，具有 ESP 能力的人就会在脑内银幕上出现物品影像。还有的人能够预知将要发生的事情，看到历史。

"就像传说中的巫师和先知，或者什么开天眼之类？"贝尔勒拿出一个在山下买的锅盔，一边说一边开始啃了起来。

"我是不信这套理论的，怎么看都像是伪科学。不过，李欧可能真的不一样，他能感知到我们无法感知的事物。"唐沏打量着李欧，像是在看一个神秘的壁画。

李欧不屑道："其实就是过敏，同样是去赏花，有的人会不停打喷嚏，有的人没事，只不过我是对一些超自然的信息'过敏'罢了。"

云空深思了一下说，"佛教认为人有八识，眼识、耳识、鼻识、舌识、身识、意识、末那识、阿赖耶识。前五个来自于我们的五官感受，第六识是人的思维，而末那识指的是自我意识，是潜意识，第八识阿赖耶识是本性与妄心的和合体。一切众生，每一个起心动念，或是语言行为，都会造成一个业种，这种子在未受报前都藏在阿赖耶识中，所以此识有能藏的含义。我想李欧的识是至少超越了六识，能将第七、八识显像化吧。"

大家面面相觑，听不懂云空的话，云空也尴尬一笑，表示自己只是忽然间想到的，无法作更多的解释。

路走了很久了，李欧一直在用心地观察着云空和唐沏两人，从他们的言行举止来看，并没有透露出对宝藏的迷恋，做得滴水不漏。假如真的是罪犯，要团伙作案谋求宝藏，那这个时候也该有了分成的方案。就算是骗子，也会提前释放甜头。他不禁又回想起冯潜的话来，的确也没有毛病啊，他有些如坠迷雾的感觉，也只能在暗中慢慢观察了。

一边走一边聊，四人终于登上 1800 多级陡峭如壁的钻天坡，来到象鼻岩下的金刚嘴上。

此处海拔 2070 米。这坡又高又陡，贝尔勒又从网上找到一句诗，气喘吁吁地说："拂……拂衣白云散，仰面青霄逼。呀，钻天坡这个命名太恰当不过了。"

登上坡顶举目四望，只见四周树木葱茏，云雾迷蒙，雨水不绝，远近山峰，尽收眼底。在雨雾的魔化般作用下，山形有如蛟龙过江，显出磅礴而震撼的气势来。贝尔勒禁不住张开双臂，"啊啊"地叫了起来，声音在山谷中回响，惊起在树上栖息的一群大鸟，拍打着翅膀飞向远方。

云空微微一笑："这里原来还有个小亭，叫'初喜亭'，是因游人到此，都以为已经登顶，其实还差得远呢。出了洗象池，还有罗汉坡、连望坡，累死人，所以又名'错欢喜'。"

贝尔勒大笑，连说："有趣，有趣，希望我们不要错欢喜才好。"

李欧看洗象池就要到了，不知道又会遇到些什么奇遇，便随口问云空："你说那位高僧平时人花花儿都看不到，咱们费力气走到这里，不会竹篮打水一场空吧。"

云空和唐沏相视一笑，说道："那就得看咱们的缘分啦。"

说话间，众人登上了青松环伺的一个岩边平台。台上有一歇山古庙，尽是陈年旧木搭建而成，青苔斑驳，毫无壮观之色，却异常的古朴空雅，似与自然融为一体。门上方书写三个金色大字："洗象池"。左侧有一天然水池，池中清水碧然，雨点掉落水面，如同跳动的珍珠，池中间立着一尊玉石雕成的白象。

四人走到池边，贝尔勒看到池边竖一石碑，他走过去，念道："象池夜月……大象是怎么爬上这么高的山的？为什么是夜月呢？这白天的景色不也很美吗？"

一年轻僧人撑着伞走上前来，听他问话，便顺道接下话来："这位施主，你有所不知。传说当年普贤大士骑象登山，曾在池中汲水洗象，所以得名洗象池。每当云收雾敛，碧空万里，月朗中天，月光映入池中，水天一色，就像置身云霄，那真叫个爽朗。"

贝尔勒"哦"了一声，知道这是源于宗教故事，不能拿常理去考量。

便学他的样子，双手合十，谦虚地说："小师父真有学问，领教了。"

年轻僧人浅笑回礼，走向云空，对他鞠了一躬，说道："云空法师，久违了。"

云空回礼道："请问，法融大师现在何处？"

小僧长得眉清目秀，目光澄澈，朝几人的方向微微请礼，"法融大师已等候多时，请随我来。"便引着四人沿着寺庙旁的一条小径走去。

贝尔勒和李欧边走边嘀咕着，说什么难得一见，全靠缘分，这不，人家都候着了，咱全被云空那和尚忽悠个上了天。

不一会儿，几人穿过一片竹林，来到一块巨岩前面。

这巨岩有如飞来顽石，矗立在山崖边缘，旁边一棵古松，树干虬劲，铺开来大伞一般。树下盘腿端坐一人，身形瘦削，须白如雪，长眉大耳，双手相握，放在腹前，正是法融。

树叶上雨水"嗒嗒"地滴下，落在他的头上，又滚落到衣领里，衣服也已湿了近一半，他浑然不觉，好似已与松树合为一体，与这大山，与这天地合为一体。

四人肃然起敬，不由得放轻了脚步，贝尔勒也闭口不语，神情恭敬。云空在前面，来到法融面前两三米处站定。年轻僧人合掌道："师父，有客来访。"

法融微微睁开眼睛，看到云空，轻轻点了点头，又依次看过唐沕、李欧、贝尔勒等人，向他们一一点头致意。

古刹、松柏、巨岩、僧衣，雨水微凉，暗香浮动，此时的意境竟颇有禅意。云空上前一步，合掌行礼，恭敬说道："大师，冒昧来访，多有叨扰。"

法融点头还礼，起身望向众人，微笑道："万法缘生，皆系缘分，何来叨扰一说。"他骨瘦如柴，说话却中气十足，声音浑厚，语气柔和，听起来十分舒服。

云空法师随即说道："世间机缘，本为自然，是弟子愚钝了。"他向法融大师介绍："弟子此行带着李欧几人前来拜访，望请大师能够点拨迷津。"

法融不待他说出何事，截断云空的话头，双目微阖："世间迷雾，皆因意念而起，须知妄念生于本心，非他力能够度化。"

　　云空听后怅然，若有所思。法融从四人身上一一看过，随即说道："东边小溪边有一块黄色的石头，听说石头后面有一些珠宝，是一个居士放在那里忘了带走，我一直想看看是什么，请李施主帮我拿过来。"

　　云空本正在思索缘生之论，忽听得这话，心神猛然收了回来，面露尴尬之色，说话也有些激动起来："这个，应该没有什么吧，听说只是个玩笑。"法融笑而不语。

　　唐沏敏感地捕捉到了云空的异常，她奇怪地看了看云空，却见他已经恢复了平常的神态，只是眼神飘忽，不知该往哪里看。

　　李欧没想到法融一来就点了他的名，说来也怪，这话让他无法拒绝，便应了一声，往东走去。

第十七章
指点迷津

李欧走了没多远，就看见了一条小溪，潺潺流动。沿着溪流走了片刻，一眼便望见一块黄色石头半个横在溪水上，半个陷在岸边泥土里。

他走上前去，试着搬了下大石头，却发现石头早已与泥土混为一体，石下粘连着一些树根。要想搬动它，须断根破土。

李欧从腰间取出匕首来，对着那些树根就要动手，这时，却隐约听有啾啾的鸣声。低头打开手机手电仔细查看，才发现石头下面有一空穴，那些树根延绵进空穴中，托起了一个水鸟鸟窝，几只幼鸟正在窝里嗷嗷待哺，清脆的声音被溪水盖过，不仔细听根本不知道。

李欧思忖着，如果贸然截断树根，搬开石头，整个鸟窝环境肯定会被毁坏，幼鸟基本上都要挂。但如果不这样做，又拿不到石头后面的东西。这高僧随口一说就摆出了道难题，有意思的是，如果是个粗疏大意的人，反而没有这些烦恼，只管动手便是。

李欧摇了摇头，自嘲道："想太多了吧，几只菜鸟关我啥事。"于是准备动手。这时，两只幼鸟从窝中探出脑袋，好奇地盯着他，张开黄色的小嘴，冲他叽叽地叫着，像是在让他离开。

李欧犹豫了一下，心里有些不忍。骂道："格老子，你们真会选地方啊。"

他又跑到岸上，绕着石头仔细勘察了一番。从背包里拿出一把便携铁锹安装好了，朝着石头后面的土层挖了下去。搞了半天，总算挖出一个洞子，再慢慢朝鸟窝方向推进，半个多小时过去了，终于挖通了。

李欧俯下身子，朝那洞子口望进去，果然有一个木盒子停在里面，而鸟叫声也从洞里传出来。

李欧伸手进去，掏出那东西，擦去上面的泥土，原来是一个朴素的橡木盒子，四四方方，不施雕工，却干净雅致。

他收好木盒，回填泥土，直到一切恢复原样。然后急忙拿着盒子回去"复命"。

法融接过木盒，看了他一眼，问道："耽误你时间了，不过，怎么用了这么久？"

李欧挠挠头："几只鸟在石头下筑了个窝，不得已，我只好自己挖洞取物了。"

法融点了点头，露出满意之色："这件事我以前也问过一些弟子，他们说鸟窝与树根融为一体，如果动石取物，必然毁了几条性命。出家人慈悲为怀，财宝乃身外之物，便无人动手。佛门弟子，都善心然然，可是仅有慈悲，没实为，也不能解决问题啊。"

大家听了都点头，唐沏"哼"了一声道："那算是佛系的迂腐吗？"那个年轻僧人面皮一红，看来，他也被问过这样的问题。

云空瞪她一眼："小沏，不要乱说话。"

法融对唐沏点头道："你说得对啊。"又冲云空说："你别把孩子管教得太拘谨了。"

云空连连称是，竟是对法融的每一句话都十分在意，不知他们之间有什么渊源。

法融又对李欧说："你这孩子观察仔细，思路开阔，不迂不钝，是个有用之才。"

"大师过誉了。我虽然保全了那一家子，但也花了太多时间另辟蹊径，实在是用的笨方法。"李欧客气地说。

法融摇摇头，道："何为笨方法？世间万物自有因果，风掠过海洋，便会掀起波浪，阳光雨露方能生长树木，你能说这风笨吗，这阳光雨露笨吗。愚公移山，精卫填海，有人说是傻是笨，有人却奉为圭臬。此事虽无足挂齿，却也有些意思。"

李欧有些不以为然，心想一件鸡毛小事却扯出这么多道理来，果然大师就是不一般，真要忽悠起人来，比任何骗术还要高级。

贝尔勒笑道："要是我的话，一手蛮力，直接把石头翻个底朝天，根本不知道还有啥鸟窝。"

法融哈哈大笑，对贝尔勒说道："物以类聚人以群分，法国来的朋友，你也是个优秀的青年，只要心无杂念，共谋事业，必有大成。"

贝尔勒摸着后脑勺，直说受教，受教。

唐沏看着这两人，不禁露出笑意，看来法融对他们是有好感的。

这时法融望着李欧，对他说："小伙子，你上前来，我有话给你说。"

李欧愣了一下，走到法融身旁，法融让他凑过来，在他耳边轻轻讲道："请你记着我这番话吧。见缘起则见法，见法则见佛。佛陀的法身，就是诸法的实相，也就是缘起性空，若能知缘起而知一切法虚幻不实，即能见到诸法的空性。"

李欧听得一头雾水，但也不得不努力记忆下来。

接着，法融伸出一只手来，对他面前慢慢握成拳头。对他说："你看这拳头与手掌，五个指头合起来成为一个拳头，这叫缘起；松开来变成手掌，这叫性空。因为性空，所以才能缘起；因为缘起，故知本性是空。缘起性空的道理不容易懂，但是人生各种关系的存在，却都离不了它的道理……"

李欧呆呆地看着法融的手，一脸茫然。好在他记忆力不错，基本上也记了个七八成。

"好了，你去吧。"法融说道。然后，法融又举起手中盒子，把它伸向云空，"这个东西交给你了，你看着办吧。"

云空表情有些尴尬，身子像是麻住了半天动不得，可最终还是伸手接了过来："弟子知道了。"便把盒子放进口袋。

看到云空收起盒子，大家都有点蒙，这盒子里到底有什么，也不给人看看，而云空好像心知肚明似的。这场面，也不好多问。

法融大师微笑说道："诸位所来何事，我已晓得。当初，海通和尚有大德，发愿修筑乐山大佛，为的是镇水安民，但据说他还留下了一个千古秘密，并把秘密写在一份经文《嘉州大像宏德录》里。"

众人屏住呼吸，想听个究竟，生怕漏掉一个字。

"老衲并未见过经文，只听说曾经收在金顶华藏寺里，遗憾的是，1972年的金顶火灾已经将之焚毁了。"法融淡然说道。

众人大惊，唐沕脱口问道："那咋办？难道再也没得办法了吗？这个秘密永远解不开了吗？"

法融却笑了起来："因缘巧合，当时一个研修佛法的小和尚，手抄了一份海通的经文，华藏寺重建后，他又把经文放回了金顶华藏寺的文物'乾隆铜瓶'里面，不知还在不在。"

"那我们赶快去金顶！"唐沕心急地说。

"感谢大师指点，我们即刻出发。哎，这风大雨大，连上峨眉山这样普通的事情也变得难了几倍，希望佛祖保佑，助我们取得经书。"云空行了个礼，算是告辞。

法融微微点头，声音变得微弱了起来："人间有灾难，佛祖愿助人渡劫，但必有牺牲。世人往往看到表面的灾害，殊不知因果轮回、得失互补。公元713年，大禅师六祖慧能圆寂了，而那一年正好是唐玄宗开元初年，更巧的是，乐山大佛于此年开始建造，冥冥之中似有渊源……"

法融说完这番话，闭上了眼睛，他的因果论带来巨大的心灵震撼，大家在回味着其中深意，一时寂然无声。

半晌，李欧想起了自己的事，上前问道："请教大师，我为什么能感应到世间潜在的能量，看到他人看不见的景象，这种能力到底是与生俱来的，还是后天形成的，到底有啥用处？"

法融闭口不答，好像没有听到，雨点滴滴答答地落在他的头上，顺着长长的眉毛流到脸上，又顺着胡子滴到衣服上。

天上乌云翻滚，一道道细长的闪电从空中劈下来。

云空发觉法融神情不对，走上前去，伸手在他鼻下试了试，黯然说道："大师圆寂了。"

这时一个炸雷在头顶响起，李欧像是被吓住了，浑身发麻，其他几人也弯下腰来。年轻僧人盘腿坐下，口中咿咿呀呀地念起经文来。

贝尔勒难得的一副庄重仪态，双手相握，闭上双眼用法文祷告起来："上主，我们仰赖你的仁慈，请求您永久为他脱免罪恶，并在一切困扰中，安然无恙，虔诚期待来生的幸福……"

末了，在胸前画上十字"阿门"。

这家伙还真像个虔诚的教徒。只不过用天主教礼仪为佛教徒祷告，实在是罕见。

看着法融大师低眉垂目，宛如睡着了一般，李欧觉得他的嘴似乎还在微微动着，小和尚念经的声音在耳边回响，正像是从他的口中发出来一样，再仔细一看，又不动了，才明白那是自己的错觉。

一道道雨水从法融的头上流下来，像是他的泪水，又像在冲刷着他身上的尘缘。法融了然不动，唐沕叹了口气："连句临终偈子都没有留下，走得也太匆忙了。"

众人起身，肃立在古松下，空中黑云压顶，雷声隆隆，闪电一道接着一道，黄豆大的雨点"啪啪"地砸在地上，低洼处很快积起了一汪汪的水。

云空对众人说："咱们走吧。"说罢转身向山上走去。

大家跟在他的后面，个个默默无言，眼见一个刚刚还和颜悦色侃侃而谈的人，现在却没有了生命，不能说，也不能听了，都有些难以接受，一时气氛沉闷而压抑，连一向活泼乐观的贝尔勒也没了言语。

众人离开洗象池，继续往山上走。

天色已晚，加上暴雨影响，连夜赶路太不安全，大家就盘算着在哪里歇一夜。好在不远处有当地山民建的农家乐，泛出黄黄的亮光。

大家推门进去，老板是个憨厚的老头，一看就知道他们是来住宿的，随即领着大家去了客房。云空、李欧和贝尔勒住了个三人间，唐沕住在阁楼间里。

大家把行李放了,又下来吃东西。贝尔勒翻着黏糊糊的菜单,不知道点什么好。

"莫看了,最近大雨,好多菜运不上来,我这半边只有自家屋头种的一些,冰箱头还有些肉,够了。价格都好说,不得乱收嘞。"老头子诚恳地说道。

大家也不挑剔,肚子早就起合唱了,吃饱了饭,喝好了汤,就在餐桌子边聊了会天,大概都是些峨眉山中的趣事。没多久,都感到十分疲惫,就都早早地洗漱睡觉。

隆隆雷声响个不停,刚开始还挺烦人,但久了反而促进了睡眠,加上大家走了一天都很困乏,很快就睡了过去。

此时深夜的乐山,嘉定武馆里溜进两个人影来。

两人裹一袭黑色雨衣,从院墙外翻下来,跳进武馆后堂的花园里。凌晨2点半的武馆,风骤雨疾,电闪袭空,人们都在熟睡,进贼了也极难发现。

两人借着庭院里的夜灯和间歇的闪电光,穿过庭院,动作迅速,摸进了一座三层高的仿古中式楼房。

"早都跟你说了,老头不会理你了,浪费时间。"块头大些的黑衣人话里带着嘲讽,说的是英语。

另一个却用中文小声回答:"这唐老头顽固不化,敬酒不吃吃罚酒。既然这样,我们就不客气了,这手里总得握点有分量的牌。"

两人上了三楼,经过一段阳台,往最里面走去。两人来到一间铁门旁边。门牌上写的是"档案室"。

小个子从腰包里拿出一把钥匙,插入锁孔一转,竟然轻而易举开门了。

两人轻声进了房间,再关上房门。这才打开手电,四处搜寻着。屋内陈列着数排木柜,一些雕像、字画、纪念品摆得到处都是,蒙上一层灰尘,看来很少有人进入。

"你确定是在这里?"大块头怀疑道。

"这点你不用担心。"小个子自信地说,一口的台湾腔,"你注意看哦,不是大佛的现代测量数据,要找唐代流传下来的原始工程数据哦,这其中的内部结构设计图最为重要。"

大块头扯下口罩,是美国大汉欧文。他翻查着架子上的文件资料,又打开铁柜四处寻找。

"云空那队人马,胜算大不大?"欧文问道。

小个子自然就是陈博士,他来到一个密码柜前,打开手机,调出一张图片来,那是一张密码推算表,采用对称密钥加密。因为密码柜每个月都会换一次密码,而密码是按照推算表的规则进行确认的。

陈博士边推算边回答他:"在他们入手关键情报前,没法谈胜算啦。所以我们必须双线并进。当然,我是最希望他们成功,到时候咱坐享其成啦。"

"嗯,一旦有实质性进展,到时候就可以放开点手脚了,这憋得真他妈难受。"欧文阴险地说。

陈博士算出了一个密码,他启动电子密码锁,准备输入。

这时候只听门吱呀一声开了。

两人大吃一惊,慌忙戴上口罩,掏出了无声手枪,朝着门口缓缓摸去。

门不知何故敞开了,随屋外的冷风摇摆起来,发出让人心底发毛的摩擦声。几道闪电掠过天空,惨白的光线投下户外大树的摇曳的影子,好似异形的魔爪。

两人不是普通蟊贼,训练有素,背靠背在一起,一人举枪朝向门外,一人仔细观察室内,不放过任何一个动静。

忽然,屋里传来某种声响,由远及近,像是有一个弹珠在地上滚动。

陈九里循声瞄准,手电光中,见一个玻璃球缓缓滚了过来,那是工艺品商店常见的飘雪景观水晶球。

这情景着实有点诡异,他缓缓朝着水晶球滚动的反方向走去,枪口死死咬住前方的光圈。

一个黑影从光圈中一晃而过,速度极快,陈怔了一下,根本没法锁定。

他四处搜寻，想要找到这个黑影的实体位置，却一无所获。

一道雷闪划破长空，映照出屋内情景。两排陈列架中间，一匹红色的布在半空飘着，一丛黑色的头发样的东西垂了下来，看起来十分骇人。

陈九里不禁倒抽一口冷气，身子触电般一退，撞在欧文身上。

欧文回身一扫眼，也见到那红色的东西，就算再胆大无畏的他，也被这突发情景镇住了。不过，两人毕竟不是弱鸟，稍一定神就认为是有人作梗，便汇拢灯光，向那东西迈进，手枪随时待发。

这时只见室外灯光齐亮，一干人马冲进庭院，手电光四射，闹闹嚷嚷，说是要抓窃贼。

"不好，暴露了！快撤！"陈九里不明白如此缜密的行动怎么会被人知晓，来不及细想了，和欧文一起离开档案室，朝着顶楼逃匿。

上了顶楼，踩上飞檐，两人跳上一棵大树，再转跳南墙，那大块头欧文，身手倒也矫健，很快就脱出庭院，逃之夭夭。

武馆一帮年轻人冲上三楼，进了档案室，却扑了个空。这两个贼看来早就对武馆的布局了如指掌……

第十八章
狂风骤雨

天光蒙蒙，大雨依旧。

李欧几人一大早就醒了，也不多说，收拾行李，继续赶路。谁知这雨丝毫没有要停的迹象，下得更大了，狂风怒吼，雨点打在脸上睁不开眼睛。天边一团团厚重的乌云，犹如千军万马，滚滚而来，直向山顶压了下来，云层间一道道长长的闪电纵横交错，如同天神们在挥舞着一柄利剑凶猛地格斗。

云层笼罩了山林，大白天变得像傍晚一样昏暗，雨点噼噼啪啪地打下来。从高处看去，半山的松树狂暴地摇晃着，疯了一样，声势骇人。雨骤然大了起来，像谁把天空捅了个窟窿，一阵阵地倾泻而下。

山上流下的水汹涌而下，带着半山冲下来的小石子碎树枝，众人只好紧贴着山脚走。忽然传来一声巨响，前面峭壁上一阵洪流把一块巨石冲了下来，随之落下的碎石泥沙混合在一起，把原本狭窄的阶梯盖得严严实实。原来斜长在山壁上的一棵松树也跟着倒了下来，枝断叶散，横在路上。

大家心脏乱跳，遇到这样的鬼天气，真是"蜀道难"啊。唐沏紧皱着眉头转头四处看着，寻找能走的路。旁边有条不太明显的小径，不得已，只得招呼大家朝那里走。

小路不知通向何方，十分泥泞，大家深一脚浅一脚好歹走了一会儿，见前方有一个空地，建有一小亭，李欧建议道："先到那小亭里休息一下吧，雨这么大，躲避一下再走。"

亭子不大，雨点从四面打进来，大家都挤在中间，勉强能够躲开雨打，却无法避免风吹，山风浩荡，肆无忌惮地在山谷中呼啸奔跑，吹得几人瑟瑟发抖。

李欧看着周围疯狂舞蹈的松树，怨恼地说："峨眉山什么时候不能来，非得赶着这哭流甩滴的高潮，不得行，不能再走了，这是玩命啊！"

云空首先提出了反对意见，大声说："要寻真经，必经磨难，或许这正是佛祖的考验啊。"

唐沏不屑地说："大男人被这点风雨就吓住了？法融大师刚刚还夸你呢，真是期望过高了。"

贝尔勒也说道："噢，李，上帝会保佑我们的，我们要明知山有虎，偏向虎山行！"

3比1，李欧真是无可奈何。但发觉这大橘怎么骨子里还有着点神明信仰，便问道："大橘，我差点忘了你们法国人都有宗教信仰的，天主教曾经是你们的国教，看你也是个虔诚的教徒嘛。"

贝尔勒摇了摇头，道："不，我一点也不虔诚，我并不信教。"

"你那祷告倒是做得是有模有样的。"李欧有些讶异。

贝尔勒坦言："我的家族，都有着信奉天主教的传统，可是我比较叛逆，从小就不想承认看不见的上帝，只不过家族的氛围多多少少影响了我。"

"说说你的家族吧，贝尔勒，听说你是贵族子弟，我们也挺好奇的。"唐沏正好想了解下他的背景。

贝尔勒轻描淡写地说："什么贵族子弟，那都是唬人的，现代的法国哪里还有贵族。只是我祖上有一段贵族的历史。"

"说来听听，贫僧也感兴趣。"云空也这么说道。

被大家夹在中间，不得已，贝尔勒这才翻出了自己的家族史来。

贝尔勒的全名叫让·德·贝尔勒，法国名字中有个德字，就多半同贵族有关。贝尔勒家族最早要追溯到 16 世纪的波旁王朝，发迹于法国宗教改革中，是卡尔文派的坚实追随者。当时天主教会腐败，人权同宗教神权的矛盾日趋激烈，在德国出了一个叫马丁路德的先锋人士，在他的发起下，各地爆发了起义，这场宗教改革运动一发不可收拾，最终导致从老天主教里分裂出来一个新的教派，就是后来的基督新教。法国作为德国的邻居，很快也被革命烈火引燃，于是法国的基督新教从一颗种子开始，渐渐生长壮大起来。

所谓时势造英雄，贝尔勒的先祖打着革新的旗号，四处笼络信徒，势力日趋壮大。面对"离经叛道"的"造反派"，罗马教皇怒发冲冠，鼓动各地政府围剿新教徒。但历史从未食言，总会给顽强的新势力留下一线生机。终于，法王亨利四世颁布了"南特敕令"，让新教徒获得了信仰自由。这样，贝尔勒家族才获得了宝贵的发展机会，渐渐混出点了名堂。

可是新教命运坎坷，到了 17 世纪，法国出了一个著名的枭雄，权臣黎塞留，在他的唆使下，法国皇帝开始对新教进行新一轮的剿灭，贝尔勒家族遭受重创，四分五裂，走投无路时，他们不得不改信了天主教，才幸免于难。百年的发展，这帮"聪明人"经营很好，贵族势力又逐渐壮大。尤其是随着法国海外殖民地的扩张，诞生了一批有勇有谋的人才，积累了不少财富。

到了 18 世纪末，巴黎大革命开始了，路易十六走上了断头台，贵族阶层的好日子到头了，逐渐走向了没落。贝尔勒家族的特权不复存在，能延续下来的，全因其知识积淀和财富积累，最后，家族仅仅保留了在法国东南部的一处古堡。现在的贝尔勒家族，不过是打着老贵族的旗号，凭着祖上荣光，给自己的产业贴点金罢了。

"瘦死的骆驼比马大，你们的基础和起点在那儿。怎么也比我这野生社会学家好吧。"李欧自嘲道。

"再加个狡猾的美食家。"贝尔勒笑了一声，他接着说。

自己的家族现在经营着几个方面的业务，具体有哪些贝尔勒也说不清楚。父亲因为在勃艮第有个葡萄园，主要是做酒业的。但贝尔勒却对此不感兴趣，反倒和做运动装备的二伯父走得很近，经常和二伯父出去钻山潜水，并在他的资助下，成立了自己的户外用品公司。

不过，在信仰问题上，家族还是比较传统的，每个孩子都要接受教会的洗礼，成为一名天主教徒。

"十八岁那年，父亲要求我受天主洗礼，我那时候有些叛逆，就躲了起来。后来父亲找到我后，把我吊在树上，一边念着经文，一边打，那可真他妈疼啊……"贝尔勒至今还有阴影。

"反正我是不服，还大喊着说，信仰自由，凭什么要信什么上帝啊。父亲就吼，说家族受到上帝的关爱，才变得强大的，没有上帝我们啥也不是。我就反驳他说，有的人打着上帝的旗号做不光彩的事，大革命的时候那些人要不是会躲会骗，早都变成烂泥了，说什么信仰，自由才是最大的信仰。"

"你父亲一定气坏了。你这个离经叛道的家伙，虽然说得有道理。"李欧说。

"嗯，这件事不了了之，我后来离家出走了一段时间，等我回来的时候，才听说父亲患了重病。母亲为了照顾他，就和父亲一起回故居居住了。"贝尔勒说道。

李欧轻轻拍了下他的肩膀，以示安慰。

"不，不是因为我，他一直患有心肺疾病。"贝尔勒自解道，"那时候小，啥也不懂。现在我渐渐理解了信仰的价值，人的精神确实需要寄托，神说每个人都有罪，其实每个人都不完整，需要别人的认可和信任。"

"阿弥陀佛，你说得很对，佛教也好，基督教也好，因为其普世的善意和正德，才会延续数千年之久，融入人们的精神世界。"云空也颇有感悟地说道。

几人聊起了有关神啊佛的东西，正在这时候，两个人影也沿着小路走了过来，李欧没好气地说："想不到还有神经病这时候上山。"

唐沨却认出了上山来的两个人是唐钺和琳达，欢呼着招手喊："钺哥！"

唐钺和琳达也认出了他们，快步走了过来，唐钺先向云空合掌行礼：

"法师好。"云空回礼道："怎么你们也上来了？"

唐沨赶紧相互介绍了一下，唐钺跟李欧、贝尔勒点头打了招呼，又对唐沨说："看你的微信里说要上金顶，天气这么差，这路难走啊，我放心不下，就过来看看，也好有个帮手。"

唐沨看到琳达跟二哥亲热地挽着手臂，心里就不舒服，逞强说："不需要，我们自己能搞定，你们去忙吧。"

唐钺对小妹的倔强清楚得很，说道："佛协那边的事搞好了，现在大家齐心协力攻克难关吧。"

看来唐钺决心要跟唐沨等人一起上山了。他指着峨眉山错综复杂的山势对唐沨说："主路已经封了，跟着我，我知道上山小径。"说着，转身就往密林里钻，云空四人对视了一眼，谁也没有更好的法子，只好跟在他后面。

穿过密林，下了一个陡坡，绕过山崖，果然出现了一条不起眼的小路。地面湿滑，唐钺在前面走得很小心，不时提醒后面的人注意路面，看得出来他对这条路非常熟悉。

云空紧跟在他后面，十分佩服，说："没想到你对峨眉山这么熟，连我这个峨眉山和尚也不知道这儿有条路。"

唐钺解释说："峨眉武术取材于山林，父亲曾经让我在山中修行过一段时间，我经常遇到探险的驴友，也跟着跑了不少冷僻的路线。"

李欧觉得此人谈吐自然冷静，气场强大但又内敛沉稳，透着一种让人信服的感觉。怪不得唐沨对他是服服帖帖的。

天空阴云重重，林子里更是昏暗，勉强看得见前面的人影，脚下的石阶，大家相互提醒着不要落下了。

山路曲折蜿蜒，时上时下，到了一个峡谷边。小路就在几百米高的峭壁上，山风从山谷中穿过，发出尖厉的啸声，鬼哭狼嚎一样。

忽听上面响起哗啦啦的声音，一棵松树正在三四米高的地方摇摇欲坠，树下的石块不停地滚落下来，众人飞快奔跑起来。贝尔勒在最后，那松树直向他头上砸下来，他一纵身，跳了起来，用力一蹬，在陡峭的岩壁上横行了三四步，躲了过去。

贝尔勒轻松地落在李欧面前，倒把李欧吓出一头冷汗。

前面又来到一个山崖下，上面不时有石块掉落，唐钺带着大家小心地贴着石壁行进，一边抬头往上看，哗啦一声，一块石头从半空砸向唐沥，唐钺猛地纵身跃起，一脚把石头踢下山谷。

唐沥被吓了一大跳，却见唐钺额头上溅了一些泥水，忙拿出湿巾帮他打理，琳达见状也挤了过来，也拿出纸帮唐钺擦另一边脸上的雨水，唐钺一摆手，训斥道："干吗，快走啊！"

意外随时可能发生，每个人都更加小心。经过一段惊心动魄的行军，终于绕到了雷洞坪，唐钺说："这里是峨眉山最高的停车场，再往上就是去金顶了，能坐索道上去最好。"

雷洞坪地域宽广，是离金顶最近的景区。商业开发比较完善，还拥有一片高山滑雪场。一眼望去，却是一片狼藉，电线杆有的从中折断，有的横七竖八地倒在房舍上，电停了，七八级的狂风一阵阵地呼啸而过，几辆车撞到一起，车上的人都不知躲到哪里去了。几家建在低洼处的商店被雨水倒灌进去，店员正在往外排水。

大家走进一家户外用品店歇歇脚，两个二十多岁的姑娘正拿着盆、塑料桶向外舀水，累得满头是汗。

李欧和贝尔勒热情地伸出援手，帮两位小姐姐排净室内积水。

其中皮肤白一些的姑娘是老板，姓宋。她十分感谢，说要是购买户外装备都打六折优惠，还拿出各种食品摆了一桌子，非要几人吃了再走，盛情难却，加上停电了缆车没法运行，大家就围着桌子坐了下来，点上两支蜡烛，边吃边闲聊。

贝尔勒拈着个蜡烛，像考古一样对店里的户外用品认真过了一遍，他本身就是搞这行的，故而看得很仔细，很快就察觉这些东西都是一些冒牌货。

"嘿，老板，你这大鸟的衣服和探路者的衣服面料咋感觉是一样的呢？还有这，LOWA GTX 这么专业的登山鞋，居然大底不是 Virbram，还有这个,这是中国的'范斯'吗?造型有点意思,就是用料不太讲究。"

老板哪里接得上他的话,只是笑盈盈地客套道:"亲,都是正品,七天包退换的。"

贝尔勒翻了个白眼,正要吐槽,李欧嚷道:"行啦,搞得跟跨国公司总裁下来视察一样,人家给喜欢登山的朋友提供一些方便,价廉物美,你要感兴趣可以收藏一点,说不定能获得灵感。"

贝尔勒眯着眼说道:"OK,我是被美女老板的魅力所吸引了,所以才废话多。不过,老板,这个'范斯'鞋我想拿一双。"

"啊,这是女款的啊。"女老板惊讶了。

"嗯没事,那家伙不是让我收藏一点吗。"贝尔勒朝李欧撇了下嘴。

"那好吧……你要多少码?"老板笑道。

"随便。"贝尔勒直接拿起货架上的鞋子就要给钱。

李欧说道:"大橘,你又玩的哪一出?"

贝尔勒收起鞋子,笑道:"我不是说要找设计灵感吗,这鞋子嘛,普通是普通了点,但很有创作空间。"

"行吧,你们法国人的想法就是不一样。"李欧摆摆手。

"呵呵,咱法国人到中国来找灵感也不是头一遭了,你们的飞跃牌运动鞋被人带到法国,摇身一变就成了潮流爆款。"贝尔勒像鉴定珠宝一样仔仔细细观察着鞋子的细节。

"听起来咱大中国到处都能捡到便宜一样。"李欧懒得管他了,转头又对两位小姐姐说:"你们在这儿做生意也真不容易,还要预备盆桶什么的往外排,还不如在室内装个排水管。"

老板笑着用地道的川话说道:"今天幸亏两位帅哥帮忙,不然真搞得我们哈戳戳的。"

唐钺和琳达在一旁小声地聊了一会儿天,看样子好像是发生了什么事。唐钺转头对云空说:"法师,我收到消息说,武馆昨晚遇到盗贼了。"

"盗贼?"云空讶异道,唐沏也看了过来。

"据说武馆的老档案室被人打开了,不知道窃贼想要干什么。"唐钺说道。

"丢了什么东西吗？"云空忙问。

"没有，因为武馆收到了线报，就及时赶到了，盗贼没有得手。不过他们跑得挺快，没被逮住。"

"这树大招风，武馆名声在外，免不了招人惦记。不过据说贼对环境很熟悉，也许是内贼也说不定。"琳达眉头微蹙。

"蹊跷的是，有人及时告知武馆，据说是写了张纸条扔进值班室，可为什么他不直接通知大家呢？"唐钺指出这个疑点。

"那说明他并不想露面，这里面必有隐情。"唐沘推测道。

云空"哎"了一声，道："武馆近期不太平啊，年初发生一起内讧，上次川中武术大会又有人意外受伤，最近警方频频光顾，说的是走访了解，谁知道有些什么目的，现在又遇盗贼，真是多事之秋啊。"

唐钺经他一提醒，忙问："法师，密道有没有什么线索？这时间不等人啊，红劫越来越严重了。"

云空微眯着眼，有深意地看了他一眼，轻描淡写地说："还没有明确线索，只是猜测在金顶华藏寺内，具体情况只有到时候再说。"

唐钺似乎察觉到什么，赶忙"哦"了一声，也没有再继续问下去。李欧倒是听进去了，这唐钺在说什么，红劫是什么意思？法师似乎避而不谈。

本想追问一下，这时电灯闪了两下，来电了，室内一片光明，刚刚还不可或缺的烛焰在文明的光芒面前黯然失色。

"来电了，索道应该恢复了。"唐钺站了起来。

李欧盯着慢慢流淌的蜡油，想起此番行程，本意是想寻找父亲，捎带顺点佛祖的"土特产"，却被这帮人卷进了越来越复杂的事情中，每个人都嘴上说得大义凛然，鬼知道心里打什么主意。一个个连命都不要了辛苦奔波，又是为谁辛苦为谁忙？

唐沘一口吹灭了蜡烛，催促道："走吧，愣着干啥。"

贝尔勒已经背上包，也不跟李欧招呼，就冲了出去，李欧也只好懒洋洋地站起来，跟着众人出去。

唐钺指着前方说："索道站就在前面，咱们坐索道上去。"贝尔勒和琳达两人迈着大长腿跑得飞快，云空和唐汭跟在他们后面，交头接耳地说着什么。

李欧还是打不起精神来，拖拖拉拉地走在最后面。

第十九章

索道惊魂

就在李欧几人往索道站进发的时候，成都西郊，一辆奥迪 A4L 正在雨中疾驰。

开车的是林菀昕，副驾驶坐着戴金边眼镜的年轻工程师小郑。

后排坐的是考古院的景教授，以及水文勘测局的白局长。

汽车进入了成都郊区，纷飞的雨雾给世界笼罩着一层铅灰色，乡镇公路两旁是常见的二、三层民房。

"教授，我很困惑。"白局给景教授说道，"我信奉唯物主义，我相信数据和实证，但这一次真的令人有些困惑。"

景教授微微点头："是啊，都一样，只是随着年龄增长，我越是感到自己无能为力。"

白局翻着手里的工作笔记本，继续说："从历史规律和数据分析的结论，这次洪灾可能会很可怕，这让我不得不重新审视李宁天的研究。"

景教授带了点儿嘲笑口吻："这算后知后觉吗，也许我们得感谢那些有些神叨叨的研究员，他们能跳出我们的思维圈子，有时候甚至会取得开创性成果。"

白局叹了口气，道："当初我是阻止过他的，因为从内心来说，我不希望他口中的预言存在任何可能性。"

"排除可能性也是值得认可的工作啊，白局，学术本来就没有对错。"景教授说道，白局陷入沉默。

车子有些颠簸，应该是进入了泥泞小路，窗外变得开阔起来，山峦鬼魅一般化作遥远的背景。

"到了。"小昕停了下来。

大家陆续开门下车，眼前是壮阔的景象，烟波浩渺的大江从远处延伸到身旁，又沿着青灰色的山峦拐向远处。墨云低沉，直压江上，让这江流更显得暴躁不安。

"都江堰，鱼嘴大坝，每次看见都觉得它的壮观。"白局长撑着伞，眺望着身下那个锥形的石坝，它像一个鲸鱼头，顶着对击的江水，硬是把它一分为二。

小郑拿着手提箱，往大坝加固堤的监测站跑去，他要采集最直接的水文数据。

"岷江之水天上来，李冰建大堰之前，岷江好野哦，一到洪期就成水患，于是他打造这个鱼嘴坝，把岷江分为内、外两江，居然控制了凶猛的江水，在那个时代，真的太牛了。"景教授靠在护栏上，由衷赞叹。

"是的，李冰治水思想最值得称道，他因势利导，道法自然，分岷江为内外两江，内江沿玉垒山进入宝瓶口，成为成都平原的灌溉主道。无论洪涝干旱，宝瓶口都能够自动调节水量，让成都'水旱从人'，成为了天府之国。"白局由衷称赞，都江堰的工程设计是每个水文专家必学的一课。

"我小时候常到都江堰市走亲戚，每次都会在对面的玉垒山上喝茶，这里出太阳的时候景色非常美，有时候会看见远处的岷山雪峰。"小昕眯着眼，举目四眺。

"哎，我担心的就是，假如水势超过了上限，甚至连鱼嘴都扛不住的时候，这景区可能就变成灾区了。"白局神情有些沉重。

景教授和小昕相视一眼，没有说话。

江流的确比往年更加凶猛，作为四川盆地水体的主动脉，岷江水量浩大，历史上，就是多次洪灾的祸首。轰隆的水声，让天地间都发出微微的震颤。

白局对景教授说道:"教授,现在可以带我去看东西了吧。"

景教授往身后的山峦扬了扬下巴,说道:"走吧,去离堆,李宁天教授研究的起点就在那里。"

另一边,李欧等人来到了金顶索道下站。

大门紧闭,云空和唐汭走到售票的窗前,啪啪地敲玻璃,一名四十多岁,又矮又瘦的男人走过来不悦地说:"关了,关了!"

唐汭语气也不减:"我们有急事!"那人看了她一眼,说道:"恁吓人的天气还敢坐缆车,不要命了?你们敢坐,我也不敢开,这是上头的规定。"

云空情急之下也不得不打"诳语"了,"是这样的,我是佛协的监院,今天风大雨猛,大家担心7月份的大法事不能如期召开,所以派我赶紧上来,了解下情况。"

那人怀疑地看了看他,云空把自己的证件拿出来给他,他接过来翻来覆去地看了看,这才打开门,并对云空说:"师父,我可没有接到通知,万一出了事,都是你的责任哦。"

云空连声说:"要得,要得。"

"大索道不能开,你们从小索道走。"管理员指示道,让大家乘坐新建成不久的循环式索道。

李欧一行人来到索道入口处时,轨道已经开始运行,一个个吊篮样式的缆车排着队从众人面前经过。

李欧想起了过去的时光,不禁说道:"这是新索道了。金顶的老索道是往复式的,大车厢大容量,一次能装下几十百把人,拥挤不说,还不方便观光。后来又修建了这个循环式观光缆车,小车厢,数量多,这样大家可以自由组队乘坐,观赏风景更舒适了。不过,这种缆车需要路程中间多修一些中继站才撑得起。"

唐钺轻轻拍了下唐汭的肩头,对她说:"来,有事情要说。"两人进了前一个车厢，琳达一看也要跟过去，唐钺给她递了个眼色，她便怏怏地止步了，和其他几人进了后一个车厢。

缆车慢慢滑了出去，值班员站在控制室里，担心地看着他们，然后摇了摇头，回办公室去了。

山风料峭，一阵阵猛烈地掠过山谷，索道被风刮得摇摇晃晃，坐在里面像坐船一样，颠簸着一直向前。

这段路程十分险峻，身下便是悬崖。原本天气好的时候，可领略壮观绝伦的美景，可惜，今天厚重的积雨云正好包围了整条线路，上下混沌一片，能见度极低，云层深处闪电跳跃，雷声轰隆。一团又一团的灰霭缠着缆车，像是要拉扯着过客往无尽虚空而去。

唐钺和唐沔站在一起，两人四目相对都有些窘迫，唐钺还在想着怎样开口，唐沔却说话了："钺哥，你不是有事要说吗？"

被她一问，唐钺才缓缓说道："小妹，我想跟你说说武馆的情况。这几年，武馆在走下坡路，你晓得，管理层意见不合，分化成两派。这样下去，武馆的局面不容乐观啊。"

唐沔也秀眉微蹙，她虽不太在意什么派系斗争的事，但武馆的确变得不太正常。

唐钺将肚子里的话一股脑儿地倒了出来，"现在因为红劫的到来，伽蓝使的历史使命又被提了起来，我晓得，父亲想以此为契机，凝聚武馆人心，但这种事情，现在的人谁信呢，所谓的伽蓝使，也就是混的一个身份罢了。而且，父亲已经老了，很多事情拿不准了。"

他停了一下，不吐不快，"嘉定武馆只是一家武馆，不管当初是多么重要多么威风，那都是古代的事情了。你看看现在的峨眉武术界，都在逐渐被边缘化，伽蓝使虽然是峨眉武术的代表人物，却也三心二意，有的经商、有的办医院、有的开学校，谁也不傻是不？要真想重振武馆的雄风，恐怕必须推倒重来，必须变革，这个父亲能做到吗？"

唐沔不动声色地听着，这个二哥一直在她心里很重要，她了解他的心性，他有抱负也有野心，有胆识也有谋略，虽然不是亲兄妹，但她一直很敬重他，也正因为不是亲兄妹，她对他又另有一种说不出来的情感。

"大哥唐旻留学美国，学习的都是高新知识，这武馆的事情他不放在心上。父亲却偏偏念着大哥，还为他不关心武馆发了几次闷火，哼，不情不愿的有啥意义啊。你说是不是？"

唐沏点了点头，"是啊，大哥还不一定回国呢。"

唐钺有些惆怅地说："我知道父亲其实最喜欢的是你，当前武馆面临大事，形势不明，说有事，就有事，万一有什么变故，谁来帮助父亲管理武馆？唉，为了这事，父亲整天愁眉不展，我看着也郁闷。"

唐沏听出他的言外之意，爽快地说："钺哥，你一直为武馆操劳，我只是活在自己小圈子里，可撑不起武馆这个大家庭。何况我连伽蓝使都还不是。如果武馆哪天要选接班人，我第一个挺你。"

唐钺抬眼看着外面，想起了那晚的争吵，沉沉地说："可惜啊，父亲的选项里一直就没有我……"

一阵狂风刮来，缆车剧烈摇晃，唐沏岔开了话题，悠悠地说："钺哥，这多像那一年我们去青岛坐过的游船，当时也是遇到大风，船荡个不停，不过还真的挺刺激的。"

唐钺笑了，说道："那次参加全国比武，我们从北到南，一边打一边玩，真的挺难忘。小沏你当时的进步也真快，感觉每打一场，你就更厉害了一些。"

唐沏的眼神中多了一分柔媚，想起了那一段美好的往事……

车厢另一端，几人也正聊得起劲，贝尔勒跟琳达坐在一起，自打到了中国，琳达是贝尔勒见过的最性感的女人，很合乎他的品位。

贝尔勒有意无意地把手臂放到了琳达的椅背上，身体顺势靠了过去，"哇，好香，什么味道？"他把脑袋凑了过去，在琳达的颈侧闻来闻去。

琳达扑哧一笑，"你们法国不是造香水的吗，这还闻不出来？"两人笑成一团。

李欧听着他们调笑，心想这女人真是不让人省心，也不知道唐钺这人怎么和她裹在一起了。这时，他的头无端地疼了起来，像要裂开一样，耳朵里嗡嗡直响，他抱着脑袋呻吟起来。

"怎么了？晕车吗？"云空关切地问，李欧摇摇头，眼前忽然燃起一片大火，火中静立着一尊佛像，他的金身开始剥落并渐渐发黑……李欧惊恐地睁大了眼睛。

云空看到他神情不对，问他是不是看到了什么，李欧喘了几口气，向他讲述了自己脑中出现的情景，云空听后，大惊失色，说道："这，这难道是某种可怕的预示，佛啊，驱离这灾苦吧……"

这时，贝尔勒大声喊道："快看，那是什么东西！"李欧和云空抬头看去，前方昏暗的云层中，一些黑影游来游去，像是浑浊湖水中的诡影。一只大鸟破云而出，"哐"的一声撞上了缆车，几人心中一惊。这大鸟翼展足足有两米多宽，嘎嘎叫着向山谷深处掠去。

琳达吓得尖叫，转身一把抓住贝尔勒，贝尔勒大声笑道："别怕，有贝爷在！"

李欧朝那大鸟来的方向望去，只见云雾中黑影晃荡，不时有飞鸟穿出团雾，疾驰掠过缆车。从体形看像是某种成年的山鹰，但不知道这些家伙从哪里来的，为什么这样惊慌乱窜。

几道亮闪透过云雾，映上了李欧的脸庞，随后便是震耳欲聋的滚雷，震得缆车玻璃在叮当作响。

"云团来了！"云空指着远处一团乌云，声音都变了。

说是一团云，其实是一群各不相容的积雨带电云，正在激烈交战着。当阴电和阳电碰到一起就迸发出耀眼的闪电，随后释放出轰鸣的雷声。这团恶云正贴着山谷向索道的轨道下方移动，怪不得惊扰了那些山鹰，一个个奔命般飞散了。

李欧突然意识到了前所未有的危机，在大自然的力量面前，人类这点设施着实显得脆弱。

那云团吞没了下方的几个车厢，忽然，一道超亮的闪电射出那团巨云，紧接着一个炸雷劈了下来，就像在耳边一样，震得人脑袋"嗡嗡"地响。随着这声巨响，缆车停止了运行。

众人有些慌乱了，难道电力系统被打坏了？大家紧张地朝下望去，却见那云团中有红光传来，巨大的能量产生的高温高热，瞬间烧红了下方一个车厢以及相连的缆绳。

李欧暗叫不好，可厄运来得比想象的要快，那段缆绳很快熔断了，几个缆车失去依托，画着抛物线坠落而去，几人的身体一下子飞了起来。

琳达紧紧地抱住贝尔勒，没命地叫，两人的身体随着惯性一起甩了起来。贝尔勒一手抓住一个把手，拼命保持住平衡，也被这突如其来的变故吓傻了。

只听下面传来哐当的闷响，最底下的缆车撞击在了山崖上面，传来一阵狂颤，整个车厢的玻璃都在噼里啪啦乱响着，整车的人被摔得头晕脑涨。

最下面的缆车拖行了一段距离，卡在了两块巨岩之间，瞬间停止了运动，整条缆绳传来巨大的波动力，又再次掀起下方的几个缆车，像是筛豆子一样，在缆车里上下颠簸，最终，车厢悬停在半空，来回晃荡着。

几人摔得哼哼唧唧，趴倒在地。"快报警啊！"琳达胡乱摸出手机，一看信号全无，就开始哭闹起来，嚷得几人头更疼了。

"哎呀，兄弟们自力更生，得想办法逃哇！"贝尔勒用蛮力掰开车厢的舱门，率先爬了出去。他看见唐沔所在的车厢刚好经过一个中继站，下方的事故并没有对他们造成多大的影响，两人正从车厢爬出来，看样子是要攀爬到中继站的铁架上面。贝尔勒意识到，现在最佳的办法是所有人都爬到斜上方十几米处的中继站会合，然后沿中继站铁梯爬下去。于是回头对三人大喊："咱们爬到上面那铁架子上，就有救了！"

"怎么爬，就这破钢绳？你以为我们都是运动员？"李欧根本不支持这样冒失的行动。

"我有办法。"贝尔勒打开背包，翻出一捆登山用的尼龙绳来。临行前，他也没想到上个峨眉山景区会用得上，便没带齐装备，仅仅塞了主副两条尼龙绳在背包里。现在倒成了大家的救命稻草。

"来吧，你们都捆上绳子在车顶上候着，我先爬上去，然后把你们拉起来。"贝尔勒说道，听他的语气还是有信心的，这头上的两条钢缆对这个职业玩家来说，攀爬起来并不太难。

女士优先，贝尔勒先把尼龙绳的一头交给琳达，绑在她的腰上。然后发挥自己的运动优势，沿着钢缆稳稳地向上抓爬着，强有力的臂膀提供了扎实的拉力，让他匀速地上行着。好在中继站离得并不太远，不一会儿他就站到了钢架上面。

而唐钺和唐沕已经到中继站了，他们俩焦急地看着贝尔勒过来了，赶紧接应他，然后帮他把绳子系在中继站的钢架上。

"我们一起，把他们拉上来！"贝尔勒说道。

"琳达，沿着钢缆往上爬，我们拉你，加油！"唐钺向他的女人呼喊道。

风狂暴地刮着，像一只大手，似乎要把这一切都摧毁。琳达刚爬出缆车身体就被风吹了起来，她尖叫着，死命地抓住绳子，哪里还敢去爬钢缆。没办法，上面的人像拽尸体般，费了九牛二虎之力才把她拖了上去。

琳达一下子扑进唐钺的怀里，抱着他就哭了，唐沕冷冷地说："别哭了，快帮忙啊！"

贝尔勒解开琳达的绳子，把一个水壶系在绳头上，用力往下面的人抛去，云空站在车顶上，毫不慌乱，他一把接过绳子，系在腰上，双脚一夹，两手攀附着缆车钢绳，配合贝尔勒的拉扯，很快便上来了。最后是李欧，他的头从缆车里一伸出来，就感觉到了强劲的风力，凉风一下子灌进鼻子里，嘴里，噎得他喘不过气来。他赶忙退了回去，调整一下呼吸，然后一咬牙，向目标发起冲锋。

李欧快要爬到了，向上看去，茫茫的云雾中，四个人像是天上的神仙，衣衫飘动。往下看，也是一片白茫茫的，那团交战的雷电云似乎已经分出了高下，吵闹着渐渐散去了。

一波未平一波又起，突然间，一只大鸟从云雾中穿了出来，它扇动着巨大的翅膀，长喙如锯，"嘎嘎"地叫着，张开利爪，扑向唐钺他们。

它也许是被雷雨的侵袭惹恼了，看见这里站着几个活人，就发起了报复性攻击。首先袭击的是个头最大的贝尔勒，他急忙伏下身子，躲了过去。

那大鸟绕了个弯，重新飞了回来，这次它把目标锁定了李欧，疾驰而至，李欧不得不腾出手来，护住自己的头，躲过了大鸟的利嘴，却没料到那鸟爪一钩，竟钩住了他身上的背包，"呼"地一下向上扯起，更糟糕的是，李欧系在腰上的尼龙绳被大鸟的利爪拉开了。李欧啊呀一声，身子忽然悬空，拉扯着大鸟歪歪斜斜往下坠落。

"李欧！"贝尔勒大喊一声，情况万分危急。

山鹰扑棱着翅膀，发现自己拖不动偌大的一个活人，于是拼命想要挣脱李欧的背包，而李欧绝地求生，死命地拽紧背包的背带，卡住鸟爪，至少可以借助它的飞行减缓掉落速度。一人一鸟在做最后的博弈。

大鸟惊声尖叫着，奋力拖拽，却摆脱不得，只好扇动双翅，往下方滑翔，李欧眼睛一瞥，见有了一线生机，在靠近钢缆的时候松开双手，转而一把抓住了钢缆。

那山鹰重新夺回身体的控制权，脱离李欧，往上疾飞了十几米。它被惹得恼羞成怒，调个头，朝着中继站的琳达俯冲过来，女人惊叫一声，抱着头蹲了下去。千钧一发之际，唐钺纵身跃起，右拳破空击出，呼啸而至，狠狠打中大鸟脑部，那一拳似有断木破石之力，只听一声尖锐的怪叫，大鸟失去知觉，打着旋儿掉下山去。

李欧挂在钢缆上，大口地喘着粗气，这个位置非常尴尬，正好位于之前乘坐的缆车的斜下方，那距离又在贝尔勒的尼龙绳长度之外，除非自己能爬到缆车上去，才能抓住绳子。可是自己力量薄弱，又不擅长攀爬，不动还好，一动可能很快耗尽体力，坠入深渊。

更悲催的是，头顶上那个缆车突然传来金属开裂的声响，原来，经过刚才的震颤，车顶支架与钢缆的接合部已经断裂了，一旦固定器损坏，车体就会沿着钢缆往下滑落，那样的话，李欧就完蛋了。

贝尔勒看着这惊险万分的情况，脑海中不自觉地浮现出以往攀登阿尔卑斯山峭壁的一幕。几个如剪辑般的画面闪现出来……

那一刻，他和曾经的好兄弟何岩悬挂在绝壁上面，像是两只壁虎。何岩身体矫健，为了够着右侧十几米远的攀登点，他使出看家本领，利用当前的节点，脚蹬岩壁做钟摆运动。

"荡秋千可是我的强项。"何岩自信的笑容写在脸上。

他左右摆动着，越摆越远，终于用力一摆，双手扣入了那个目标岩缝。贝尔勒吹响了口哨，向他表达着祝贺……

冷风剪断了贝尔勒的思绪。忽然他眉头一凝，大喝一声："李欧，坚持住！"他把绳子重新系在自己腰上，又顺着钢缆爬了下去。几人大为吃惊，没料到这公子哥忽然如此果敢，连唐钺都还没有考虑好营救方式。

贝尔勒来到之前的缆车上方，不敢踏足缆车，他估测了一下，从背包里取出一捆短的静力绳——这是作为登山的辅助绳。他把副绳在钢缆上绕了几圈，打了个死结，作为新的固定点，再解开腰上的主绳，打个活结停在钢缆上，然后挽着副绳，跳了下去。

绳子绷直了，贝尔勒垂直地吊在李欧下方了，来回晃荡着。他瞅见李欧可怜兮兮地抱着钢缆，像考拉一样挂在缆车下面五米多远的地方。

"卧槽，今天看来是洗白了！老汉儿没找到，还自己把命赔进去了！大橘，回巴黎后，记得帮忙照顾下我老妈。"李欧看着贝尔勒过来了，真是悲喜交加。

"别废话了！我现在荡过来，你要看准时机抓住我的手！"贝尔勒没工夫去开玩笑，说出自己的计划。

李欧冷静了下来，贝尔勒可不是头脑发热下来看他归西的，这是唯一的机会。

索道缆绳目前是有一个斜度的，贝尔从上方垂直下降，离他还有一段水平距离，之所以要降落在李欧的下面，是想利用钟摆运动，荡到他的身旁，而那时候两人就处于同一水平面了。

李欧必须抓紧时机向贝尔勒跳过去，然后抓住他的手，但这摆明了是一场赌局，如果命数尚好，抓得住他的手，还有机会，如果一下子抓滑了，那就直接去见阎罗了。

再缜密的思维，再慎重不涉险的考虑，在这时候都化为乌有，唯一的办法就是把自己交给命运。

贝尔勒和他交代了两句，自己开始摆动绳子，尽可能地增大摆幅。可在这晃晃悠悠的缆绳上，贝尔勒的摆动显得十分蹩脚和艰难。

"该死的何岩，你说我不擅长荡秋千，要怪就怪你不好好教我……"贝尔勒一个人嘀咕着，说着莫名其妙的话。

李欧头上的缆车忽然传来异响，固定器彻底废了，车厢开始沿着缆绳往下滑落。千钧一发之际，就在贝尔勒又一次荡过来的时候，李欧大叫一声："来啦！"

他鼓起浑身的劲，歪着身子，向贝尔勒飞扑过去。两人伸直的手臂像是星际空间站对接一样，不断减小距离，终于，紧紧握在了一起。

贝尔勒用力扯住他，把他吊在身下。这时，那缆车嗖嗖地溜了下去，撞在下面的缆车上，又顶着它继续往下运动，没入了云雾，只听得一阵阵骇人的撞击声在山谷间回响，听得两人心惊胆战。

唐沏等人在上面看着这一幕，捏了一把汗，都给他们加油鼓劲。

贝尔勒把副绳交给李欧，叮嘱他千万抓紧，然后自己爬回了上面的钢缆。将主绳穿插捆绑，把自己固定在索道钢缆上了。

然后便腾出手来，拉李欧上来。

李欧一点一点地上升着，他终于重新回到了贝尔勒身旁。

"你个家伙密度比别人大是吧，咋这么沉！"贝尔勒累得气喘吁吁，不过好歹渡过了难关。

李欧扯着钢缆，还调侃道："大橘，我一定要让老板给你涨薪，季度优秀奖非你莫属！"

贝尔勒勉强笑了一下，任务尚未完成，还需继续行动。他解开主绳，系在李欧身上，往头上喊了一声："快来收你们的快递！"

上面的几人齐心协力，很快把李欧拉了上去，最后再抛出绳子的时候，贝尔勒已经上来得差不多了。

终于，这次救援行动有惊无险，两人平安归来。大家不禁都击掌欢呼了起来。

"好样的，贝尔勒！"唐沏给他竖起了大拇指。

"尼玛，老子玩的是天下最惊险旅游项目。大橘你要是再晚个几秒钟，我就要做信仰之跃了。"李欧眼里都布满了血丝，刺激过度了。

贝尔勒耍帅地一抚金发，神经质地说道："当机立断，兵贵神速，速度与激情，天下武功唯快不破……"

云空双手合十，朝天拜了一拜，又向贝尔勒拜了一拜，道："阿弥陀佛，天无绝人之路，一切全凭了小贝兄弟的英勇，你立了大功啊。"

第二十章
金顶炼狱

此刻，都江堰旁，离堆公园。

景教授几人已经等候多时了，终于等来了一个胖乎乎的管理员。大家跟在他的身后，从离堆公园的管理处进去，一路向下进入了一间地下室。

管理员带大家到一道红漆木门前，这门是有些年头了，老虽老，却又安装了一套指纹识别系统。胖管理员捣鼓了一下，锁咔嚓一声开了，推门进去，是一间陈列室。

"这里是都江堰文物保管处，都是真品，下一步会移交到专门修建的治水博物馆里面。"景教授说道。

胖子自然是要给景教授面子的，说道："教授，那你们先看吧，我在外面，走的时候知会一声。"

景教授点点头，带着白局等人往前走去。

房间弥漫着一股阴湿的气息，随处可见一些还残留着干灰泥沙的石人、石马、石牛，玻璃柜子里陈列着一些书籍、玉石和石头构件。

"都说李冰治水有意思，他把好多石牛石人放进江水里，用来镇水，还可以估量水位，看到这些石像，更让人觉得神奇。"白局长一扫之前的不满，被这些古物所吸引。

小郑拿着手机四处拍摄着，这里没有博物馆那样灯火辉煌，但反而更让人觉得真实，昏暗的灯光甚至有些悚人。

景教授带着大家走到最里面，在一个玻璃陈列柜前停了下来。

透过玻璃，可以看见一个半人高的石碑。

"这就是预言石碑。"景教授介绍道，"三年前，都江堰外江索桥加固桥墩，挖掘机挖运砂石时，从河床下挖出一块残碑，碑上的铭文字儿不多，内容却是耸人听闻。"

"耸人听闻？就是那个预言吧。"白局道。

"是的，这就是预言石板，从铭文来看是李冰所造。"景教授说道。

白局长和工程师郑昊然缓缓走上前去，仔细观察陈列在玻璃柜里面的石板。

石板斑驳不平，半米多高，一尺多宽，由于年代久远那些裂痕里面泛着泥黄。石板上面刻着古老的文字，虽然白局长并不专业，但毕竟对古文字有所涉猎，一点一点地辨认了出来。

他的眼里透着惊讶和几分恐慌。

"大体意思看明白了。天啊，难道这场灾难两千多年前就被预言了吗？"他声音有些微颤。

"这真是李冰所为？"小郑凑近了仔细看，光暗时他看东西有些吃力。

景教授背着手，眉头紧锁："我也怀疑过它的真实性。"

"有专业检测过吗，它的制作年代？"白局长问。

景教授点点头，又摇摇头："这种无机物，是比较难以准确断代的。不过从淤泥的状况，以及同时挖出的李冰治水遗物来看，可以排除是现代伪造的。"

"那就是说，李冰真的可以通神了。"白局长有些感叹，"就算是我们自认为先进的现代化技术手段，也无法准确预测未来啊，真想不到古人竟然早已有所指示。"

"也许有些地方人类在退步吧。"小郑自嘲了一句。

"也别这么说，我们做考古的最容易接受神秘主义，也最忌讳神秘主义。"景教授盯着石板，"石板虽说是古物，但是否是李冰亲自制造的，是否能确定到年代还不能下定论。至于预言的内容，也请别对号入座，可能仅仅是个偶然。"

"这正是我们要来求教您的原因。"白局长说道，"从水文分析来看，今年可能面临着一场特大的洪灾。而洪灾的预警最先是由李教授发出的。我们翻查了他留下的资料，他提到李冰预言石板是他研究的起点，因此，我们就想来看看究竟怎么回事。"

景教授颇有些戏谑："那你现在是选择相信他了？"

白局长依然一本正经："我只相信真相。我们也许无法与大自然对抗，但我们希望知道它的意图。"

"在自然界的'大考'面前，会点作弊技巧，也并无不妥。"景教授依然带着点戏谑回应着他。

两人陷入了片刻的沉默。

"不过，历史上有很多大预言家，他们的预言到最后都不攻自破了。"景教授说道，"比如大唐太史令李淳风的《推背图》，国外的大预言家，诺查丹玛斯，他们的预言曾红极一时，但最后都输给了历史。"

"是这样子的。"白局长赞同道，"其实我们说哪位预言家很牛逼，往往是把发生了的事情往预言上套，很多模棱两可的预言当然看起来很正确了。"

景教授凝视着石碑，说出真正的意思："预言其实是一个命题，需要人们去求证。不过，有时候，证明一道命题是否成立，比草率地作出解答难上百倍。"

白局微微点头，陷入沉思："你说得有道理。"

景教授自叹一声："所以，李宁天教授付出了巨大的努力，并非违背了科学精神，恰恰相反，他是想要竭尽所能，用人类科学证明预言的真假。"

"他是真正的英雄。"景教授的敬佩之情溢于言表。

峨眉山中，李欧几人从中继站的铁梯爬了下去，离开了夺命索道，接下来只得沿着陡峭的山坡继续徒步向上。

雨渐渐停了，这场暴雨造成多处山体滑坡，山道上到处是大大小小的石头，不时可以看到从山腰落下的松树横在路面上，还有几棵悬在半山摇摇晃晃，随时都会掉下来。

众人既要注意脚下的乱石，又要小心头顶，一路提心吊胆。

越往上走，云雾就越稀，但在就要到达金顶的时候，大家终于穿过了低空积雨云。身下，是无限延伸的云海，也像无穷大的棉被，盖住了峨眉的身形。

真是天有九重，云上有云。头顶上又有一层红彤彤的高空积云，上下两层云海像是被强行撕裂开来，露出孤岛般的金顶。云气不断沉降升腾，夹着雨滴的白雾一簇簇地飘移在这裂口之中，让金顶更像是云上仙境。但更加令人惊异的是，一大团红色的柱状雷雨云像是一顶高帽，扣在金顶之上。那云层中不时跳动着树枝状的红色闪电，犹如恶龙缠斗，雷声隆隆，似在耳边，一声才过，一声又起，似乎天庭发怒了，怒斥人类的胆大妄为，不知敬畏。

李欧刚才险些小命不保了，余悸未消，瞅着天空瘆得慌，就说："法师你这什么铜瓶靠谱吗，咱玩了命上金顶去拿东西，别到时候只是个传说。"

云空安慰他说："铜瓶应该是在的，而且一定是在另一个容器里。"

"什么容器？佛像？水缸？"贝尔勒忙问。

云空摇摇头，解释道："峨眉山风景虽好，但有个坏处，就是山顶雷电多，容易着火，华藏寺被天火毁过很多次，屡坏屡建。乾隆年间重建后，乾隆觉得不能老这样，就做了一个特殊的宝函放珍宝，据说跟现在飞机黑匣子一样，水火不侵。如果我猜得没错，这个铜瓶可能就放在里面。"

"黑匣子？那好吧，别再弄出个找钥匙破密码的事情来，我可没工夫和古人玩游戏。"李欧吐槽道。

众人来到了通往金顶平坝的石阶大道，两旁的圣像石雕似在迎接艰苦的登山者。最上方，巨大的十方普贤金像熠熠发光。那是 2006 年落成的铜铸佛像，高四十八米，重达六百六十吨。由前后两身不同装饰的普贤像背部相连而成，共同坐在盛开的圆形莲花宝座上，由四头六牙大象托举，造像威仪具足，一派庄严。这尊巨像俨然成为了峨眉山佛教圣地的现代形象代表。

可那普贤金像的上方却是红云蔽日，闪电像无数条触手在云层中伸展，不时探向临近的金顶，实在触目惊心。云空远远地就朝大金像合掌行礼，然后下意识地整饬衣物，迈步上前。

才走了数步，却见十几条蛟状闪电交叉缠绕着落向大金像的身后，激起骇人的红光，一阵滚雷接连袭来，震得大地都要裂开似的。紧接着一道黑烟从金像身后升起，逐渐壮大。

云空大叫不好，跌跌撞撞沿着石阶往上跑去，众人眼见他失魂落魄的样子，也不得不加快了步伐。

片刻，上了金顶大平坝。只见狂风肆虐，飞沙走石。信号塔整体倒下，躺在山崖边。几间简易房屋屋顶不知被吹到哪里去了，山上的松树被吹得七零八落，枝断叶落，一片狼藉。

普贤大金像身后不远处便是千年古刹华藏寺，飞檐高阁，像是展翅欲飞的鸾鸟，整个寺顶和外围立柱均以铜皮加护，铠甲一般罩住这个涅槃多次的古寺。

可那铠甲中央，却腾地一团黑烟，接着闪出了火光。狂风四起，助纣为虐，浓烟滚滚，如一条黑龙腾空而去，透过庙门庙窗，只见火舌肆意蔓延，正从内部腐蚀和吞噬整个华藏寺！

大家都被惊呆了，站在一百多米远的空地上，似乎都能感受到火焰的炙人。云空神色惨痛，自语道："火，失火了，天啊！"

"这寺庙不是刚修缮没多久吗，防雷措施应该比较扎实，而且外立面都有防雷处理，怎么还会被雷袭击？"唐沏不敢相信自己的眼睛。难道说，这些雷电长了眼睛，专挑了寺庙的薄弱区域集火攻击，才攻破了它的铠甲？

李欧也觉得蹊跷，心中冒出各种猜想，是电击过强、穿透防护层？是雨水导电渗入内部，引起电线电器过载起火？还没等他想出个所以然，那寺庙里的僧人们三三两两地逃了出来，年轻的跑在前面，年纪大的跌跌撞撞，最后还有几个人抬着一个走不动的老和尚，他还在挣扎着要下地，喊道："放下我，我要到菩萨身边去！"众人把他抬到安全的地方放下，他跪倒在地，朝着大殿放声痛哭。

大家心里恻然，云空忽然叫了一声："不好，铜瓶还在里面！"抬腿就冲向了火海，唐沏伸手去拉，却没抓住，云空几步跨到大殿前，脚下不停，一头冲了进去。

庙前的人们都惊呆了，连那个老和尚也停下了喊叫，双掌合十，念起佛来。

唐沏大喊一声："师父。"甩下背包，就要冲过去，唐钺纵身上前，把她紧紧抱住。

唐沏拼命挣扎："放开我，我要救师父！"唐钺在她耳边吼道："你去就是送死，你知道吗！"

"不，云空法师从小看着我长大，就像我的亲人一样，我不能抛下他不管！"唐沏泪花闪烁，声音嘶哑，还在向前挣着，无奈没有唐钺的力气大，她转身伏在唐钺肩上哭了起来。

金顶上已经乱作一团，所有的人都在乱跑，都想做点什么，但谁都不知道该干什么，做什么是有效的。服务站的工作人员拿着灭火器跑出来，对着大火使劲喷出烟雾，但无济于事。一个领导模样的人拿着手机按来按去，怎么也打不通，绝望地直跺脚。

华藏寺的住持还算冷静，他指挥僧人说："都动起来，尽全力救火！"僧人们用防火沙的，用灭火器的，接水龙头的，一片忙乱。

这时候，金顶舍身崖那边突然传来一声惨叫。

众人顿时汗毛林立，唐钺对大家摆手，示意往后站，他全神戒备地走过去，下了个坡，来到悬崖边的观景台前，只见一个人面朝下倒在血泊中。

唐钺预感到一种危机，走近那尸体仔细检查，这是一个中年男人，穿着旅游的皮肤衣，背着黑色的双肩包。唐钺蹲了下来，轻轻翻转尸体，冷不防被吓了一跳，只见死者面目狰狞，双眼翻白，脖子上有一道血痕，伤口很不整齐，像是被牙齿撕咬造成的。

唐钺浑身警觉起来，这时却听岩壁上一声嘶叫，抬头看去，一只棕色的峨眉猴弓着腰，趴在一块岩石上面，双目圆睁，眼露凶光，龇牙咧嘴，脸上糊满了死者的血，活脱脱像个鬼怪。

唐钺暗自一惊，不敢相信猴子会是杀人凶手，疑虑间，那厮忽然就向他扑了过来。

唐钺浑身一震，反射般闪过袭击，猴子一翻身，又蹿了过来，咬向他的小腿，唐钺飞起一脚，踢中猴子的肚子，它吱吱惨叫一声，滚到了山崖下面。

他转身要跑，却听后面怪叫连连，一只接一只的猴子，从岩石后面，从树木间露了出来。它们翻上了金顶的平坝，数量越积越多，黑压压一片，少说也有上百来只，每一只眼里都露出吓人的凶光，张牙舞爪，嘶鸣怪叫。

唐钺从来没有见过峨眉猴子露出这副凶相。在他印象中，峨眉猴是活泼可爱的，时常与游客互动，嬉戏。人与猴和睦相处，"相戏索食，呷然成趣"的景象是峨眉山旅游的一绝。

这些通人性的猴子，很少会去主动伤人，更谈不上聚众作恶，今天不知道怎么了，一个个都凶神恶煞的，仇视着人们。

唐钺一看不妙，一边跑一边向人们发出警告："快跑！猴群要伤人！"

说话间，那猴群像是收到了什么指令，竟潮水一般涌向了人们，速度奇快，有的手里捡起了石子，见人就扔，有的抓着树枝，见人就打，有的跳到人身上，胡乱撕咬起来。这些猴子一旦发起狂来，攻击力不比狼犬差，而灵活性和智商又远在狼犬之上。

它们在广场上到处乱窜，到处袭击，人们尖声惨叫，跑得快的躲避到旁边的商店里面去，关上了卷帘门。跑得慢的只能在金顶平坝上四处逃窜，狼狈极了。

正在救火的僧人和工作人员手里没有武器，措手不及，有的被猴子咬中，有的丢了灭火器扭身就跑，只有金顶保卫处的几人拿着警棍、钢叉抗击。

头上乌云压顶，寺庙火光惨惨，耳边雷声阵阵，眼前疯猴横行，不时有人被咬到，发出撕心裂肺的惨叫声，金顶犹如地狱一般。

为了阻止猴群的肆虐，唐沏和唐钺全面迎敌，冲在了最前面，赤手空拳，联合抵挡猴群的进攻。

面对开了杀戒的猴群，唐钺凝神聚气，不敢马虎，不得不拿出了自己的看家本领"火龙拳"。

火龙拳是峨眉武术中一著名拳种。它的起源，众说纷纭，有说它是民间拳师在峨眉山观看大青猴格斗之后创编而成；也有的说是峨眉山反清抗击中，两个和尚围困峨眉山珠甘洞，在烈火中冲出洞口与清兵拼搏，宛如双龙出洞，因他们全身着火，形似火龙，故有火龙拳之说。

不管怎样，火龙拳来源于峨眉山野，技击很强，唐钺曾在峨眉修行，对猴子观察得也不少了。面对群猴，他不慌不忙，拳掌结合，闪转腾挪，打得很有章法。火龙拳本就刚硬直强，被拳掌打中的猴子，基本上是昏头转向，魂魄丢了七八分。

而唐沏的反击，则显得弱了一些。玉女拳的无接术基于身体的敏捷，猴子几乎难以沾身，咬不到，抓不到，急得抓耳挠腮。而唐沏那快如疾风的拳脚，却明显客气了许多，仅能击退猴群，却不能断其攻心。因为从心底来说，唐沏无法对这些原本可爱有趣的生灵痛下杀手。

两人一开始还打得游刃有余，可这些猴子远比想象的难缠，有着高度灵活性和狼群的团结，它们发现对手强大，便不再单独进攻，采取围攻战术，此进彼退，分头袭击。这样一来，二人渐渐显得力不从心了……

另一边，李欧紧紧靠在贝尔勒身边，一边躲避着冲来的疯猴，一边拿出便携工兵铲进行反击。

贝尔勒抡起背包就扫，驱赶身前那些来袭的疯猴，他身手矫健，接连掀翻了三只，其余的一时不敢进攻。

"那句话咋说来着，山中无老虎，猴子称大王！"贝尔勒嚷道，"你们四川的猴子都是杀手级的！"

"疯了，疯了，都他妈乱套了！"李欧躲躲藏藏的，身上免不了被石子打到，疼得嘶嘶叫唤。

贝尔勒用胳膊撞他一下，喊道："李，别慌啊，给我杀！"这便拿出包里的匕首，准备下杀手。

这时，两个和尚举着木棍冲了上来。

他们吆喝着，不断用棍子敲击地面，或在半空挥舞几下，那猴群竟然有所震慑，虽然仍然狂叫着，但却不敢贸然进攻了。

李欧这才想起来，峨眉的猴子虽然平日里与游客友好相处，但也时不时露出些野脾气，抓人、耍泼、调戏女孩，这时候只要拿着木棍竹竿，猛敲地面，它们就会老实离开。这是因为巡山员平时有意识地用竹棍敲打过这些家伙，让它们形成了条件反射。

但让他想不通的是，这些猴子怎么连和尚都袭击。

据说一千多年前，峨眉山的猴子就与人结下了亲密的关系。当导游的时候，还听说过"青猿洗钵""白猿献果"的佛教传说。这些猴子长期与僧人接触，有时候还跑去寺庙偷吃菩萨的供果，久而久之，猴儿们多少结了些灵气，学会了与人和睦相处，尤其是对僧人更敬一尺。那今天到底是怎么回事？

"两位师父，我听说峨眉山猴儿最听僧人的话，还被你们称为'猴居士'，怎么今天他们搞无差别攻击啊！"李欧躲在僧人身后，不禁问道。

一个和尚叹道："哎。这些猴子平时看见庙里的僧人，都老老实实的。不晓得咋个了，是不是受了啥子刺激哦，太凶了！"

"我看要弄死几个，才能震退这些杂种！"贝尔勒握着匕首，摩拳擦掌。

"请勿杀生！请勿杀生！猴子是山中的灵物，它们的反常一定是某种原因造成的，咱们全力驱散就是了。"僧人们毕竟慈悲为怀，并不主张大下杀手。

"对敌人仁慈就是对自己残忍！"贝尔勒喊了一声，他看见又有人被猴子围攻，最后躺在了地上……

唐钺和唐沏背靠背站在一起，全力御敌，越打越吃力。

唐钺见唐沏打法有些犹豫，忙说道："小沏，还记得我们在意大利一起讨论的内容吗，如何加强峨眉武术的实战性。"

"嗯，我记得。我修学的玉女拳有很多表演成分，遇到这样的拼杀，效果并不太好！"唐汭不得不承认。

"别忘了你还有峨眉强击法！"唐钺提醒她说。

"峨眉强击法？哥，那个暂时还限于理论层面啊。"唐汭说道。

"在实战中检验，在实战中完善！这就是最合适的时机！"唐钺鼓舞着她。

她知道，两年前从意大利武学交流回来后，就投入到玉女拳的改造中，尤其是发展了一套新的符合实战的打法，当时，得到了唐钺的大力支持，陪她一起研究，终于打造了一种新套路：峨眉强击法。

但这种创新却不被父亲唐之焕认可，父女闹得很僵，最终强击法停留在了纸上，渐渐被唐汭淡忘。

"我都快忘了，而且我说过，那是只留给敌人的招数。"唐汭说道。

"这些猴子不正是敌人？"唐钺不解，在他眼里，威胁生命的一切之物都是敌人。

"它们啊，原本只是些有灵性的小动物。"唐汭回答他，她不忍心对它们痛下杀手。

忽然，唐汭背后露出空当，一只猴子偷袭过来，唐钺眼色一惊，手一甩，一把袖里剑飞了出去，将猴子脑袋穿了个窟窿。

这时，在猴群不远处的岩石后面，一只通体灰白的老猴子出现了，它体形比其他猴子大了一圈，也更强壮，它面色发紫，绕着眼眶有一圈黑纹，两只通红的眼睛像是烧红的铁蛋，恶狠狠地盯着唐钺。

这一定就是猴王了，是猴群身后的指挥官。

这只老猴子爬上岩石顶端，扬起头颅，嘴朝前长长嘟起，发出一阵呜呜的恐怖叫声，双手握拳不断捶击着自己的胸口。

那些猴子猴孙也随声附和起来，乱叫一气，像是打了鸡血一般，也学着猴王猛拍自己的胸口。接着，猴王哇哇哇地连续叫唤起来，像是吹响了冲锋号，那猴群更加疯狂地冲向了人们，像中了邪一般可怖。

拿着棍子的僧人发现棍子已经无济于事，那些猴子甚至沿着棍子爬上身来，吓得和尚扔下棍子拼命去挣脱猴子的抓扯。

贝尔勒捡起棍子，朝和尚背上的猴子捅了过去，把它挑翻在地。接着抡起棍棒，狠狠地向那猴子脑袋砸下，却不防另一只疯猴从后面偷袭，一口咬住他的左臂，贝尔勒发出一声哀号。

他揪住那厮硬是把它扯了下来，往地面狠命一摔，那家伙尾巴一卷，身子一翻就趴在了地上，四脚一压，又弹射起来，一口咬向贝尔勒的肚子。

贝尔勒来不及躲闪，只好挺起肚子，用力撞去，正好将腰带金属扣子和那猴头来个硬刚。

血肉之躯难抵精钢，那厮牙齿都被腰带撞掉了，嘶叫一声，摔在地上，抽搐起来。

就在撞击的时候，一个金黄色的小东西也从贝尔勒腰间应声而落，李欧一扫眼，只发现是个水晶样的东西，也不大，还没来得及细看，贝尔勒就一把抓了起来，一边骂着一边塞回口袋。

李欧梢有疏忽，就有一只大猴子猛扑上来，将他扑倒在地，张口就咬向了他的咽喉，李欧急忙用工兵铲架住它的下巴，奋力抵抗。

那疯猴黑乎乎的眼睛死死盯着李欧，射出狠毒的光。

生死存亡之际，李欧的拼命劲儿上了头，他大喝一声，眉头张扬，怒目圆睁，一人一兽四目相对，展开精神与力量的角逐。

奇怪的是，那泼猴忽然哀叫一声，仿佛看到了什么可怕的东西，转身仓皇逃窜，李欧趁机抡起铁铲，狠狠拍在它的脑袋上，把它敲晕了。

李欧信心倍增，挥动着铁铲，向几只正在向他合围的猴子迎过去，那些疯猴只要一看见李欧的眼睛，便都像被摄了魂一样，竟然都畏缩了起来，一个个不敢上前，喉咙里发出怪异的声音。李欧往前进了一步，它们就后退一步，情形十分诡异。

李欧大喜，没想到自己还有这种开挂功能，忙抡起工兵铲，就像赶鸡一样，追着那些猴子四散而逃，一边追一边打，打得是一地猴毛。

可是，猴子的援军源源不断地爬上金顶，数量实在太多，它们冲击着前面的队友，让它们无路可退，不得不转向，朝着李欧蜂拥而上。

李欧一看形势又逆转了，不敢再托大，忙放弃了"目光压制"，只得向贝尔勒那边脱逃。

　　猴群的数量取得了压倒性优势，金顶上的人们终究寡不敌众，被团团围住，无处可逃。包围圈越来越小，生命的威胁越来越大，再这样下去，所有人都要葬身猴海了。

　　在这危急关头，一阵强风吹来，吹裂了笼罩在金顶上方的烟云，忽然，那被撕开的云层中洒下几缕阳光，几条光柱直射向惨烈的金顶平坝。群猴们像是受到某种震慑，竟都惊慌乱叫，不知所措。

　　云层透出的阳光纯净而强烈，犹如佛光乍泄，泼猴顿时没了刚才那股疯劲，不停地用手遮着头顶，不敢看那天光。

　　这时，山下传来阵阵吼声，一队武僧拿着棍棒闻讯赶来，人类的力量顿时强大了许多。

　　"峨眉武僧，列阵！"在住持的指挥下，以峨眉武僧为主力，大家开始向猴群发起正面反攻。

第二十一章

华藏宝函

此时的华藏寺内，可谓十万火急。

大殿内烟雾缭绕，云空跳跃着躲闪火舌，上空的帐幔呼呼地烧着，房梁瓦楞间啪啪作响，窗棂也烧了起来，大大小小的佛像沐浴在火光中，神态安详，视死如归。

如今的华藏寺虽然被金铜铠甲包裹，外部水火不侵，但内部依旧是秉承古法，由木梁木柱构筑，一旦内部失火，便难以控制，变成了铜包火的"焖锅烧"。

云空在火中跌跌撞撞前行，寻找着宝函的踪影，突然，他眼前一亮，玉佛！他扑了过去，伸手去拿。不料，在大火的炙烤下，大殿内所有器物都被烧得滚烫，云空的手刚碰到玉佛，就掉了一层皮，赶紧缩回手。

看着这满殿的珍贵文物即将毁于一旦，他跪了下来，心里面像是被刀子缓缓地割着，佛祖啊，难道说您已经不再怜悯人间了？

想到铜瓶要是被火烧了，经卷就将永远失传。云空强忍悲痛，站起身来，继续仔细搜寻。

云空被烟火熏得直咳嗽，脑袋都有些晕眩了，他扶着墙壁，停了下来，自语道："镇静，镇静。"

他努力回想着脑海中留存的信息，忽然思维中光芒一闪，他想起多年前在重建华藏寺时，佛协一个方丈讲起金顶华藏寺的来历：

华藏寺的前身始建于东汉的普光殿，唐宋时改名为光相寺，皆供奉普贤菩萨。由于建筑结构简单，只是"板盖一椽"，加上山多雷火，因此屡建屡毁。

明朝万历年间，有一个叫妙峰的高僧，奉旨护送《大藏经》到云南鸡足山，归途中朝拜峨眉山，得知光相寺屡毁于火患的历史，感慨万分。妙峰不愧为高僧，他发现寺庙之所以屡毁于火患，原因在于建筑材料是可燃的木材。于是，他立下宏愿，要在山顶建造一座掺金的铜殿，殿内供奉掺金的铜佛。他认为采用了不燃烧的铜材，寺庙和佛像就可以免于火患，永远享用人间烟火了。

妙峰下山化缘，得到了许多捐助，其中潞安王一人就捐助万金。但重建的庙宇规模宏大，要先到各地买铜，再集中到荆州铸造。铸造完工后，再历尽千辛万苦，运到峨眉山顶峰安装。

铜殿工程结束后，万历皇帝朱翊钧改名并亲题匾额"永明华藏寺"。铜殿在阳光照耀下，金光闪闪，熠熠生辉，"金顶"由此得名。

铜殿建成后，250多年间一直平安无事，乾隆年间，金顶又发生火灾，损失惨重，乾隆闻讯后龙颜大怒，在朝会上发火道："我大清如此强盛，居然防不了一座寺庙的大火，真是岂有此理！朕赏赐了这么多字画佛宝，哪天烧毁了咋办？"众大臣听了面面相觑，谁也没有好主意。

工部有一侍郎见各位大人被皇帝骂得抬不起头，大着胆子献计说："微臣知道陕西眉县有个高人，能铸造耐高温的玄铁，其先祖曾为诸葛亮制刀，可否令其铸造一宝匣，用来存放珍宝。"于是乾隆降特旨，令该侍郎广收天下玄铁，监造了一个黑匣子，水火不侵，放在金顶之上。

想到这里，云空想："宝函应该就在这座大殿里，会放在哪里呢？"就一边走，一边看，四处寻找。

在这个大殿里面，几乎没有可以藏东西的地方，只有中间矗立着普贤菩萨像，坐在高大的莲花座上面，周围俱是空荡荡的。云空抬头望着高大的普贤宝像，暗暗祈祷着："菩萨保佑，大发慈悲，指点迷津，让我拿到铜瓶吧。"

一阵狂风呼啸而至，大火"呼"地烧了过来，神像周围下垂的帷幕燃起了熊熊大火，包围了普贤。火光之中，法相庄严。眼看这神圣珍贵的佛像就要毁于烈火之中，云空悲痛不已，抬头瞻仰着火光中的普贤菩萨，脑中忽然想起了李欧之前的感应。在缆车中的时候，李欧说自己看见一尊佛像被大火包围。

难道这就是目的地，铜瓶就在普贤身上？

难道真要浴火，才能涅槃出真机？

云空脑中闪现了各种猜测，却不知从何下手，这时，眼前火光一闪，"轰"的一声，上方一根横梁忽然掉了下来，砸中他的后背，云空受此重创，晕倒在地……

大殿外面的形势渐渐明朗起来。峨眉武僧列成阵势，或三人一组，或五人一群，同进同退，猴子攻其一人，必有两人从侧面进击，众武僧相互驰援，将它们逼得步步后退。

唐钺、贝尔勒、唐沨和李欧会合在一起，他们也参加了驱散行动，帮助武僧们一道，把猴子逼向了山崖边上。

那只灰白色的猴王丢了势，却并不想就此作罢，它发出高昂的吼声，号召猴子们继续负隅顽抗。

众武僧也齐声呐喊起来，用手中的棍棒敲击山石，形成更加雄壮的声势。

双方对峙着，群猴不肯再往后退，武僧们也不敢轻易进攻，中间保持着三四米的地带。

猴王爬到更高的岩石上去，它俯视着人群，忽然看见了李欧，便牢牢地盯住了他。李欧不躲不闪，迎着它的目光，似要告诉它，闹剧该终结了。

老猴子闭上了眼睛，再睁开的时候，那眉眼间的戾气消散了许多。它仰天长啸了一声，转头来到悬崖边，跳了下去，其他的猴子仿佛被施了魔法，一只跟着一只往下跳，一时间，山崖上草木摇曳，稀里哗啦的声音响作一片。

众人来到山崖边，看着猴群逐渐远去，如释重负，但都惊魂未定。

这时候，天空中不知什么时候又聚起了黑云，光芒敛去，顷刻间雷声隆隆，豆大的雨点紧随而至，瞬间形成雨幕。

华藏寺的火势顿时减弱了很多。僧人们齐声念佛："佛祖显灵，大慈大悲，阿弥陀佛！"

大家为天降甘霖而欢呼雀跃。说来也很有意思，大雨曾阻挡了众人的前进，现在却又成了"佛祖的慈悲"。

"师父！"唐沏想起云空还在大殿，半天也没见出来，不知生死，一见火势稍弱，就奋不顾身冲向了大殿。

李欧赶紧跟过去，一回头看见贝尔勒捂着左臂跑过来了，还胡乱说着："富贵险中求……"

唐钺本来担心唐沏，想要一同前去，这时却听见消失了好一会儿的琳达在商店那边叫他，他左右看了一下，叹了口气，还是跑向了琳达。

进了大殿，唐沏大声喊道："师父，师父！"没有回答，她心里一紧，脚下加快了速度，向后面跑去，三人紧跟在她后面，四处搜寻着。

殿内仍然燃着熊熊大火，浓烟四起，大家一路来到了普贤神像后面，神像被砸坏了，只有半截身子还矗立在那儿。

唐沏心里感到惋惜，不防脚下绊到了什么东西，差点摔倒，她低头一看，一根木梁一端靠在神像底座上，一端横在地上。下面还躺着一个人，正是云空法师。

她凑近一看，见云空法师双眼紧闭，唐沏急忙呼喊："师父，师父！我是小沏！"眼泪都要下来了。

李欧仔细查看，发现云空法师虽被压在横梁下，好在有普贤像的支撑，横梁的重量没有完全压下来，他只是暂时昏迷过去了。于是招呼道："来，咱们把这梁抬开。"众人一齐用力，把横梁抬了起来，唐沏用急救推拿手法将云空救醒。

云空悠悠睁开眼，认清面前是唐沏，伸手指着佛像，用微弱的声音说："快，宝函……"

李欧快步走过去，把普贤像的碎片清理开，只见普贤像的基座下面，露出一个几平方米大小的密室。

李欧和贝尔勒率先走了进去，唐沏扶起云空跟在后面。密室里烟尘弥漫，几人都被呛得连连咳嗽。

贝尔勒拿出手电筒，一边用外套驱散烟尘，一边四处照射过去。

密室四周由砖石构成，上有彩绘，保存尚好，大都是西天佛陀的画像，给人神圣玄秘之感。正中央的莲花宝座上，陈放着一个方形的黑色金属匣子，长宽均为八十公分左右，表面雕刻华丽精美，一看就非凡物。

贝尔勒一见，眼睛放出光来："噢，就这家伙，找到了！"李欧仔细研究起来，这个匣子看上去很厚，敲起来声音沉闷，箱体是用特殊金属做成的，边缘处可以看到一道缝隙，似乎可以开启，可是却没有找到任何把手之类。

李欧正在琢磨着怎么才能打开，贝尔勒从身上摸出一把刀子，说："没时间了，我来！"他粗暴地插进那缝隙，想要撬开这外壳，却发现完全无效，而且这金属异常坚硬，再捣鼓下去，恐怕刀口都会弯折。

"这大铁块搞不定啊，难道要我们抬出去？"贝尔勒急得直挠头。

"你先别急，仔细看一看，有没有什么锁孔、暗门之类的，铁盒一定是经过了精心设计。"唐沏提醒大家道。

"的确有玄机！"李欧已经发现了，他推开贝尔勒，凑近铁盒的正面仔细检查，果然，铁盒正面中央，有一个九宫格形状的区域，由九块雕绘着不同图案的铁方块组成，除去四个角上的纯花纹的雕饰图案，其余五个方块上面都有着某种特殊图案。

最上方是一个戴着斗笠的老者，手拄拐棍，背有竹篓，正迈步沿山坡而行，似是一个山中樵夫，或是采药人。

最左边是云海波涛，上有环状彩光，应该是一种玄妙的自然景观。

最右边是一头有着华丽犄角的山鹿，身有七色斑纹，昂首奔跑而去。

最下边是一位慈眉善目，长衫飘逸的老僧，他的身边坐着几只顽皮的猴子。

最中央的图案，一看就是某位菩萨，他头戴束发紫金冠，头上有五彩祥光，盘坐于白玉莲台之上，其下是一只雄壮健硕的六牙大象。

"这些图，一定和开启宝盒有关，我们必须找出它们的含义和关联。"李欧激动地抚摸着那雕刻精美的图案。

"你这一说还真是啊，我还以为这些就是个制造商的 logo 之类的呢。"贝尔勒收起刀子，开着玩笑，"可小李子你看这是个拼图游戏还是连连看呢。"

"哎，真他妈麻烦，我就知道要遇到各种莫名其妙的绊脚石，害我脑壳痛。"李欧的牢骚话又钻出来了。

"让……让我看看。"云空也不顾自己额头还淌着血，就挤到前排来认真地查看着。也许这个时候，只有靠这个佛学专家才能破解谜题了。

果然，他看了一遭，便有了心得："这里面的五个重点图案，应该是和峨眉的神话传说有关。这有樵夫，有僧人，有鹿，有云海，中间骑象的不用说就是普贤菩萨了。峨眉山本来就是普贤的道场，这一定围绕着普贤啊……让我仔细想一想……"

这时，几人又发现了，在所有的九个方块上，都留有米字形的沟槽，让每个相邻的方块都通过这些沟槽连通了，不知是为何要这样设计。

"这是什么？"扶着云空的唐沏眼尖，一下子看见中央的普贤像那里，在各路沟槽交会处有一个凸出来的插销。刚才大家的注意力都在图案上，忽视了正中间的这个小东西。

这插销由黄铜打造，深入沟槽，尾部是一个水滴状的五瓣梅花柄，似乎是可以操纵的。唐沏轻轻地捏住了那插销的把柄，试着用力，果然它可以沿着沟槽向横竖斜八个方向移动。

"好了，小沏，先别动它。我知道了，这是一种带故事主题的密码锁。"云空心中一亮。

"密码锁，故事主题？"贝尔勒搞不明白。

"嗯，据我所知，古代密码锁有多种方式，最普通的是刻有汉字的同轴旋体机械锁，还有双钥暗门锁、五行连环锁、七星纵横锁，以及早已失传的九龙万芯锁。在开锁这个技巧上，小沨可是很有一手的。"说完大家都把目光聚焦在了唐沨脸上。

她秀眉微蹙，显得十分焦虑："虽然我知道一些开锁的技巧，但这个锁的设计我还是第一次见到。"

"其实万变不离其宗，小沨，你应该可以摸清它的运作机理。"云空用他虚弱的声音鼓励着她。

唐沨深思片刻，说道："我们现在一些密码柜还在用的旋钮式密码锁，其实也是来源于古老的设计，它是用不同方向的旋转带动多片环状密码盘来打通锁扣机关的。如果我想得没错，这个锁，它也是由不同的片轮组合在一起，当我们沿着某种预设的路径，移动这个插销，最终，这些片轮的缺口会连成一线，那样，铁盒就可以打开了。"

贝尔勒听得是一头雾水，果然隔行如隔山，自己只好屏住呼吸，不敢打扰女侠的思路了。

"不过，要想知道这个预设的路径，就必须理解九宫图的含义。师父，请你给点提示。"唐沨知道现在云空身体有伤，可时间要紧，再等几分钟，救援人员一进来，恐怕就不好再下手了。

云空猛烈咳嗽了几声，闭上眼睛静心思考着，此刻几人心有灵犀，都不发一声，只听得外面那火苗子烧得那些残木噼啪作响，像是某种催命曲。

云空忽地睁开双眼，说道："我明白了，上面这些图案，说的是峨眉山一个著名的传说——蒲公追鹿。那戴斗笠的老人就是蒲公，那云上胜景就是峨眉佛光，那个和尚正是宝掌和尚，那匹鹿就是峨眉七色鹿。"

"普贤临峨眉，这个传说，正是峨眉贵为普贤道场的缘起。"云空喘息几声，道出这个传说内容来。

相传东汉时候，在峨眉山的华严顶下面，住着一个姓蒲的老人，大家都叫他蒲公。蒲公祖辈都是靠采药为生，救死扶伤，德高望重。他和峨眉宝掌寺里的宝掌和尚是好朋友，两人经常一起聊天饮茶。

一天，蒲公在山崖下采药的时候，忽然听见天空中传来了美妙的声音，只见一头散发着七彩光芒的神鹿，踩着祥云正往金顶方向飘去。蒲公大为惊异，就跟着祥云，往金顶追去。

　　当他来到金顶，见舍身岩下云海翻卷，霞光万道。在五彩光环中，有一人头戴束发紫金冠，身披黄锦袈裟，骑了一头六牙大象过来，蒲公惊讶万分，心想这一定是神仙显灵了，就急忙跑到庙里去问宝掌和尚。宝掌和尚一听大喜，忙说："哎呀！恭喜你，你看见了普贤菩萨！走，我们再去一趟，求菩萨指点！"说完，拉着蒲公就向金顶跑去。走到洗象池，宝掌和尚指着池旁边一片湿象蹄印说："你看，这不是普贤菩萨骑的白象在这里洗过澡么？"说着更加快了脚步。不一会儿他们就到了金顶。宝掌和尚到舍身岩上往下看，只见岩下一片茫茫云海中，有一团七色宝光。宝掌和尚说："那七色宝光就是普贤菩萨的化身，叫做佛光。"

　　可是宝掌和尚却怎么也见不到普贤的身影，蒲公感到很奇怪，就问他怎么回事，宝掌和尚便对他说："你每天采药，救人苦难，为大家做了许多好事，所以感动菩萨，向你现了金身。我做的好事还不如你多，所以不能看见菩萨的金身，只能看见菩萨头上的宝光。"

　　自从菩萨示现金身过后，人们就把峨眉山奉为了普贤道场。

　　云空简短地叙述了这样一个动人的传说，让几人都听得明明白白，九宫图上的内容果然是与这个传说有密切关系。

　　"我明白了，师父，这是以位移方式对密码片轮进行操作的古代机械锁。我们按照传说的内容，依照顺序拨动插销，改变片轮的组合方式，兴许就可以打开锁了。"唐沐心中激动，幸好有云空这样的活典籍，才能在短时间内明了开锁的方式。

　　"真有意思，按照故事发展的顺序来开锁，这个密码设计得太有创意了。"李欧不禁赞叹起古人的智慧来。

　　唐沐点了点头，便在云空的指示下，滑动那插销，伴随着一种微弱的金属摩擦的声响，众人的心也提到了嗓子眼——

　　首先，插销往正上，拨到蒲公；

　　第二，经右上装饰图到达正右的七色鹿，意为蒲公发现神鹿；

　　第三，返回到蒲公，再经左上装饰图到达正左云海佛光，意为蒲公看见了佛光；

第四，走中间普贤，再往正下方到达宝掌和尚，意为蒲公看见了普贤金身，然后去告知了和尚；

第五，经左下装饰图返回正左的佛光，意为蒲公和宝掌和尚两人再次去金顶看见了佛光；

最后，从正左到达中央普贤，结束这个传说。

只听金属匣里面传来清脆的喀嚓一声，几人的心似乎跳出了身躯。

匣子正面忽然弹了出来，露出一条漆黑的缝隙。

"耶！"贝尔勒和李欧同时发出惊喜的呼声，唐沏扶着云空露出难掩的笑意。

贝尔勒按捺不住，伸手就去拉开了这扇神秘的铁门。

随着门扉的开启，手电光中，金灿灿的反光映入了几人眼帘。

"哇塞！"贝尔勒惊叫起来，激动得直搓手。匣子里面放着一尊掐丝珐琅阿育王佛塔，还有数尊佛像，数十件金刚杵、金刚铃、金刚盘等佛教法器以及各种金玉木佛珠。贝尔勒伸手就要拿，唐沏"啪"的一下把他的手打回去，训斥道："佛教圣物，你别弄脏了。"

贝尔勒小声嘟嚷了两句，唐沏没理他，一件件地看过去，突然她眼前一亮，一个精美的铜瓶立在角落里，小口长颈，垂腹，敛底，其腹部铸刻云龙纹饰，颇有皇家气势。

唐沏慢慢捧了出来，所有人的目光都集中到上面，她伸手进去，从里面掏出一个长条明黄色木盒，做工精美，虽隔百年，仍散发出樟木的香味。

唐沏轻轻掀开盒盖，里面赫然躺着一卷经文。她惊喜过望："找到了！"

这时，外边传来了一阵脚步声，后面的救援人员见火势已小，便都进来找寻几人了。他们一边用灭火器灭火，一边呼喊着。唐沏赶紧把经卷揣进腰包，推上铁门，把插销乱动了几下，锁死匣子。

贝尔勒捂着脸啊呀一声，简直惋惜得要抓狂，这么多的圣物，要是能带上一件回去，这一趟生死之旅也算值回票价了。

而李欧的目光却停留在九宫格锁的神鹿身上，它的身形不得不让他联想到曾经和父亲打猎时遇见的那匹白唇鹿。他想起了那匹鹿美丽的犄角，警觉的双眼，他想起了那匹诡异的野狼……

唐沏弯腰扶起云空，对正在发愣的李欧说："快走！人来了！"李欧猛然警醒，抓着贝尔勒的胳膊，把他从密室边拉了出去。

救援人员赶到了，一边帮着几人脱离火海，一边进入密室搬运匣子。

几人离开大殿，走到一旁的走廊上，天空中雨势稍减，一阵阵含着湿气的强风席卷而至，似在安抚满目疮痍的金顶圣地。

唐沏说："就坐在这里吧。"云空仍然不能站立，李欧把他轻轻放下，靠着墙坐着，唐沏蹲在他跟前，关切地问这问那。

李欧从来没有见过她这么关心一个人，突然觉得这个凶巴巴的峨眉高手内心还是有温度的。

天空一阵轰响，两架陆航团军用运输直升机飞了过来，缓缓降落在大殿前，一队士兵跳下来，先救人、再救物。三个人过来抬起云空，其余人冲入大殿。

几人都上了飞机，贝尔勒一肚子牢骚找不到地方吐，就怪这些士兵不早点来，也不带几架重机枪把那些疯猴剿了。士兵们也不和他说话，只是好奇地打量着这个黄毛大汉。

飞机在半空盘旋一周，这才向山下飞去。大雨中，峨眉渐远，李欧望着狼藉一片的金顶，心情像在巨涛中不停起伏，无数种疑问也随着升腾的云气冒了出来……

第三卷

佛缘匠心

第二十二章
想要的真相

高山之巅，月光如水，松涛阵阵，一道数丈高的白练奔腾而下，飞起的水花如雨如雾。

水边站立一人，身形挺拔，双手负于背后，神情儒雅，目光澄澈，淡然看着流水轰然而来，又哗哗而去。

李欧慢慢走近，来到那人身后，试探着叫道："老李？"

中年人转过身，正是失踪了的水文勘查局教授李宁天，他面带微笑，上下打量着李欧："小子，更结实了。"

李欧真想和他来个拥抱，但他没有，只是站在原地，与父亲保持着陌生人的距离："你，这些年到底去哪儿了？"

强烈的不满溢于言表，哪怕是久别后的重逢，他最先产生的也是深埋于心，酝酿发酵多年的怨恨之情。

父亲竟没有一丝内疚与自责，他避而不答李欧的质问："娃儿，我在这里等你的啊。你不是一直都想跟上我吗？"

父亲的话说到了李欧的心里，冥冥之中，他预感自己一定能找到父亲，不过，今天，在这里，却是一场不期而遇的邂逅。

他不以为然："算了吧，这就是一场梦。"

"呵呵，做梦的人会说自己在做梦吗。这就是你的特别之处。知道吗，每个人的身体都是一个接收器，不仅能接收到他人的语言情感，还能够接收到来自天地万物，甚至古往今来的信息。只不过有的人只能接收饭菜的香味，美酒女色，有的人只能接收到他人的怨恨、嫉妒，却接收不到朋友的伤心，亲人的思念，天地的慈悲。"

李宁天神情肃穆，遥望天外，仿佛在跟头顶广阔的天空对话，把身边这个渺小的儿子给忘了。

李欧打断了他："管他什么能力，你掩掩藏藏地做什么？这么狠心把我们抛下，这像话吗，太自私了吧！"

听到儿子的责备，李宁天无可辩驳，却自说自话："一切总归会给你交代的。好了，我先走了，你慢慢跟来吧。"

说着，李宁天转身走去，他迈着不紧不慢的步子，从悬崖上走了出去，如同空中有一条无形的桥梁，缓缓而行。

李欧忙追赶过去，一脚踩空，直向水中跌了下去，底下是万丈深渊。极度恐惧之下，他大叫一声，睁开了眼睛，眼前一片雪白，原来自己还躺在医院休息区的椅子上，浑身酸痛。他伸了个懒腰，坐了起来，揉揉眼睛，靠在墙上。

刚才的梦境恍若是昨天的事，父亲还是之前的模样，只是言语神情有几分神秘，让李欧觉得很陌生。

贝尔勒坐在旁边的椅子上，正专注地玩着手机，胳膊被包扎好了。听到李欧的声音，他抬头看了一眼，冲他一笑，又低下了头。

李欧站了起来，经过贝尔勒，瞟了一眼，见贝尔勒正在和小昕聊微信聊得起劲。李欧愤愤地想：妈的，这厮一天不泡妹子就受不了吗？还有那些个光看脸没出息的，见到帅哥就两眼放光。

他来到云空的病房，云空靠在被子上，看样子刚刚醒过来。头上还缠着绷带。唐沨坐在床前的椅子上，背对着房门，两人正在小声地嘀咕着，云空看到李欧进来，被子下的手碰了唐沨一下，唐沨立即闭上了嘴。

李欧有些尴尬，装模作样地问云空："法师好些了吗？把我们吓坏了。"

云空笑笑："我没事，让你们担心了。"神情很客气，李欧能感觉到他在敷衍自己。

唐沥像是有心事，没有搭话，李欧就觉得自己很多余，拿过一个杯子，倒上水，顺手把冯潜给他的窃听器放到了小桌的抽屉里，对他们笑笑："唐沥，辛苦你了，照顾好大师啊，有事叫我。"说着，就走了出去。

李欧看到贝尔勒还在低头看手机，一脸卖萌的样子，就装作若无其事的样子，哼着小曲走开。转过墙角，楼梯边有一间配电房，看看前后没人，李欧钻了进去，小心地关上门，蹲在门后，从背包里拿出一个黑色的小设备，插上耳机偷听。

这设备是冯潜塞给他的，本来也不打算拿出来用，但峨眉之行让他疑惑越来越多，趁现在的机会他想要主动了解一下了。

云空和唐沥还在窃窃私语，声音很低，好在冯潜的窃听器很专业，传过来的声音清晰可辨。

云空在说话，声音低沉沙哑："……这么大的山，如何才能找得到。我其实早就在寻找了，但一直没有收获，我想这条密道一定设计得很巧妙……"

唐沥压低声音说："师父，答案真在玉莲渊里吗？"

停了一会儿，云空才说话："都这样说，我相信不是空穴来风。"

唐沥沉默了，半天没有说话，李欧只能听到电流的咝咝声，他以为是窃听器坏了，正在着急，唐沥又说话了："我其实并不相信玉莲渊的存在，但唯有继续走下去，才会水落石出……"

李欧越听越觉得不对劲，这两人的目的都是那个什么玉莲渊，不像是所谓的守护佛宝。看来冯潜的话不无道理，回想起来，两人一路上的形迹言谈都很可疑。

又听云空叹了口气："是啊。千年的使命落到我们身上了，有时候我也感到沉重得透不过气来……"

唐沥用细微不可耳闻的声音说："师父，我们尽力而为吧，至于李欧，他现在还蒙在鼓里……不过如果那里真有什么宝藏，也不能让他们拿了……"

听到这番话，李欧心里火苗蹿了起来，妈的，还说自己接受过反欺诈培训，最后还是被这两人给耍了，傻瓜一样被人利用！

突然，耳上一松，李欧吓得差点跳起来，回头一看，是贝尔勒，他手里拿着刚摘下的耳机，眼里喷着怒火。李欧正听到关键处，着急地伸手去夺。贝尔勒手往后一缩，李欧起身扑了上去，急道："给我拿来！"

贝尔勒一闪，用力推了他一把，把他推得撞在了铁皮柜上，伸手指着他，愤怒地说："李欧，你到底在干什么，你心中的猜忌就到了这地步了？难道你眼中就没一个可信的人？"

见他真的生气了，李欧只好强压着嗓音骂道："你个傻子，我们被他妈坑了你知道吗！"

贝尔勒眉头一挑，道："你说什么，别瞎扯淡！"

李欧看着贝尔勒好一会儿，才发出一阵嘲笑："大橘，你真是啥子也不晓得，好，现在我就来告诉你。"

于是李欧就把在一线天被冯潜抓走之事，以及冯潜交代的事情说给贝尔勒听。贝尔勒渐渐睁大了眼。

"怪不得你在一线天忽然失踪，原来是被警方带走了，回来了这么久你居然啥也不说，连我也不告诉。"贝尔勒不高兴地说。

"嗨，好奇害死猫懂不懂，你知道那么多干啥，就你那个大嘴巴，保不齐分分钟给我'漏黄'（方言，指露馅儿）。"李欧不屑地说。

贝尔勒连连摇头："不，我不认为云空法师和唐小姐是犯罪分子，至少现在看来他们是我们的朋友，这警察一定是有误会。"但他还是把耳机还给了李欧。

李欧接过耳机，心中嘲笑着贝尔勒的单纯，嘴上教训道："朋友？你神经真够大条的。那你说如果他们是真的守护宝藏，那干吗遮遮掩掩，还记得雷洞坪那里吗，唐钺差点说漏了嘴，云空给他使了个眼色，他就马上岔开话了。说不定李冰七桥也是个骗局呢。我现在谁也不敢相信啊。"

贝尔勒一时间哑口无言。

眼前迷雾重重，李欧无法分辨，他垂头丧气地坐了下来，忽然说道：

"要不咱俩退出吧，咱玩不起。"

但贝尔勒却不同意了，他固执地坚持自己的看法，说："不，绝对不行，事情还没有弄清楚，这样不明不白地走掉，根本就无法安心。"

"那好，那你我的首要任务，就是必须要揭露这个阴谋，这场骗局！"李欧注视着他，对于骗局，他视之如仇敌。

贝尔勒正要回话，却听见耳机里传来打斗的声音，玻璃被摔得乒乓哐当的。

"不好，出事了！"二人赶紧跑出配电室，迅速赶了过去。

闯进病房，只见云空一个人躺在那儿，大口大口地喘着气，一脸土色，唐沏却不见踪影。

贝尔勒忙问道："神父，出什么事了？"

云空表情痛苦，伤心地说："刚才进来两个假医生，趁我们不注意就把经卷抢走了。"

"不会吧？那唐沏呢？"李欧忙问。

"她刚好去了趟厕所，回来的时候，两个假医生已经翻窗户逃跑了，唐沏二话没说，就去追经卷了。你们快点去帮帮唐沏吧，经卷一旦落入坏人手里，后果不堪设想！"云空指着窗外，急得快跳起来。

李欧却不干了，他在病房里走来走去，冷冷地说："行了，别再拿我当猴耍了！"

云空愣了一下，看着李欧，不知道怎么说。

"从一开始你们就在撒谎，什么守护佛宝，什么坏人为了盗宝不惜毁坏乐山大佛，真是漏洞百出，我当时脑袋怎么就会短路了，竟然相信这一派胡言。"李欧开始发作了。

"李欧兄弟，你别这样说，我们……"云空有些难堪。

"好，法师，我来问你几个问题，你要对佛祖起誓，如实回答！"李欧咄咄逼人地说。

云空看看他，又看看贝尔勒。贝尔勒却也一言不发，这个阳光男孩也露出让人不舒服的神情。

云空叹了口气，知道再隐瞒下去，对唐汭、对经卷没有任何好处，于是点了点头："你问吧，我保证如实回答。"

李欧说道："你们的真正目的，并不是为了守护乐山大佛的宝藏，对不对？"

云空："你可能是有误会……"

"我问对还是不对！"

云空盯着他，缓缓点头："你说得对，并非护宝……"

一句话让李欧气急败坏，猛地一脚踹翻了旁边的板凳，房间里发出不和谐的声响。

"我最恨欺骗，我最恨欺骗！你们的真正目的，就是哄骗我协助你们盗窃大佛宝藏，然后再除掉我们，对不对！"李欧怒不可遏。

云空却坚定地摇了摇头："不对！"

"那究竟你们想要做什么！？"

"你先冷静一下，我再告诉你真相。"云空闭上眼睛。李欧长呼了几口粗气，这才压住火气，

"神父，多有冒犯，这家伙跟峨眉山的猴子一样，急了就抓耳挠腮。"贝尔勒忙打着圆场。

"你说吧，不管是什么情况，我会理智地做出决定。"李欧认真地说。

"唉，其实我们并不是不想告诉你真相，只不过时机未到罢了。"云空叹了口气，躺倒在床上，眼睛看着雪白的天花板。

"你知道嘉定武馆为什么从古至今都守护着大佛吗？"云空问道。

"继续吧，拣重点说。"李欧并不想回应他。

云空皱皱眉，继续说下去。那是武馆的缘起，在乐山大佛建成后，就由当时的凌云寺僧人和一些工匠组成了一个组织，一个专门守护乐山大佛的团体，被称为伽蓝使。后来这个组织不断发展演变，并经历了数次战火的洗礼，渐渐形成了现在的嘉定武馆。

伽蓝使守护大佛的使命被代代相传，与此同时，一些最初的训示也传了下来，其中有一个非常重要的训示，那就是关于"红劫"。

"红劫？到底是啥子嘛？"李欧问道。

"这是一条十分神秘的训示。它说，乐山大佛用强大的法力镇压了祸乱三江的妖龙，把它封印在大佛身后的一处洞穴中，但那妖龙魔性未尽，终有一天会再次苏醒过来，到那时，它会挣脱封印，毁灭大佛，再次祸乱人间……"

"脑壳被门夹了吗，谁会信这玩意儿？"李欧话里带着讽刺。

云空知道李欧不会相信，但也只能继续说下去："古训说，每当妖龙魔性增强的时候，伽蓝使藏下的脉心石就会发红，它的魔性越大，石头越红，一旦脉心石通体红遍，就是妖龙的觉醒之日，佛劫之日，这就是红劫。"

"神父，你没糊涂吧，你是在说神话吗？"贝尔勒都听蒙了。

"的确，这令人难以置信。要是放在几百年前，或许还会有人相信，但在我们这个科学至上、民智已开的时代，根本站不住脚。不过，训示既然流传了上千年，一定有其道理。历史上，有许多现实的事物是包裹在神话的外衣里面的，所以，唐之焕馆长必须要做的一件事，就是剥开这层外衣，解开伽蓝使传承的千古之谜。"

"那你们到底要做什么？"李欧知道他还没有讲出关键，又继续问道。

云空坦言："妖龙苏醒，大佛入劫，若救苍生，寻问玉莲。伽蓝使古训中，的确也提到了，假如未来发生红劫，伽蓝使作为大佛的守护使者，必须要进入乐山大佛身后的一处神圣之地——玉莲渊，去请求佛祖开示，获知重新封印妖龙，护卫大佛，拯救苍生的办法。"

玉莲渊？云空刚才和唐沔的确提到了这个玉莲渊，但什么去请求佛祖的启示，这虚头巴脑的说法谁会信呢。不过，还是先听云空怎么圆吧。

"传说玉莲渊乃凌云山内部的一个巨大腔洞，是上古时期佛祖静思感悟宇宙真谛的神圣之地，其法力强大，封印着妖龙。古训还说，要想找到进入玉莲渊的通道，就必须找到一人一书，人，就是说大工匠李先师的后人，他们会传承先师的秘密，书，就是记载开启密道办法的经文，这两者我们都找到了，可惜，经文被人抢走了。"

"所以你们不辞辛苦来找李欧，又冒着雷电暴雨去峨眉拿经卷，就是为了进入这个玉莲渊?"贝尔勒总结道。

"正是。"云空肯定地说,"不过,伽蓝使的秘密传承千年下来,那些线索和暗示早已消失不见,找到一人一书谈何容易,但为了解开千古谜团,查明预言的真相,守护乐山大佛,我们必须要做最大的努力。"

秘密通道,玉莲渊,圣地,这些词语刺激得贝尔勒心痒难忍,什么解开谜团,拯救苍生,他压根没听到耳朵里去,他感觉自己这趟来对了,已经越来越接近目的地了,那个玉莲渊里面,不消说,肯定有绝世珍宝。他神情紧张,努力控制住呼吸,眼睛一眨不眨地看着云空,生怕漏掉一个字。

李欧根本无法接受,说道:"不要再说什么妖龙,我问你,这玉莲渊到底在哪,里面到底有什么东西,伽蓝使为什么要把一个神话传承千年,并作为信条去遵守,他们疯了吗!"

云空面露难色,"玉莲渊中究竟有什么,这应该我问你,而不是你问我。你是李沭的后裔,你掌握的秘密不会比我少。"

李欧不屑地说:"别把我往那上搁,这真是我干过的最荒谬的事。"

云空叹道:"其实我们也不是十分理解的。但唐之焕馆长态度非常坚决,号召伽蓝使尽一切努力进入玉莲渊,并动用了伽蓝死令,为此,所有伽蓝使不得不从,所有后果由唐馆长一人承担。"

李欧想骂这群人真是荒唐透顶,但还是忍住了。

"是的。所以我和你一样,都希望看到最终的真相,也许那份经卷中会有详细的解答。"

"照你这么说,那景教授他们,包括我父亲,难道也是在找这个虚无缥缈的玉莲渊?"

云空不置可否,只是说:"我相信你的父亲在做一件极其重要的事。作为一名科学家,他一定掌握着有关玉莲渊的更深的秘密。也许,他想要的并非是你去找到他,而是你完成探索任务,这才是他最大的嘱托。"

第二十三章
自投罗网

李欧对云空讲的故事连一半都不信，正如冯潜告知他的一样，云空仅是一面之词，而没有实证。经验告诉他，任何宣传语都有水分，他无法去接受这个"真相"。

李欧反复掂量云空的话，不停地摇头，满腹疑虑。他有些懊恼地说："不是我不相信你们，从一开始你们就不坦诚相待，拿什么护宝忽悠我，到了成都，又扯出什么李冰七桥，在峨眉山，我更感到事情远非找宝藏这么简单，你们却还是避而不谈，你们是想能骗多久是多久吗，是不是还有其他的手段在计划中？"

云空长叹了一口气，有些愧疚地说："我们并不想故意欺瞒。在接触你之前，我和唐汭多方了解过你的情况，我们觉得，你是一个很务实的人，如果我们一开始就说出寻找玉莲渊这番事情，你肯定不会相信，更不可能跟我们走。所以我们就不得不抛出寻宝的话题，也许显得低俗了，但起码你会有充足的理由和动力跟我们回来啊。"

"呵呵，真会利用人性的贪婪啊。"李欧苦笑道，"确实，说起这么大的一宗宝藏，连神仙都会动摇啊。也怪老子痴心妄想，还有你啊，大橘，算盘落空了吧。"

贝尔勒耸耸肩膀，无奈地说："我说过，我就是喜欢探险罢了。"

李欧冷笑一声，这家伙嘴上说得好听，估计肠子都悔青了。

云空见状，催促道："李欧兄弟，我的话也许值得怀疑，但唐沨的安危你不能不管啊，你不能再浪费时间了。"

李欧这才心中一震，刚刚完全陷入了这是是非非之中，差点忘了唐沨。其实他还有好多问题要质问云空，但此刻只得把话吞了回去。

贝尔勒抓住李欧的胳膊，用力拉了他一把："快走吧，李，你难道就放心唐沨一个人去冒险？"

这话有一半说到了李欧的心里，他对云空讲的故事没多大兴趣，唐沨的安危确实让他担心。

李欧回头扔下一句，"先救人，这事没完！"

二人顺手带了背包，一路奔到医院外面，李欧伸手拦了一辆出租，上了车，司机问道："去哪儿？"

李欧打开手机上一个软件，见红色的圆点正在向东而去，他说："往乐山开。"

司机笑了一下："下车吧。"

"怎么，不去？"李欧诧异。

司机指了指远处的省道，说道："你不晓得吗？乐山大佛都快洗脚了。它一洗脚，那就预示着百年一遇的大洪灾，很多乐山人都拖家带口出城来了，现在进出的路全都堵死了。"

两人远眺过去，果然，大路那边车排起了长龙，一动不动。

李欧有些犯愁，却见那个红点居然还在省道上快速移动，难不成唐沨飞过去了？

不能再等待了，李欧要求司机先开过去，实在太堵了就下车。

司机说什么都不肯。贝尔勒从背包里拿出钱夹子，也不管多少，塞了几张欧元给他："不要找了。"

司机脸色一震，犹豫了一下，把钱一收，发动了汽车。

车子开上了回乐山的省道，好在进城的路还不算太堵，车多缓行，见缝就钻，实在不行就跑应急车道，总算追了上去。

李欧正在看手机，贝尔勒一把夺了过来，带着讽刺说："你小子真是个出色的卧底。"

李欧沉下脸说："拿来，你晓得个啥？还幸亏有这东西，不然你怎么找她？"

贝尔勒瞪着他说："李欧，你是不是连我也怀疑？"

李欧拿回手机，没有说话，贝尔勒也默然了，转头去看窗外。

由于交通拥塞，夺走经书的人也并没有跑多远。

前面一公里处，一辆黑色的摩托车正往那汽车队伍里乱钻着。后面一百米外，一个黄色的影子紧追不舍。

唐沏骑着一辆黄色的共享单车，奋力踩踏，在缓慢移动的车流里，反而显得风驰电掣。

摩托上面两个穿黑色雨衣的男人，时不时回头观望唐沏，他们本想借助车流拥塞，用摩托车来摆脱追击，没料到唐沏还用上了自行车。一般的小青年也就罢了，可她毕竟是武术教练，体能和灵巧胜人一筹。

疾风劲雨，唐沏没有穿雨衣，浑身已经淋透，几缕乱发黏在脸上，也来不及去抹开，整个人看起来很狼狈，但那眼神却犹如不化的冰峰，坚毅顽强。

后面追上来的出租车司机刹车了，遇到了更加拥堵的路段，连应急车道都被堵满了。

鸣笛声、牢骚声、风雨声混合在一起，这种不安与烦躁的气氛在不断蔓延扩散而去。

"下车吧，走不了！"司机无奈地说道。

两人不得不下车了，李欧和贝尔勒急得抓耳挠腮，四处张望，这怎么办，难道要跑步过去？

正发愁，贝尔勒见一辆喷着运动图案的小面包车正从身边经过，透过窗户，他看见后排座椅上，摆着几个滑板。

"嘿嘿嘿。"贝尔勒冲上前去，敲击着驾驶室玻璃。

"干啥子！老外。"操着地道乐山口音的司机不耐烦地说道。

"票子给你！滑板给我！"几张钞票飘进驾驶室，贝尔勒牛气地说道。

钱不是万能的，关键时候却是最能的。

"李欧，你跟紧了，我可不客气了！"踩上滑板车的贝尔勒，好像战神附体了。

两人一边启动，一边从背包里拿出雨衣套上，一前一后，犹如鱼入江湖，左穿右绕，蹬着滑板飞速向前。

贝尔勒兴奋地大呼小叫，动作夸张地超越一辆辆汽车。

李欧可没什么兴致，一脸愁容，一边扭动身躯，避免被那些后视镜剐蹭，一边在心里面暗自计算着。

玉莲渊？乐山大佛？大洪灾？李冰的预言和李冰七桥，这里面似乎真有些什么联系，看来大洪灾真有其事，但这和尚肯定有所保留，一定还有些事没交代。

正沉思着，一辆五菱宏光忽然变道加塞，李欧躲闪不及，撞了上去，人仰马翻⋯⋯

摩托车离共享单车仅有几十米远了，忽然摩托一拐，驶入了一条岔道，唐沏也只好龙头一甩，跟了过去。

泥泞的乡间小道破败不堪，坑坑洼洼，溅起的泥水变成黄色的脏雾。唐沏暗暗叫苦，浑身上下全溅上了泥，昔日的霸王花直变得像个滚泥鸡了。

这里不再堵车，摩托渐渐加起了速度，渐行渐远，唐沏有些失望了，看来经书是拿不回来了。

心里一失落，劲头就下来了，这才感到自己腿上阵阵发麻，酸得厉害。

前方一个转弯，摩托车穿过几间废弃的民房，唐沏刚踩进去，就见两旁的瓦砾堆后面，猛地跑出来两个黑衣男人，突然袭击，扯着唐沏就往下拽。

唐沏没有心理准备，身体也已是强弩之末，一下子被两个男人按倒在地，正要挣扎，脖子后面被狠狠敲了一下，眼前一黑就昏了过去。

贝尔勒和李欧跟到这乡间小路上来，滑板也起不了作用，本想回大路坐车，却见唐沏的信号停了，两人干脆跑了起来。

刚转过小弯，就见一辆黑色的吉普大切诺基呼啸而去，旁边还跟着一辆摩托车。追踪器上的红点也开始飞速移动。

"他奶奶的，他们劫持了唐沏！"李欧不禁大骂了出来。

"这回没辙了。"贝尔勒气喘吁吁地说。

嘟嘟，一辆小货车向两人鸣笛，示意让道。

这是那种乡间常见的运货车，车箱上还喷绘着一只金黄色的烤鸭："正宗乐山卤鸭儿，好吃不摆了"。车里面传出劲爆的迪厅音乐。

"老乡，要回乐山吗？"李欧靠了上去，一个胖胖的油腻男正随着节奏点着头。

"干啥子，搭顺风车只要美女。"男人抹了一把脸说道。

贝尔勒正要扔钱故技重施，李欧一拳捶向车门，吼道："光晓得美女美女，也不自己照下镜子！我们两个帅哥肯搭你的车够他妈给你面子了，快点给老子开门！"

李欧两人进了驾驶室，司机挡把一推，油门一踩，轮子在泥水里打滑了几下，奔了出去。

跟着定位器的信号，两人一路跟到了乐山。窗外的小丘陵如浪涛起伏，时有溪流蜿蜒而去，梯田茶园，阡陌纵横，远不像成都那般大城市的钢筋楼林，让人心胸舒坦。

"李导游，乐山是怎么样一个城市？"贝尔勒对大佛的故乡十分好奇。

"外宾你好，乐山啊，一个很重要，又很安逸的城市。"李欧算是来了个正式简介，"乐山古称嘉州，位于四川盆地腹地，北接蜀国首府成都，东临重庆，往南是云贵地区，往西就通向入藏的门户。岷江、大渡河与青衣江，三条大河在这里汇合，等于是古代高速通道的集散地，战略地理位置非常重要。南宋人称乐山为镇西之咽喉根本之地，守住乐山则等于守住成都……"

贝尔勒微微点头，看见外面那些偶尔掠过的现代建筑，已经无法想象古嘉州是个什么样的地方，不过世界著名的乐山大佛能选址建造在这里，肯定是有独到之处。

经过一个小镇的时候，马路边上瞬间多出了很多餐饮店。野生黄辣丁，牛华麻辣烫，西坝豆腐，跷脚牛肉，马边抄手……四处是红红绿绿的，吸引眼球的小吃招牌。

"乐山的饭馆挺多的啊！"贝尔勒咂咂嘴，想起了巴黎小李子的钵钵鸡，据说发源地就是乐山。

"那是，都说食在四川，味在嘉州。乐山的小吃多得数不胜数，简直就是吃货们的福地，而且这儿的人十分佛系，钱可以不挣，牌不能不打，12点前睡觉的，是辜负了这座城市对夜生活的守望，所以说啊，乐山真是个很安逸的地方，要是有空，我就带你好生感受下。"李欧很称职地继续解说着。

李欧当导游那两年，专门跑乐山—峨眉山旅游线，导游的职业让他对这里的名胜古迹和餐饮游玩如数家珍，但他从未深究过这座城市。看着窗外流动的景色，他觉得既熟悉又陌生。

进入城区，楼房马路多了起来，就看不见那些美好的田园风光了，到处是慌乱的汽车，车顶上架着庞大的行李箱，四周再次嘈杂起来。

好在路不算堵，司机按照李欧的指示往前开去。

跟着信号一直穿过了乐山大半个城市，路途开始变陡了，海拔开始爬升。车子七绕八绕地上了一座小山，来到了乐山城中的最高点——老霄顶。

定位器的信号不动了，李欧校正了一下方位，说道："就在这山上。"

老霄顶位于乐山市郊高标山上，是除了乐山大佛外又一个可以俯瞰乐山全城的地方。

两人顺着山路向上爬去，李欧一边跟着信号向前走，一边向贝尔勒介绍这山的历史："这山别看不高，可有年头了呢。公元 6 世纪的北周时期，就在山上建观了。后来又建万寿宫，民间喊的是老霄顶。"

正说着，前面看到了几个人影，其中一个正是唐沔。

两人躲藏起来，偷偷地跟在后面。这一行有四五个人，身着黑色 T 恤，把唐沔围在中间，唐沔双手好像被捆上了，被人带进了一间茶楼。

这茶楼建在老霄顶的陡崖边上，仿唐式三层结构，看起来有些年头了，墙头上的藤蔓像绿皮毛衣般裹着楼身。李欧纳闷了，以前听说这个地方是个私人茶馆，从不向公众开放，只邀请一些贵客来访，不知道这茶楼主人是什么来头。

二人整理了一下衣物，先装作游客进了茶楼的院落，再悄悄打开大门溜了进去。大厅里空无一人，只见正中立着一扇蜀绣千里江山图大屏风，十分壮丽。茶楼内部装修古香古色，并非富丽堂皇的招摇，反倒显出楼主的品位。

两人左右看了一眼，就顺着过道往前走。一转弯，迎面过来两个彪形大汉，向他们喝道："你们干什么的？"

李欧见来人不善，转身就走，贝尔勒一边后退，一边用法语说："请问在哪儿可以喝茶？"他还想借自己是外国人的身份，虚张声势，对面二人迅速逼了过来。

李欧抬腿要跑，不料外面又进来两个人，手里还拿着甩棍，贝尔勒抬手要反抗，一人对他的肚子打了一拳，他痛得弯下了腰。两人无奈，只得举手投降。

二人服服帖帖地被带进了一间茶室。

茶桌前坐着一个人，文质彬彬，正不慌不忙地在冲洗着茶具，戴副黑边眼镜，输着精干的分头，尖脸小眼，嘴角露着看不懂的浅笑，透着半分得意，半分嘲弄。他的后面站着一个美国人，近一米九的个头，体格相当强壮，穿着黑色的T恤，胳膊比一般人大腿还粗，一张脸像是干涸的河床粗糙而生硬。

这两人正是神出鬼没的陈博士和欧文。

陈九里端起茶，轻轻抿了一口，操着浓重的台湾口音说："没想到你这小子真的是难过美人关耶，自己送上门来，有情有义啦。"

李欧挣开抓住他手臂的保安，问道："我们是游客，刚刚路过这里，为什么抓我们？"

陈九里吹了一口杯里的茶，轻轻地说："李欧啊，小聪明耍得挺溜的，可惜在我面前不起作用。"

说完从口袋里掏出一个小东西，正是李欧放进唐沕背包的定位器。

李欧愣了一下，果然是老狐狸，这回是自投罗网了。

陈九里抬起头来，嘴角抿成尖刀一样，阴冷地笑了一下，摆了摆手："把他们带下去。"

几人推推搡搡，把李欧和贝尔勒带往了茶楼的地下室。

第二十四章
悉昙密文

　　李欧和贝尔勒被带到楼梯后面，拐了一个弯，一道陡峭的台阶向下延伸，里面阴暗潮湿，走下来，一溜几个铁门，这些家伙把一个溶洞改造成了私牢。除了堆杂物的，也只有两间能用。

　　李欧被推进了唐沏所在的牢房里，贝尔勒单独进了隔间。唐沏靠墙坐着，不知道在想什么，看到李欧一个趔趄摔了进来，一拧身站了起来，脸上透出意外的惊喜："李欧！你咋来了？"

　　李欧坐在地上，有气无力地看着她："兄弟，咱千辛万苦找到的经书被别人抢去，怎么能就这样算了。"

　　唐沏瞬间恢复冰冷，说道："我真的就是这么像女汉子吗？"

　　李欧嘿嘿一笑，道："要不改口叫你花木兰？"

　　唐沏脸上罩了一层寒霜，轻声骂了句"无聊"。

　　贝尔勒忽然发出一声吼叫，原来他那个牢笼的角落里，坐着一具骷髅，一只老鼠还把这儿当成了游乐场，在骷髅嘴里窜来窜去。

　　"李欧，我们俩的待遇差别好大啊，居然让这阴森森的骨头陪我！"贝尔勒胡乱喊着。

　　李欧没接他的话，找了个干净些的地方坐下来，发现唐沏一直在看他，忙问唐沏："那个台湾佬是怎么回事？"

唐沏说道："这个人我认识，是我们武馆的一个联谊单位的人。"

于是就说起一段往事，两年前，武馆在嘉定坊开中外武学交流会，来了几个人，其中就有这个陈博士，当时他自称是美国国家地理学会的观察员，对峨眉武术很感兴趣，和父亲相谈甚欢。之后就经常到武馆来活动，向父亲讨教，他们在练功时，他就在一边看，空暇时也会下场比画一下，看他的拳法与峨眉派很相近，细看又不像。

父亲让她与这人接过手，感觉用劲用意都与本门大相径庭，却不知父亲为何对他非常看重。此人平时说话不紧不慢的，让人猜不透。

唐沏最后说："我也不晓得为什么他们要抢经书，总之肯定不是好事。"

贝尔勒在对面嚷道："这几个家伙才是盗宝贼，李欧你和那傻警察弄错了！"

唐沏正要问什么警察，这时候外面响起了脚步声，一个人不紧不慢地迈着步子走来。陈博士出现在门口，他微笑着看着二人："几位还好吗？这山上风景不错啦，就是水汽太重。"

唐沏质问他："陈博士，为什么要抢经书？为什么要关我们？"

陈九里回答道："有些事你们还是不要知道得太多啦。看来唐家小姐和李先师后人关系不错哦，现在人和书都在我们手里，事情就好办了啦。"

李欧背抵在墙上，手插裤兜漫不经心地说："不就为了大佛宝藏吗？既然都想要，那就大家分一分得了，先放我们出去好商量。"

唐沏脸上浮起怒意，训斥道："你敢打宝藏的主意，看我不收拾你！"

李欧无奈地说："咋啦，正所谓识时务者为俊杰，商业社会嘛，大家谈好了不就行了嘛。"

"休想！你敢乱搞我第一个宰了你！"唐沏握紧了拳头。

陈博士不会上当，淡然地看着他们吵架，说道："好啦好啦，你们没有条件可谈，等破译了经卷，自然会请李先生你出场。唐小姐，暂时先委屈一下啦。"

陈博士哈哈笑着走了。

唐沏无力地坐在地上："这可咋办，要是他们破译了经书，再把你抓去找宝藏，那就完蛋了！"

李欧嘿嘿一笑，道："花木兰，你还跟我踩假水（方言，指弄虚作假）哦，什么宝藏的事你还编得下去？"

唐沏瞄了他一眼："啥子意思？"

"法师都招了！"贝尔勒在隔壁嚷道，"你们要当除妖英雄就算了，干吗拉我们来陪练啊！"

唐沏左看一眼，右看一眼，看来云空是真说了。

"好吧，既然你们也知道了这件事，那我也就不啰唆了。当务之急，我们要夺回经卷，逃出这里。"唐沏冷峻地说。

"夺回？怎么夺，靠想象吗？"李欧无奈地说，"我看他们那么感兴趣，那就等他们破译吧，也省得我们操心。"

"哼，恐怕没那么容易破译。"唐沏不以为然地说，"在医院的时候我粗略地看了一下，都是些古代的梵文。"

李欧讶异道："古梵文？那又怎样，他们可以找专家来看。"

唐沏摇摇头："我曾经学习过这种语言，能够辨认那些文字，但它的内容却完全是混乱的，如果我猜得没错，经文一定经过了加密。除非他们能找到对应的密码表，否则想要破译没那么容易。"

"那他们搞不定，我们又怎么能搞定？"李欧有些无语。

"幸好我在医院时抽空拍了照，传了一份给小昕。看看小昕那边能不能用计算机来强制破解，或者最简单的，找到原始的密码表。"唐沏狡黠地一笑。

"冰雪聪明。"李欧赞道，"不过，这么重要的经文应该不是采用普通的加密办法，就看谁先跑在前头了。"

"哇，又是个解谜游戏，我喜欢挑战。"贝尔勒在那头不嫌事大，嚷嚷道。

唐沏似乎想到了什么，又说："我忽然想起，爸爸以前提起过，伽蓝使在战争时期，曾采用一种加密语言传达情报，叫做七方阵语，加密的办法好像记载在什么书上，这个经文原本是伽蓝使保管的，说不定他们会有办法。我想找到父亲问一问就好了。"

"伽蓝使，是啥东西？"李欧明知故问。

唐沥一愣:"云空没跟你讲?当年大佛修建完成后,为了守卫大佛就成立了一个民间组织,叫做伽蓝使,他们也是嘉定武馆的创始人。直到今天,伽蓝使这个称号依然保留着,是武馆领头人的一个名誉称号。我父亲、我哥,还有云空长老都是伽蓝使。"

"哦,明白,类似于武术协会领导之类。"李欧验证和云空说的一致,又说,"看来没戏了,我们都坐班房了啊,我看干脆就在此终老一生罢了,还好有你这个哥们陪着,也不至于太孤单。"李欧双手托着后脑勺,苦闷地说。

唐沥瞪了他一眼:"废话,谁跟你终老一生!你赶紧想想怎么出击吧!"

李欧冷笑道:"出击?我倒觉得现在这样挺好的,至少我们能有时间好好谈谈。"

"谈什么?"唐沥问。

李欧坐直了身子,一本正经地说:"谈谈你们到底都是些什么人,有何目的,还有,为什么要把我卷进来!"

贝尔勒又在隔壁嚷嚷起来:"小李子,咋又问这些问题,云空不是都告诉你了吗?"

"你住嘴,去静坐去!"李欧喝了一声。

贝尔勒摇摇头,坐到角落里去,不怀好意地盯着那具骷髅。

李欧瞅着唐沥:"说吧,花木兰。"

唐沥无奈,说道:"好,我跟你说。伽蓝使流传着一个古老的预言,它说乐山大佛镇压的妖龙,终有一天会挣脱封印,毁坏大佛,祸乱人间,到那时候,一个奇妙的石头就会变得通红,所以叫做红劫。"

李欧稍稍点头:验证通过。

唐沥看了他一眼,犹豫了一下,又继续说:"上周父亲找到我们,神色紧张,他说红劫发生了,要立即召集伽蓝使。根据古训,重新封印妖龙必须进入大佛身后的玉莲渊,但古通道的位置不知在哪儿。父亲很急躁,他担心预警的时间不够用,害怕会发生未知灾害,所以必须尽快动手,手动挖开大佛身后的通道。"

"挖开通道？"李欧和隔壁的贝尔勒同时叫了起来。

李欧想起了当初两人找他的时候，云空说是有一群犯罪分子，不惜破坏大佛进去盗宝，当时就觉得很牵强，后来也越发觉得是个漏洞，之前云空也并没有提这件事情，现在看看唐沏怎么个说法。

唐沏点了点头："是的，父亲带了几个人，连夜研究了大佛的身体构造，但是并没有发现密道，他很着急，说是如果到了万不得已的时候，只有破坏大佛。有人不同意他这个做法，因为这将背上千古的骂名，就跟他吵了起来。父亲是个犟拐拐，张口古训闭口古训的，说是要拯救苍生必须做出牺牲……"

"说句不好听的话，你父亲这执念大得过分了吧，破坏大佛，这可是死罪啊。"李欧诧异了。

"当时，张副馆长也很反对父亲这种粗暴的做法，并质问父亲，你为什么不采用第二种办法。父亲说那种办法太不切实际。然后唐钺跑来找我，他说为了解开伽蓝使的千古之谜，制止父亲的疯狂举动，请求我去探索第二种办法……"唐沏说到这里，有些走神，脸上微微泛红。

李欧轻轻一笑："花木兰，说下去。"

唐沏"哦"了一声，捋了捋头发，说道："这第二种办法，就是根据伽蓝使古籍的记载，找到经书和李沭的后人，开启密道。云空法师得知这事后，也支持唐钺，并说经书可能就在峨眉，他可以帮我。但是，找李沭的后人可就麻烦了，我们联系了公安，查了古籍和李姓族谱，我们渐渐锁定这个人就在四川省水文勘测局里面，叫李宁天。但不幸的是，他已经失踪很久了，唯一的办法是找他的儿子，也就是你，身在法国的李欧。"

灯不挑不亮，话不说不明。李欧总算弄明白了事情的来龙去脉。

"你们联系的公安，具体是谁？"李欧问。

唐沏道："是冯潜冯队长，因为他和武馆的关系比较好，所以我们就先问他了。怎么了？"

"没什么，我明白了。"李欧说道。

贝尔勒叽叽咕咕地说了出来："弄了半天，你们就是想找到大佛身后的山洞吧，那宝藏的事怎么一点儿都不提呢。"

李欧朝他递了个眼色，这个问题也正是李欧想问的。

唐沏有些厌恶地看了两人一眼，说道："说到底，你们心里念的还是宝藏，玉莲渊在哪儿，里面到底有啥，甚至连它是否存在都要打个问号，你们能不能务实一点。"

"事到如今，我反而觉得宝藏越来越有可能存在了，你们在刻意回避事实。"贝尔勒忽然用少有的严肃语气说话，李欧和唐沏都看向了他。

只见贝尔勒缓缓站了起来，眼里透着难言的光，手插在口袋里，直直地审视着唐沏，忽然又扑哧一笑，说道："你看看，被我问住了吧，快快如实招来。"

此时，上头的茶楼内室，紧闭的房间内，陈九里和大块头欧文正在商议着事情。欧文点起了一根哈瓦那雪茄，霸气地吐着烟圈。

"计划进行得不错，现在人和书都在我们手上了，我们可以掌握主动权了。"大汉瓮声瓮气地向陈说道。

陈九里嘿嘿一笑，把经卷从桌下抽屉里拿出来，翻开放在面前。古老的纸张黄旧不堪，好在一直保存良好，上面的字迹还清晰可见。

古卷上面写满了弯弯曲曲的文字，都是手抄的。只是这些文字，不是中文，也不是常见的外文，陈九里学识渊博，认得这是梵语，但他并不精通这个语言。

"他娘的，用什么梵语，这不是个专家真弄不明白啦。幸好我早有所料啦。"

正在翻来覆去地瞎琢磨，手下进来说："严觉法师来了。"

陈九里忙站起来："快快请进来啦。"

一个白白胖胖的老和尚走了起来，七十岁上下，他是佛学院高僧严觉法师，精通古印度文字，研究梵语近三十年。这老和尚平时就爱钻研一些稀奇古怪的经书，一听说这里有一本书文字古怪，无人能识，二话没说，屁颠屁颠地就跟来了。

陈九里把他请到桌前坐下，亲自倒上一杯茶，端到跟前，双手合十道："法师，把你请来，是有一事相求哦。"

他点了点头："您客气了，拿来我看看。"

陈九里把经书递了过去，老和尚双手接过，放在面前，戴上眼镜，细细地看了起来。

陈九里端起茶杯，悠闲地品起来。欧文的电话响了，他朝陈看了一眼，接通电话走了出去。

老和尚眉头紧锁，不停地摇头，半天看完一行，又看下一行。还拿出笔，在白纸上不知道写画些什么。

陈九里喝完了一壶茶，见到老和尚还是没有收获，实在忍不住了，就凑了过去，小声问道："法师，有眉目了啊？"

老和尚抬起头来，一脸无奈："这是梵语不错，不过我破解不了。"

陈九里面色一紧，忙问："您不是精通梵语，怎么会搞不定的？"

老和尚当然也不想让人觉得自己无能，便解释道："梵语有两千多年的历史了，来源于古印度，是佛教和贵族间采用的一种比较高阶的文字。公元4到8世纪，演化出笈多文和悉昙体，7世纪时则演化出了那格利体，在11—12世纪的时候被天城体所替代，延续至今。不过，这个经卷的文字并不是最流行的天城体，而是唐朝时候的悉昙体，它成书于唐朝是基本可以确定的……"

"那它到底说的什么？"陈九里不想听他废话，他只要结果。

"我虽然可以辨认这些梵文的内容，但它的语义是混乱的，应该经过了加密。"老和尚回答道。

"加密？"陈九里惊讶道，"那你可知解密的办法？"

严觉法师摇头道："要解密就必须知道加密方法，贫僧方才试着用常规的置换法、替代法和栅栏法进行了解密，但都失败了，看来如果找不到密码表，是无法解开了。"

陈九里"哦"了一声，知道这也怪不得他了。

老和尚行了一礼说："不好意思，陈先生，让您失望了。"

陈九里一笑："不客气，法师，你辛苦啦。"伸手拿过一叠钞票递给维摩法师，老和尚哪里肯要，一再推辞，陈九里坚持要给，硬是塞进了他的口袋。

老和尚不停地点头致谢，走了出去。

陈九里显得有些郁闷，正在盘算着该怎么处理这个经文的事情。这时，欧文走了进来。

"博士，上峰刚才来了密电，认为咱们不能再玩什么解谜游戏了，现在必须要对第一方案进行评估，看是否有必要启用雷鹰进行秘密突击。"

陈九里两手搭在花梨木的扶手上，头微微摆动："中国有句古话，将在外军令有所不受。执行具体任务的是你我二人，上峰急什么急啊。你以为启用了雷鹰，事情就能解决了，搞不好把我们一起搭进去哦。"

"那总不能坐着等啊，等你把这破经文破译了，任务可能已经失败了。"欧文不爽的时候鼻孔就会放大，喷出粗粗的气流。

这时，手机响了。陈九里看了下，是加密变音电话，于是接通了。

"嗯，对。经卷是加密古梵文……啊，你说什么，伽蓝使有办法……唔，知道啦……我会考虑好……"

"说什么了？"欧文急问。

"嗯，他说，这个经卷的加密办法，伽蓝使知道，这张密码表应该就藏在武馆。"

"很好，我马上派人去找。"欧文站了起来。

"问题是，密码表的下落只有馆长唐之焕知道，而唐馆长已经死翘翘了啊。"陈九里几乎是带着嘲笑的口吻说道。

欧文一拳头捶在茶桌上，生生震出了一道裂口。

第二十五章
"回锅肉王子"

地牢中，唐沩对贝尔勒的再三追问有些厌烦。

"对不起，我真不清楚宝藏的事。"唐沩说道。

"好吧，就算你说的是实话吧，不过，这个玉莲渊，你们忽略了一件事。"贝尔勒来回踱步。

"什么事？"李欧和唐沩同时问道。

"玉莲啊玉莲。佛教中的神圣之物，莲花，这已经不打自招了啊。它和佛家有必然的联系，佛教的圣物，必然会放在那里。"贝尔勒说的话不无道理。

"那你的意思，玉莲渊里还有大佛的宝藏？"唐沩反倒被他的话勾住了。

"别装疯卖傻了，我的大小姐。我只是非常好奇罢了，这可是世界上独一无二的佛祖秘宝哦，能见上一面这辈子也值了。"贝尔勒眼里闪动着兴奋的光。

"这个话题打住吧，不管有还是没有，等出去过后再说吧。有本事你就进入玉莲渊给我看看！"唐沩不想在这儿异想天开了。

贝尔勒还想啰唆，李欧也说："行了呆子，我看你是从小看海盗宝藏看多了。等出去后你再做你的法国梦吧。"

宝藏的话题打住了，三人盘算着怎么脱狱。

三人靠在门上商议起来，这牢房在地下，四周都被封死了，门上的栏杆比大拇指还粗，根本无法撼动，门上的锁链也十分结实，李欧研究了半天，也没有办法。三人在里面转了几圈，也没有想出个可行的办法。

无奈，几人就只好安静下来，等看看守卫的活动情况再做打算，最好是拖到深夜，那是守卫最薄弱的时候。

时间漫长得可怕，三人无事可做，只能望着冰凉的墙壁发呆，贝尔勒沿着牢狱不停走动转圈，看得李欧也是烦躁难耐。这光秃秃的地牢，真会把人逼疯。

守卫来送过一次饮水，却没有食物，似乎故意要折磨几人。到了半夜，洞窟中异常寒冷，唐沏一身泥水未干，冻得瑟瑟发抖。贝尔勒又困又乏，眼皮直打架，没办法，用角落的一张破布挡住骷髅，然后躺在肮脏的褥子上呼呼大睡。

李欧见唐沏不断摩挲自己胳膊，却还硬撑着故作镇静。心中忽然莫名怜惜，这女子确是和那些花枝招展的小姐姐不同，精神上似乎有根钢弦紧绷着，这是为啥子嘛。

他脱下自己的短袖衬衫，递给唐沏，只剩一件白色背心，"衣服有点酸味，但现在首要是解决温饱问题，将就一下啦。"

唐沏愣了一下，推辞道："别，我看你那身子骨也自身难保，穿上吧。"

李欧衣服都脱了，怎么又好意思穿回去，忙扯："放心吧，我这人皮子厚，暂时扛得过去。你身上都是泥水，容易感冒。"

唐沏说啥也不肯，气氛有些尴尬起来。李欧忙说："行了，咱现在也别装斯文了，抱团取暖吧，挨过今晚再说，身体是革命的本钱，身体要垮了，你们的宏图伟业也成了空话。"

唐沏本想反对，李欧一下子挤到了唐沏身旁，紧挨着她："不好意思不好意思，失礼了。"

唐沏只好把脸侧过去，身体僵着，要是李欧有任何非分动作她就一个手肘过去。

两人静了一会儿，都觉得有些尴尬，就一起说了出来："你那个……"

李欧笑了一下，抢先问道："哎，花木兰，你怎么就想到要学武术，是因为家族的影响吗？"

唐沏盯着天花板，似乎在回想什么。

"小时候，我妈是不希望我学武术的，我只是好奇，就跟着大伙练了几把几式。后来，父亲接管武馆后，每天忙得人影都见不到，家也顾不上。我16岁那年，妈妈患了乳腺癌，不久就去世了。我忽然间无依无靠，成天闷闷不乐。只有唐钺和云空法师经常来陪我，帮我度过那些艰难的日子……"

"哦，不好意思。"看着唐沏脸上显露出伤感，李欧抱歉地说。

"武馆是个小社会，我见到了很多变故，我是一个不愿改变的人，所以，我最怕悲欢离合……"唐沏的声音变得柔弱，像是逐渐化冻的湖冰。

或许是感觉到了李欧的诚恳，或许一路的历程渐渐改变了她对李欧的最初看法，唐沏渐渐打开了话匣子。

我曾经问妈妈，人们为什么要练武。她说每个人生命中一定有想要守护的东西，武术让这种守护变得坚实。我那时候并不理解，在这和平的时代，没有敌人，就算有一些歹徒，也迟早落到警察手里。武术，也许就是强身健体而已。所以我并不想深入地去修习专业的拳法，从小到大只是练好了基本功。

上大学的时候，我因为会些武术，同寝室的闺密总是嚷着要让我教她们武功，我说算了，还不如去健身房，更符合主流。

连我自己都对武术没有信心，要我教别人习武，我怕浪费了别人学习和谈恋爱的时间。

哎，可是命运，总是牵着人走，让你不得不从。

大三那年，同寝室一闺密有天晚上独自一人出去看电影，因为是她最喜欢的片子首映，她看到凌晨3点才结束。我还记得临走前，她对我说："晚上别睡着了，等我回来给你剧透一下啊。"

回来的路上，她骑了个单车抄近路，进了离学校不远处一个老民居巷子里。在那里她被两个男的拦住了，她一个弱女子怎么可能拼得过他们。

最后她被那两个畜生猥亵，她拼命反抗，反而遭遇杀身之祸……

唐沏有些哽咽，眼里是悲愤的火焰。

第二天早上，我得知这个消息，我简直无法接受，我跑过去了，看着她苍白的面容，她才20岁，花容月貌青春年华瞬间消逝。我哭了，我握紧了拳头。我深深地意识到，一个弱小的，手无寸铁的女孩子在那些变态男人面前，是多么可怜，多么卑微。而我，本来可以给她一些希望，可以避免这惨剧的发生。我第一次意识到武术的重要性。也是从那年开始，我开始正式系统地修学玉女拳。

唐沏想起了那个夏天，她回到武馆，径直走到唐之焕面前，对他说："我要当教练。"

"什么？你不是说只想培养个兴趣爱好吗？"唐之焕眼都没抬。

"现在不是了。我要教人武术。"唐沏斩钉截铁地说。

唐之焕合上书，缓缓抬起头来："你基础是不错，不过……"

"我已经在练玉女拳了。"

"但你还在上学。"

"我还有课余时间，寒暑假。"……

于是，不久后，唐沏到柳叶馆跟班，由于基本功扎实，专注强习，更是因为她燃烧的心火，她付出了常人没有的努力，很快她就脱颖而出。又渐渐获得很多武术奖项，知名度不断提升。

两年后，她成了玉女拳的代理教练。三年后，正式接管柳叶馆。

有一段时间她只收女学员，后来，不少男生慕名而来，有的还是女学员的爱人，她也渐渐接纳了他们。

"优秀的拳师，总是有原因的。"李欧赞道，"你是武馆一张招牌。年轻的美女武术家，三年修成正果。"

"别取笑我了。我只是觉得自己能够把力量传递给那些需要变强的人，是一件有意义的事。"唐沏说道。

"呵呵，你一女子这么上进，让武馆的男人们压力山大啊。"

"怎么会，比如我二哥唐铖，他的努力远远超过我，我永远都在追赶他，但怎么也赶不上……"唐沏叹了口气。

"你对他的情分不只是兄妹吧。恕我直言。"李欧斗胆说了出来。

唐沏有些神色慌乱，这女人的小细节逃不过李欧细腻的眼光。

"二哥其实是父亲的养子。"唐沏这便又说起了他来。

他原名叫祁山，小时候在川西那边。当时那边山里突发泥石流，父亲正在当地传教武术，闻讯赶到现场支援，救下了二哥。他的父母却不幸遇难，父亲看他无依无靠，便收养了他，改名为唐钺。我和他一起长大，从小感情就很好。他总是迁就我，我想吃的他偷偷去买，我想去玩他带我去玩。我被坏孩子欺负了，即使他打不过人家，他也要奋力去保护我……而且，他真的很努力，也很优秀，他做了许多别人难以做到的事，他是一个真正的男子汉，我为他感到骄傲……

唐沏对唐钺的敬佩溢于言表，也更含着倾慕。李欧想到，这也算是青梅竹马吧，但既然两人并无血缘关系，又怎么没走在一起，这年头了，还会在意那些世俗言语？

李欧哪壶不开提哪壶，追问道："不过，你好像对他的女朋友意见有点大。"

唐沏柳眉一竖："是，那个女人风骚成性，我搞不懂钺哥怎么会和她好了，哎，一定是一时糊涂，而且父亲和长辈们都不喜欢她。唐钺人比较倔强，也许只是不愿别人决定他的事情吧。"

"哦，这女人我觉得不光是风骚，有些不简单。他们是怎么认识的。"李欧想继续向深处挖掘。

唐沏没有隐瞒，说了出来："去年，唐钺去西昌给少数民族义授武术，回来后就带着这个女人。这个女人神神秘秘的，据说是舞蹈教师，有时候也去乡下义演，可能当时在西昌两人就是碰巧碰上了吧。她的事我不想去了解。"

李欧"哦"了一声，琢磨了片刻，想要再问点什么，唐沏却反问道："你上次说你在非洲待过，什么回锅肉是怎么回事？"

李欧哈哈一笑，说这是他有生以来中最传奇的一段经历。唐沏坚持要他摆个龙门阵，李欧站起身来，伸个懒腰，这便打开了话匣子……

我学的是电子工程，不过专业不重要，重要的是我是个学渣。大三那年正好"一带一路"兴起，我玩得很好的一个学长鲁华侗，找到我，问我去不去非洲卖手机，他说现在非洲手机市场很热，早去早发财。带队的是我们大学一名通信学教授，姓黄，他已经辞职并搞了一个创业公司。我这人比较随性，哪里有舞台就去哪里，于是我就和他们一道，飞往了非洲中南部的穷国家，赞比亚首都卢萨卡。

这个地方穷得很，商业区街上站着很多待业青年，失业率非常高。在卢萨卡的最中心地带，是一片银行区，每家银行门口的保安都佩着枪，虽然有的枪管生锈了。

我们先给新公司选址，去了最中心的总统大道，这是首都唯一一条四车道马路，其余的柏油马路只有两车道。马路左边是议会大厦，还有一个十几层的会展中心，是市内最高的建筑物，由中国援建。马路右边是江苏建设的金苏宾馆，这是当地最好的宾馆之一。

其实到非洲干事的中国人现在真的很多。有个玩笑这样说的：一个华人去非洲援建，刚到工地接待他的施工员是个黑人，他就用英语跟人家交流，黑人没作声。然后他又用法语，黑人还是没说话。然后他用手去比画。黑人终于开口了：瞎比画个啥，整个工地都中国人。

我们在市中心安定了下来，开始经营手机。

黄教授还是一个很有思想的人，他考虑了黑人朋友喜欢跳舞唱歌拍照的需求，就设计了很受欢迎的娱乐功能，并且还考虑到他们消费能力有限，经常都要换手机卡，推出了四卡四待手机，哪张卡优惠多就用哪张卡。所以我们的手机 BoomerX 渐渐受到追捧，生意也做起来了。

在非洲做生意，安全是第一位的，我们租住了卢萨卡富人区的一栋别墅。请了一个园丁，一个保安，按时付给他们薪水。那个薪水可低了，折算过来一个月才人民币 600 元。房东是个当地很有势力的人，叫做艾尔菲尔德，他说他是开金属厂的，但后来我们发现他远远不是开厂这么简单，他参与了政府军队的一些重要计划。

不久，卢萨卡发生了叛乱，一伙来自草原部落的叛军，开着越野车，拿着 AK 和火箭筒就冲进市区了，想要夺取政权。

政府军虽然早有防范，但狡诈的叛军寻找了城防体系的突破口，他们冲到街上，横冲直撞，滥杀无辜。头疼的是，由于这个艾尔菲尔德是叛军点名要捕杀的对象，我们所在的别墅受到了攻击。

不幸啊，当天是晚上发生的暴乱，我们都在睡觉，等清醒过来时，房子已经被包围了。虽然我们作了很多解释，但他们认为我们在秘密支援政府军，把我们扣押了起来。

好在中国的大国形象，具有一定威慑力，叛军没有伤害我们。不久，政府军的北部援军赶到，终于打退了叛军。

在逃亡过程中，黄教授和学长鲁华伺找到了机会，劫了一辆小汽车逃离了魔爪，而我比较苦逼，跑在后面被人追上来打晕了。

后来我就被带到了叛军的草原阵地，他们称之为卡丹萨，意思是狮子窝。他们的头脑团对我的处置有了分歧，有的认为应该杀掉祭神，有的认为应该作为要挟政府军的筹码，有的认为不该得罪中国可以放了。不管如何，我必须暂时被扣在这里，并被扔进了恶心的牢房。当时我心急如焚，每天盼着离开那个血腥肮脏的地狱，又每天担惊受怕的，害怕他们一不高兴就拿我血祭了。

没有人能救我，我得靠我自己了。先跟敌人搞好关系可能是保存自我的唯一办法。但形势比我想象的更恶劣。

由于叛军不断遭到政府军的剿杀，后勤补给线断裂，水、食物、各类补给的短缺越发严重，恼羞成怒的首领蒙罗塔开始用各种理由杀人，尤其是那些俘虏，以减轻资源的压力。

一天，我和俘虏们正在草地上搭马厩，忽然听见伙房那边传来了枪声。不一会儿，两个背着 AK 的黑鬼拖着一个黄头发的欧洲人就从伙房出来了，把他往地上一撂。

首领蒙罗塔端着一个锡盘怒气冲冲地走出伙房，来到那个背心开出一朵血花的可怜鬼身旁，一边骂着，一边把盘子里的红棕色的肉排摔在尸体上，又给尸体补上两脚。

"怎么回事？"我忙问旁边那个瘦高个黑人梅拉韦，这家伙之前是在尼日利亚外贸市场混的，后来想到赞比亚发财，却不小心被叛军逮了，之所以被叛军留用是因为听得懂多国语言。

"会做牛排的黄头发死了。因为小蒙不高兴。"梅拉韦小声地用蹩脚的中文告诉我。

"为啥不高兴，他们就没个像样的厨子，有人做牛排已经不错了。"我小心地回话道，生怕被旁边拿枪巡视的警卫发现。

梅拉韦说道："小蒙嘴巴太刁了，要好吃的，他做的，不行。"

这时，头上缠着骷髅花纹头巾的首领呱唧呱唧朝着俘虏喊话，凶恶的样子像是雄狮张开了大血口。末了又补上一句英文："Food，who can？"

"说啥了？"我问道。

"他说谁会做美食，就有好报酬。"

"什么报酬？"

"多活几天。不过也只是多陪他玩几天罢了。"

我听到这话心里真他妈不是滋味，在这畜生眼里，我们的价值还不如一头山羊。盲目的反抗就等于找死，唯一的出路是得先做小伏低才行。

小蒙叫了一个黑人俘虏过去，问他会不会做菜，那黑人吓得扑通一声跪了下去，不停地哀求着，说自己除了做菜其他都干得不错。

砰！枪声惊飞了远处的鸟群，小蒙大骂着，面前又多了一具尸体。他的枪朝向了另一个俘虏。

我当时脑袋里像是遭了雷击一样，活命的念头让我无法自控，我上前走了几步，大声喊道："我会！"

手枪顶在我的头上，尼玛，那还烫人的散发着硝烟的枪口顶在我额头上，我动弹不得。小蒙嘲笑着，就我这黄皮肤瘦巴巴的小年轻，根本不像个大厨。

梅拉韦算是我的狱友了，见我这样不理智，实在是有些惊慌，忙跟上前来，向小蒙解释，说我是被吓糊涂了。

但既然我已经走出了第一步，就没得回头了。我说道："我来自中国四川，会做川菜。"

"川菜，哦？"小蒙眼神里闪过一丝惊异，川菜在国外也是赫赫有名的。

"你，你会做川菜？"梅拉韦疑惑地看着我。

"对，我会，我的拿手菜是回锅肉。"此刻我不得不拿出最有把握的菜品来。

梅拉韦像是拿到了免死金牌，忙用英文向首领说道，这道菜和宫保鸡丁、鱼香肉丝一样，是国际名菜。

小蒙和几个守卫都哈哈大笑起来，我也跟着笑了，气氛似乎缓和了，可五分钟后，枪口并没有离去，只是从额头挪到了我的口中。

小蒙火气冲冲地说，这里根本没有川菜的作料，别他妈随便做个什么就来糊弄他。

我大声地喊着，给我三天时间，我绝对拿出正宗的四川回锅肉，如果不行，甘愿受死！

话说到这份上了，小蒙没有杀我，倒是想看看我能折腾个什么事出来。三天，就地取材，除非变魔术。

晚上，我回到肮脏的牢房，敲打着自己的脑袋，骂自己，李欧，你他妈不冲动会死啊？这咋个办啊！我该怎么兑现我的诺言呢，我能像诸葛亮一样说三天有箭，就真的能搞到箭吗？

后悔是没有用的了，我静下心来，认真想着办法。

我知道，川菜的秘密，在于调味。川菜有"三香三椒"之说。三香乃"葱、姜、蒜"，三椒乃"辣椒、胡椒、花椒"。而川菜的灵魂，便是郫县豆瓣酱。"三香三椒"也许不难找，但这个郫县豆瓣酱的做法可属于非物质遗产，不是想有就有的。

这豆瓣酱源于清朝，上百年过去了，才真正形成了一套完整的工艺，要我三天之内做出正宗的豆瓣酱，等于天方夜谭。

我只能用现有的条件，去努力还原传统工艺，尽量接近于郫县豆瓣的口味。

那一夜，我一夜未睡。

清晨，我不得不开始行动了。小蒙虽不相信，但为了吃到正宗的四川回锅肉，也就网开一面，恩准我在有限度的范围内，满足我提出的条件。

我找来了梅拉韦，协助我去了一趟临近的村庄，然后跑遍了周围的丛林和草原，在山丘之中我还差点被土狼袭击，这一点还要感谢守卫，他们替我解决了野兽的威胁。

第一天夜里，我把收集到的材料清理出来。从村子里弄到了干的胡豆瓣，比我们常见的要大，不过口感倒是差不多。丛林里，我找来了一种表面看起来干巴巴的丑陋的果实，打开看，有一些小颗粒，闻起来有一种胡椒、豆蔻、丁香和生姜的混合香味，这就是被欧洲人称为"天堂椒"的非洲香料了。山丘中，我又找到了一种叫做"米特米塔"的香料，很冲鼻，但它的辣味却类似于四川的二荆条辣椒。

时间不等人，我跑进伙房，翻箱倒柜，找来一些容器。我先拿来一个大盆，倒入胡豆瓣，浇上烈性白酒。用铁锤把天堂椒和米特米塔分别捣碎成粉末状，生姜切成末，再把这些粉末倒入白酒咬过的豆瓣上，混合均匀。然后全部倒进一个彩绘的非洲陶罐里，用铁板盖住罐口再用布包好封死，把这罐子埋进了户外沙地里。

做完这个，我便开始寻找食材。

该死的土著伙房，各种恶心的动物尸体摆了一柜子，鳄鱼肉、黑疣猴、老鼠、蜥蜴、长颈鹿、斑马肉……就是没有猪肉。

"我需要一个猎手！"我敲响了小蒙的房门，请求他。

小蒙听了我的话，分配给我一个拿来福枪的伙计，要他第二天陪我进山去。

第二天，我在两个守卫的监视下，去山中狩猎，说实话我并不擅长打猎，虽然父亲教过我一些招数，但还差得远呢。好在非洲人天生就具备的狩猎因子，让我没有白忙活。

到傍晚的时候，我们终于收获了一头黑野猪，另外还有他们感兴趣的兔子和蜥蜴。

有了猪，最根本的问题解决了。正宗的回锅肉选取的是二刀肉。所谓二刀肉就是屠户旋掉猪尾巴那圈肉以后，靠近后腿的那块肉，因为它是第二刀，就被称为二刀肉，"一刀肥太多，二刀肥四瘦六"最巴适。

第二天夜晚，我在梅拉韦的帮助下，费了老牛劲，终于获得了宝贵的非洲野生跑山猪二刀肉。

第三天早晨，便是辅料的准备。我翻遍了伙房，就是没有蒜苗子啊，那种青蒜苗的原香，是我童年的美好记忆。

"没办法那你就创新咯，祝你好运。"梅拉韦干活去了，双手合十，向我行了个礼，像是永别的画面。

无奈，我只好硬着头皮做下去了。我来到户外，翻出了第一天埋下去的陶罐。

高温炙烤的非洲草原，有让人难以忍受的炎热，所有的物质在分子高速运动中，比任何地方都更快地演变着。

我揭开了陶罐的封口，一股刺鼻的气味差点熏倒了我，在一番搅动下，渐渐减弱，最后留下来的，是让我欣喜的豆瓣酱气味。尝了尝，高温发酵后的酱泥，有一种难以形容的怪味。我命名它为"非洲传奇酱"。

晚饭前，小蒙带着人，扛着枪，进了伙房，最终检验的时刻到了。

黑野猪二刀肉冷水下锅加入葱段、姜片，啤酒适量煮开。

八成熟后，取出自然冷却，切成薄片。

炒锅上火，过油，下入肉片煸炒，至肉片颜色变透明，边缘略微卷起。这野猪肉的香味不是吹，真是香得老子流口水。

下入"非洲传奇酱"和"天堂椒"炒到肉片变成红棕色，最后下切成段的不知名野菜，激发出异国风情。

就做菜这事儿上，我是有天赋的，一群匪徒被我那纯熟的技艺深深吸引，每当火苗子腾起，或者食材下锅发出呲呲的响声时，便都异口同声地哇啦呼叫起来！

一道押着性命的非洲回锅肉就此诞生。

小蒙率先品尝了一下，一把揪住了我的衣领，我闭上了眼睛，他却把一根雪茄塞进了我的嘴巴。

"非常好！"他松开了我，一群人蜂拥而上，蝗虫一样瞬间抢食干净。

我无法形容那到底是个什么口味，我只能说，那是生命的味道。

在此之后，小蒙对我青睐有加，让我做行军后厨，我就从恶心的牢狱搬进了砖房，睡上了铺着牛皮的木床。这真是一技在身，足以保命。

那后来，我就专门给他们做菜，尤其是回锅肉，成了主打招牌菜，我甚至还得了个荣誉称号，叫做"回锅肉王子"。

这样我就可以不断地探听消息，伺机寻找逃离的机会……

第二十六章
速度与危情

唐汭听李欧讲起非洲的故事，渐渐入迷了，不时笑出声来。

"哈哈，回锅肉王子，你太有才了。"她的头左右摇摆着，轻轻撞在李欧的胸前，青丝掠过他的脸庞，让他痒得难受。

"那看来你最终是找到机会逃跑了啊。"唐汭问道。

李欧长叹了一声，眼神变得迷离起来，视线似乎穿透了狭窄牢房的石壁，飘向遥远的非洲大陆。他的脑海里闪动着几个画面，戒备森严的叛军阵营，行进在沙漠之中的装备齐全的小分队，古老的遗迹，洞窟，骷髅头，雨林，他看见了一个人站在那丛林间，诡异古怪……

他尾随而去，他看见了一座雕像，那座雕像？啊，到现在他仍然不敢相信——一座佛像！非洲的一座佛像？

树林后面，露出混沌的海岸线，一艘军舰停靠在岸边……

直到现在，他时不时会问自己，是谁在指引他，是谁给予了他启示，或者说，在一个未知的地方，有人需要他去完成更多的事情，他的道路并未止于非洲，而向更远的时空延伸……

唐汭正凝视着他，盼着他把故事讲完整，当李欧回过神来发现这般凝视的时候，忽然感到有点不自在。

李欧傻笑了一下，正要继续发挥，却听贝尔勒夸张地打了个哈欠："哎呀，这电影怎么是个文艺片啊？"

两人被这一嗓子一扰，这才猛然回到现实。忽然感到浑身不自在。

贝尔勒坐了起来，手搭在膝盖上，嬉皮笑脸地说："是不是我醒得早了点？"

"法国佬滚远点！"唐沥骂了出来。

"滚一边去！"李欧也同时说道。

"哇呀，这叫什么，这叫异口同声是不是，有个成语叫什么唱什么随。"贝尔勒继续撩着。

"你倒是睡醒了，我们冷得睡不着，这才聊会天。"唐沥辩驳着。

贝尔勒笑道："李欧这家伙，上次你在巴黎酒吧里的故事版本好像没这么精彩吧。"

李欧走向贝尔勒，隔着铁栏杆吆喝道："你也该醒了，夜深人静好办事，赶紧想办法开溜啊。"

贝尔勒苦着脸："溜，怎么溜，李欧你不是会什么感应吗，未卜先知，现在怎么不用起来。"

经他这么一问，李欧是感到自从峨眉下来过后，就再也没有出现那些古怪的感知了。

"我也不知道怎么了，恢复正常了，脑袋里也没有出现奇怪的画面了。"李欧嘀咕道。

"也许是再次进入休眠了呢，谁知道呢。"唐沥说道。

李欧想起了在金顶大战的时候，他奋力地去看那些猴子的眼睛，直到它们落荒而逃，难道说，这种能力也跟蓄电池一样，电量用完了，可究竟该如何充电呢，又该去哪里充电呢，不会还得跑去大慈寺下面吧，那里还有一群怪鱼在作祟。

"算了，要不你们两个继续聊，我就当你们忠实的听众好了。"贝尔勒打了个哈欠，无力地说。李欧忽然灵光一闪，他看了唐沥一眼，说："我有主意了。"

唐沥撩了下头发，看着他，李欧的鬼点子是肯定会有的。

李欧犹豫了一下："这个嘛，可能我要吃点亏。"

唐沏看他这副表情，忍着笑说："只要管用，出去以后好好补偿你。"

李欧点点头，就对唐沏和贝尔勒说起了自己的计划，唐沏面带微笑，不住点头，贝尔勒贱笑着，说了句："李欧，难为你了，唐女侠，你手下留情。"

唐沏活动起手脚来："你放心，我自有分寸。"然后，一摆架势："来吧！"

李欧一看这架势突然就后悔了，可唐沏已经扑了上来："你这个混蛋，不干好事，我今天非打死你不可！"抬腿一脚，将李欧踹了出去。

李欧还没有回过神来，被她蹬得连退几步，撞到了岩壁上，其实他就是全神戒备也躲不了，想不到这小女人动作这么快，力气这么大。他刚刚站稳，唐沏又蹿上来，抬起手，对他的脸打了一巴掌，李欧赶紧伸手去挡，慢了半拍，"啪"地被打中左颊，感觉火辣辣的，现在他是真的后悔了，暗骂自己自讨苦吃。

也不知这小女人是不是借机报复自己，心一横，也一拳打了过去。

唐沏早闪了过去，一个转身鞭腿，扫在李欧的右肋上，李欧疼得一咧嘴。

两人一开打，贝尔勒就叫喊起来："救命啊，打人了！"开始他也是装腔作势地叫，等看到唐沏施展拳脚，进攻如暴风骤雨，打得李欧没有还手之力，他也在怀疑这女人是不是真的要把李欧给杀了。嗓门就变了，扯着喉咙喊："快来人哪，杀人了！"

唐沏还在大骂："你卖国！你贪心！还想偷国宝！你这个败类！死也不能把你交给陈九里！"

李欧浑身上下被她打中的地方都火烧似的疼痛，心里也恼火起来，破口大骂："你个臭女人，死三八，瓜婆娘，老子跟你拼了！"

唐沏如飞燕般灵巧，双拳翻飞，腿抡起来像风车一般，李欧护得住这里护不住那里，身上头上不知挨了多少下，好在唐沏力度拿捏到位，不然早打晕了。

固然如此，也是累得气喘吁吁，好容易听到外面有人跑过来了。唐沏的进攻更猛烈了，李欧被堵在了一处拐角，全身缩成一团，双手臂举起，只把脑袋护住。

两名看守匆匆打开门，抡起手中的短棍向唐沏砸去。

唐沏正在向李欧踢出一脚，身子一闪，半途转了个方向，向后扫去，踢中一人头部，直摔在地上。

变化只是电光石火之间，另一人还没有反应过来，唐沏动作一转，一掌砍在他的喉咙上，那人顿时闭过气去。唐沏横肘一击，打在他太阳穴上，受此重创，那人一声未出，倒了下去。

李欧在边上看得目瞪口呆，这女汉子，也太快了吧。看来打自己不过是轻描淡写，人家根本没用力。

贝尔勒兴奋地叫道："女侠威武！"

李欧弯腰在守卫身上摸出一串钥匙，把贝尔勒牢房门打开，贝尔勒重获自由，喜悦难耐，想要拥抱一下李欧，被他一把推开。

唐沏回身把牢房的门又锁上，两名看守仍然昏迷不醒，被关在了里面。三人迅速向上面跑去，目标是夺回经卷然后逃跑。

走廊里没有一个人，昏黄的灯光下安静得不正常。

三人找到陈九里的房间，李欧轻轻推开门，里面一片黑暗，他伸手摸到开关，打开灯，一切跟他们离开的时候一样，他对贝尔勒说："你在外面望风。"

李欧与唐沏闪身进了房间，要找的经卷是放在木筒盒子里的，两人先在陈九里之前坐的茶几沙发等处搜寻一番，翻箱倒柜，却并没有发现什么。

靠墙立着三个书柜，李欧上前粗略扫了一眼，易经风水，佛经股票，历史诗词，古玩茶道，甚至还有武侠小说，这家伙涉猎还蛮杂的，也是个无书不读的人。不过并未发现经卷，猜测陈九里外出的时候应该带走了它。

唐沏从铁皮柜里找到了李欧和贝尔勒的背包，随手扔给了他，说："算了，快走吧。"

李欧嗯了一声，打开书柜最上面的木门，里面整齐排列着一排档案盒，不知放的什么东西。

陈九里在大家眼里，本身就是个谜，李欧希望得到更多有用的信息。他抽出一个档案盒，打开看了一眼，都是些公司的来往账目，放回去，又拿出一个，公司职员档案，翻了一下，又放了回去。

外头的贝尔勒似乎听见了什么声响，催促他说："快点，别看了。"

李欧嘴里答应着，不甘心地又抽出一个档案盒来，里面是合作公司和联络信息，看起来陈九里和各行各业都有联系。李欧翻了翻，当翻到非政府组织的联络信息一栏时，一家超自然研究组织的名号吸引了他的目光，"斯普沙"，英文缩写"SPSRA"，下面只有寥寥几位联络人姓名。李欧扫了一眼，其中一个名字让他猛然一惊：Lizhen Qin。

他的脑子里嗡的一声：这个按照中文读法就是"秦黎贞"，正巧和我妈的名字读音一样，不会是重名了吧？

再一看联系人手机号，并不是妈用的。李欧也觉得自己是太多疑了，她一个家庭妇女，怎么会和这些歹人有联系呢，她又怎么会隶属于这个什么斯普沙的诡异组织呢？

唐沏已经走到了门口，回头看他还在那儿发愣，忙问道："怎么了？"

"啊，没什么。"李欧本想带这套资料走，但现在急着脱身，实在没办法随身携带。他默默地记下了那个手机号，把手里的档案盒盖上，放回原处。他的表情明显有些僵硬。

三人离开房间，沿着走廊往外走，来到了茶楼后门，一个警卫正在门外转来转去。

这时后面传来一阵脚步声，四五个警卫跑过来："站住，抓住他们！"

门外那个警卫听到喊声，转身正要防范，只见一个影子飞在半空中，还没看清是啥玩意，眼前一黑，就栽倒在地。

三人沿着后山小路下山，一路狂奔。守卫在后面紧追不舍，手电光乱射，吆喝声在深夜的山上传出很远。

几人刚从阶梯小径慌乱跑出，就遇见一辆货运电动三轮车疾驶而至。那车夫急打方向盘，拼命刹车，还是和几人撞在一起。尤其是大块头贝尔勒的最终一击，把三轮车搞侧翻了。

拉在车后面的铝桶翻落滚地，一边骨碌碌滚下坡，一边流出热气腾腾的豆腐脑。

车夫坐在地上，摸着脑袋，还没反应过来。贝尔勒病急乱投医，伸手把车子扶了起来，说了声："借用一下。"跳上车，坐上了驾驶位，李欧伸手扒住车挡板，双脚一蹬地，跳了上来。唐沏紧走两步，腾空跃起，稳稳地落在李欧对面。

山上的守卫追了下来，急步走向停在路对面的两辆汽车，启动，掉了个头，随后追来。

贝尔勒转头一看，叫道："妈呀，三轮哪跑得过四轮的。"

贝尔勒眼睛紧盯前方，用力一拧，把电门拧到底，电瓶车也只是快了一点点，又把他急得胡言乱语起来，"龟兔赛跑，田忌赛马！"

汽车越来越近，眼看就要撞上来了。前面就是人民公园，唐沏喊道："快进去！"贝尔勒车头一拧，几乎是漂移着拐了进去。李欧失去重心，一下子歪倒在唐沏身上，伸手一抓，就要抓到唐沏肩头，唐沏一侧身，躲了过去。

李欧一下子仰面摔倒在车上，挣扎着站不起来，电车一加速，他在车里滚了一圈，唐沏这才伸手把他拉了起来。

已是半夜，公园里寂静空旷，汽车调过头也追了进来。唐沏对这公园熟悉，指挥着贝尔勒驾驶三轮车在里面绕来绕去。虽然速度不及汽车，但三轮车转向灵活，体积小，利用这些小道和设施，却也让汽车束手无策。

"右边右边！"唐沏指挥着，贝尔勒驾着车子冲向右边的林荫道，前面出现了两个石墩，挡在路的中央。贝尔勒心领神会，这石墩的间距过得了三轮车，过不了汽车。他径直冲了过去，身后是汽车的急刹车声音。

贝尔勒不禁得意起来，可刚得意没多久，守卫的汽车绕过花园，从右边一条道路冲出，直向三轮车侧身撞了过来。

李欧急叫："左转，左转！"车子一拐弯，进了一条狭窄的小吃街。

以小吃著称的乐山，喧嚣的夜市自然让人眼花缭乱。街道两边挤满了小吃摊，红灯酒绿，大小招牌铆足了劲儿闪烁着，烧烤摊的青烟肆无忌惮地侵袭着嗅觉，麻辣烫的铁锅里翻滚着红艳艳的汤水，光着膀子的夜猫子

第三卷

们一边划拳一边干酒，穿着露脐装的小妹端个铁盘子，上面放了几碗花里胡哨的冷饮，逢人就问："要不要西米露？"

三轮车对着那些摊位闯了进去，贝尔勒和李欧大叫："让开，快让开！"可是根本无人给他让路，该划拳划拳，该喝酒喝酒，中间仅有两米多一点的空当，路上板凳、酒瓶子横七竖八地放着，车子扭来扭去，在人群的笑骂声中堪堪挤了过去。

贝尔勒一边使劲地抽着鼻子，一边大声说："李老板，这是正宗钵钵鸡的香味，你闻闻这辣油的微辣、芝麻的香、汤料的味！"

李欧叫道："好好开你的车！回头老子请你吃最正宗的乐山美食！"

后面守卫开着汽车也跟了进来，桌子板凳被撞得飞了出去，稀里哗啦一片乱响，这下那些无所畏惧的吃货们才尖叫着，咒骂着，起身躲得远远的。

没想到这条街尽头是一道长长的向下石阶，贝尔勒刹车不住，直冲了下去，还大声喊道："女士们先生们，超级下山车开始了！"

整个车子颠簸不止，李欧的五脏六腑都要弹出来了，他一句话也不敢说了，牙咬得紧紧的，蹲在车里，双手紧紧抓住扶手，一动也不动。

前面两个醉鬼，相互搀扶着，脚步趔趄，手里还拿着瓶啤酒，一边走，不时仰头撸上一口。一个说："什么破公园，连个出租车也没有。"另一个拿手拍他的脑袋："你真是哈宝，公园里哪儿打车？笨得很。"

正说着呢，贝尔勒驾驶的三轮车"当当当"地冲下来了，两个醉鬼大喜，嚷道："打车，打车！"迈着歪歪斜斜的步子追了上去。

贝尔勒实在高估了这三轮车的质量。本来就是小老百姓用来运送豆腐脑的旧车子，他偏要当跑车开，三轮车哪里招架得住这样的折腾。只听哗啦一声，轮子震掉了一个，车子一下侧翻过来，颠掉的车轮继续往前滚，两个醉鬼跟着那车轮摇晃追去。

几人从车里滚了出来。唐沏来不及反应，一下趴在李欧身上，李欧只感到脸上一阵酥软，被唐沏的胸脯压得严实。唐沏羞得满脸通红，刚要起身，李欧张牙舞爪地喊道："救命啊，非礼啊！"

唐沏"啪"地打了他一个耳光："混蛋，自作多情！"双手一撑，跳了起来。

李欧被这巴掌打得痛快，又嚷道："哎呀，老子腰杆遭压断了，起不来了。"

唐沕以为是真的，忙伸手来拉他，李欧抓着她的小手，一借力跳了起来："谢谢女侠。"

唐沕手一松，卸去他的力，李欧又坐倒在地。

贝尔勒也从地上爬了起来，他的腿磕到了台阶上，一瘸一拐的，嚷道："快走啊！"

李欧赶紧起身，三人向一条小巷子跑过去。

几名守卫也跑了下来，喊叫着追进了小巷。三人没命地跑，前面小巷另一头驶来一辆汽车，迎头堵住。

唐沕忽然一转身，叫道："跟我来！"黑黢黢的小巷中，也不知她动了什么开关，竟然伸手推开了墙上一扇铁门，跑了进去。

进门后是一道楼梯，不知通向哪里，三人跑了上去。

贝尔勒莫名兴奋："女侠，你真行，轻车熟路。"

李欧气喘吁吁："废话，她是乐山土著，哪里不知道。"

三人跑到顶层，打开一扇门，竟然出现在一个小山坡上。这乐山的丘陵地貌，主城里面经常有一些异趣小路，坡坡坎坎四通八达。

贝尔勒回头往下望去，只见那小吃一条街上，摊主一边喊着川骂一边收拾被撞坏的桌椅。

三人沿着公路向前奔跑，一辆夜班的士从身边经过，李欧实在跑不动了，赶紧招手，的士停了下来，三人钻进车里。

李欧连声说："快走，快走。"司机一踩油门，的士向前蹿出。

贝尔勒喊道："师傅快点儿，后面是坏人，有枪的！"

司机是个四十来岁的中年胖大叔，一听这话以为他们是酒喝多了，便不慌不忙地说："有枪？那糟了，你能快得过子弹吗？"

三人急得喷火，这位大叔却无所谓，李欧说："大叔，你开快点，往公安局开就有救了！"

守卫的汽车已经绕了上来，阴魂不散地跟在后面。一名守卫掏出无声手枪，向前方的士开枪。子弹打在车身上当当地响，李欧和贝尔勒在后排缩成一团，两手抱着脑袋，大叫："妈的，来真的啊，要杀人啦！！"

的士司机这才惊觉，便踩紧了油门，加速前进。但说起话来还是慢条斯理，"是福不是祸，是祸躲不过，这是乐山，有大佛老爷保佑，大家不要慌哈。"

李欧转身通过车窗向后看，追车越来越近，一支乌黑的枪管伸出车窗，指着他们。

"噗"地一声，车轮被打中了，汽车甩了个圈，一头撞上了垃圾桶，停了下来。

司机无奈摇摇头："这回安逸了，跑不动了。"

贝尔勒哭笑不得："你们的大佛睡着了。"

三人开门下车，猫着腰躲到车后面，司机说车上安全，说啥也不下来。

枪声不时响起，子弹呼啸着飞过来，"怎么办？"三人相互看着，眼看守卫越来越近了。

忽然响起了一阵警笛声，两辆警车疾速而至，警灯闪动，分外耀眼，带着不容侵犯的威严。

守卫们不想和警察硬碰，忙调转车头，呼啸而去。

一辆警车嘎的一声停在李欧几人旁边，一人从上面跳了下来，熟悉的面孔，正是冯潜，他拿着对讲机喊道："B组B组，歹徒往老公园西门附近逃窜，迅速阻击！"他走到李欧面前，紧锁的眉头稍一舒张："差一点就出大事了。"

三人这才彻底松了口气，站起身来。

李欧擦了把汗，说道："老子魂都被整脱了一半。"

司机慢条斯理地走下车来，硬聊："怎么样，佛祖守护着你们，大难不死必有后福。"

李欧没接他的话，眼睛一晃，问冯潜："你怎么知道我们遇到危险？"

冯潜瞅了一眼旁边正在查看汽车上弹孔的唐沕和贝尔勒，靠近李欧，悄声说："幸亏我在茶楼安插了眼线。"

原来，冯潜在调查大佛宝藏这起案子中，眼界放得很开，把接触武馆的陈九里几人也纳入了调查对象，逐渐发现一些蛛丝马迹，他怀疑老霄顶这个茶楼与境外特务有勾连，虽还没有直接的证据，但他已经安排了眼线盯梢。

不久前，收到眼线的探报，说李欧几人进了茶楼再也没出来，后来茶楼保安追捕李欧，眼线紧急通报冯潜，他当即调来值夜班的警车，追踪保安的汽车，终于在老公园附近将其截住了。

一旁出租车司机苦着脸过来了："警官，我的车咋办？"

冯潜拍拍他的肩，说："协助警方办案，保险公司一定会给你修好的，回头我跟你们老总说说。"

唐沏走过来看看冯潜和李欧："冯队长，你和李欧认识啊？"

冯潜生硬地说："李欧以前在峨眉做导游的时候我们有过交情。这次是我们的暗哨发现了疑犯的异动，这就追了过来。"

李欧装模作样地说："哦，看来大家都很熟悉啊，真巧了。"

贝尔勒过来反复打量了三人，搞不清楚这人际关系。不过反正是获救了，他也就不管了。只是多嘴了一句："李欧，原来就这家伙啊。"

"快走吧，大家先上车。"李欧打断了这呆子的话，扯了他一把，把他塞进了警车。

唐沏在副驾坐好，边系安全带边说："我要马上回武馆找我爸。"

冯潜发动了汽车，却沉默了一会儿，表情变得凝重起来，沉声说："唐沏，我带你去医院，你爸出事了。"

这突如其来的消息把唐沏震呆了："出事了，怎么了？"

冯潜嗯了一声："遭人袭击，还好，目前抢救过来了。"

唐沏瞪大了眼睛，不敢相信冯潜的话。

"目前我刚接手这个案子，具体情况还不太清楚。"冯潜安慰道，"放心，我们会处理好的。"

唐沏盯着前方，昏黄的路灯一个接一个地后退着，她一言不发，一丝不祥的预感袭上心头。

车里的空气也变得沉重起来，一路上谁也没有说话。